CHAIR SATAN

Du même auteur

Inutile et adorable, roman, Montréal, Cercle du Livre de France, 1964.

À nous deux, roman, Montréal, Cercle du Livre de France, 1965.

Les filles à Mounne, nouvelles, Montréal, Cercle du Livre de France, 1966.

Le journal d'un jeune marié, roman, Montréal, Cercle du Livre de France, 1967.

La voix, roman, Montréal, Cercle du Livre de France, 1968.

L'innocence d'Isabelle, roman, Montréal, Cercle du Livre de France, 1969.

Gilles Vigneault, mon ami, Montréal, Éditions La Presse, 1970.

La marche des grands cocus, roman, Éditions de l'Homme (Montréal) et Albin Michel (Paris), 1971.

Moi mon corps mon âme Montréal etc., roman, Éditions de l'Homme (Montréal) et Albin Michel (Paris), 1974.

Les cornes sacrées, roman, Paris, Albin Michel, 1976 (Prix Louis-Barthou).

Le cercle des arènes, roman, Paris, Albin Michel, 1982 (Prix France-Canada et Prix du Gouverneur général).

Les sirènes du Saint-Laurent, récits, Montréal, Éditions Primeur, 1984.

Pour l'amour de Sawinne, roman, Éditions Sand (Paris) et Libre Expression (Montréal), 1984.

Roger Fournier

CHAIR SATAN

Roman

Boréal

Illustration de la couverture: Bernard Gortais

Dépôt légal: 1er trimestre 1989
Bibliothèque nationale du Québec

Diffusion au Canada: Dimedia
Diffusion en France: Le Seuil

Données de catalogage avant publication (Canada)

Fournier, Roger, 1929-
Chair Satan
ISBN 2-89052-278-4
I. Titre
PS8511.097C52 1989 C843'.54 C89-096057-7
PS9511.097C52 1989 PQ3919.2.F68C52 1989

Au commencement était le liquide…

...et le liquide s'est fait chair.

Les mythes sont, à l'origine, des révélations de l'âme préconsciente, des affirmations involontaires au sujet de faits psychiques inconscients et rien moins que des allégories d'événements psychiques.

C.G. JUNG, *Introduction à l'essence de la mythologie.*

À L'ENTRÉE DE LA CAVERNE

J'avais quatorze ans lorsque je fus frappée par le sens du mot «anfractuosité». Je ne sais pas trop pourquoi et je n'ai pas envie de le savoir. Je me souviens seulement des circonstances qui ont coïncidé avec ce petit événement, insignifiant en apparence. C'est ce jour-là que j'ai noté un changement dans l'attitude de ma mère. Je l'avais toujours trouvée transparente. Or elle me cachait quelque chose.

Ma mère enseignait l'histoire des religions à l'université et elle était belle. C'est peut-être à cause de cela que, sortant de sa bouche aux lèvres douces, le mot divinité prenait une saveur particulière. Dès ma plus tendre enfance, j'ai entendu parler non seulement du «Dieu tout-puissant» des catholiques, mais aussi des chamans, des sorciers, des déesses et des dieux de plusieurs civilisations. Aujourd'hui, il m'apparaît évident que ce monde plus ou moins imaginaire, bourré de monstres et d'êtres surnaturels, a stimulé mon imagination et exacerbé ma sensibilité.

Mon père est avocat. À cette époque, il était fort, prospère, respecté, sans doute mêlé à des combines plus ou moins propres, parce que l'argent est un tyran sans pitié. Cela donne, à ce que l'on dit, une famille bourgeoise. Mais pour moi ça n'a aucune importance. On peut être pauvre et penser bassement, ce qui rend plus bourgeois que l'aisance.

Avec mes yeux de fillette, je voyais mon père comme un homme élégant, grand, amène, triomphant. Quand il marchait, j'avais toujours l'impression qu'il s'avançait vers une conquête. Pour moi, à cet âge-là, c'était fascinant. Rien de plus naturel, bien sûr. Mes plus beaux souvenirs d'enfance, ce sont mes promenades en sa compagnie. Ma petite main enveloppée dans la sienne, j'avais le sentiment qu'elle pouvait m'emmener très loin, me faire traverser les frontières, m'enlever, me faire voler. Rien de plus frustrant que toutes ces limites inhérentes à la nature... Quand il se penchait pour embrasser ma mère allongée sur le lit, il avait l'air d'un prince qui consent avec beaucoup de grâce à faire une gentillesse à une femme ordinaire. Pourtant, ma mère était une femme de grande classe... Nos yeux voient ce qu'ils ont besoin de voir...

Mes parents avaient l'air heureux. Peut-être l'étaient-ils vraiment. Je ne le saurai jamais. Tout compte fait, l'important, pour mes jeunes yeux, c'est qu'ils aient réussi à me montrer cette image de couple harmonieux. Les «belles images» ne sont peut-être pas si débilitantes, après tout...

Donc, anfractuosité, creux, cavité, caverne... Or, depuis le fond des âges, les cavernes sont habitées, utérus géants où se forment les monstres les plus divers, tout comme les êtres les plus beaux que l'on puisse imaginer...

C'était en juin, par un après-midi assez chaud. J'avais l'impression que le monde tournait d'une étrange façon. Mon père était à son bureau et je lisais dans le jardin, à l'ombre de notre magnolia. Tout était embaumé, velouté comme la feuille de certaines plantes tropicales. Ce n'était pas de l'air que je respirais, me semblait-il, mais quelque chose de beaucoup plus dense: un mélange de parfums et de sucs. Ma mère est venue me demander d'aller chercher un pain à la boulangerie, chose qu'elle ne me demandait jamais de faire parce que les courses, c'était la bonne qui s'en chargeait, une femme qui passait trois jours par semaine à la maison. Sur le moment je n'ai pas réfléchi à ce détail mais j'ai remarqué la nervosité qui se lisait sur son visage. Elle me donna de l'argent. Je sentis la fébrilité et la moiteur de ses doigts. Il se passait quelque chose... Je voulus la regarder dans les yeux mais elle se détourna rapidement, me disant que si je voulais faire une promenade par la même occasion, ce serait bon pour ma santé.

Je suis donc sortie pour aller à la boulangerie, ce qui m'aurait normalement demandé une bonne demi-heure en prenant le temps d'admirer les fleurs des parterres, mais sur le chemin du retour un orage éclata subitement et je dus courir. Trempée par la pluie tiède, je me suis enfournée dans la cuisine par la porte de derrière. Alors j'ai entendu des pas, des claquements de portes, des chuchotements entrecoupés de soupirs, de «Non! Non!» et de «Oui! Oui!». Au bout de quelques secondes, plus rien.

— Maman? Maman?

De loin elle a crié:

— Oui, ma chouette... T'es revenue à la pluie?

Elle arriva dans la cuisine à grandes enjambées, plus troublée que jamais. Mes cheveux dégoulinaient sur le plancher et mon chemisier me collait à la peau. Ce petit incident m'amusait beaucoup. Ma mère, elle, fut prise d'une colère subite.

— Mais qu'est-ce qui t'arrive? T'aurais dû prendre un taxi, ou partir avec un parapluie!

— Maman... J'pouvais pas prévoir...

— Va te faire sécher au plus vite!

Elle disparut, fuyant ma présence, mais j'avais eu le temps de voir son visage empourpré. Il me restait à comprendre les raisons de cette colère soudaine, ou plutôt à les trouver, car je n'en voyais pas. Comment débrouiller tout cela, à mon âge?

Je me suis retrouvée devant elle vers la fin de l'après-midi, et j'eus la maladresse de lui demander:

— À qui parlais-tu quand je suis arrivée tout à l'heure? J'ai entendu quelque chose?

Le trouble réapparut sur son visage et le rouge colora ses joues de nouveau, comme au moment de sa colère. Elle bafouilla, puis finit par dire:

— Personne... j'étais seule... Voyons, ma chouette, tu entends des voix, maintenant?

— Peut-être. J'ai exactement l'âge de Jeanne d'Arc...

Je n'ai pas voulu insister, me contentant de sourire, ce qui sembla la vexer davantage, puis je suis allée dans une autre pièce, subitement envahie par un sentiment étrange. J'avais l'impression de perdre l'équilibre parce que ma mère me cachait quelque chose de grave, quelque chose de défendu. Et cela faisait comme une tache qui souillait notre amitié.

Donc la roue tournait. Nos relations mère-fille ne pouvaient pas rester figées dans leur innocente harmonie. Les «belles images» sont des piliers d'argile. Pendant quelques heures, j'en voulus à ma mère d'avoir jeté du sable dans les rouages de nos relations, mais bientôt ce sentiment changea de forme et même de texture. J'avais l'impression de bien connaître les grandes personnes, puisque je vivais toujours avec des adultes. Il m'apparut alors qu'il était futile de regretter mon enfance. Il me fallait rejoindre les adultes, et le plus tôt possible. Depuis plus d'un an je me sentais une vraie jeune fille, même si j'étais encore vierge.

Oui, je me sentais apte à recevoir pour «fabriquer», même si je n'osais pas. (Instinctivement, j'avais compris que le «jeu» de ma mère était relié à une affaire sexuelle. D'où peut venir le trouble, sinon de là?) Tout était si mystérieux, quand il était question de «vie». Donc, je décidai de ne pas détester ma mère, nonobstant le fait qu'elle se coupait de moi. Une porte s'ouvrait sur le monde, le vrai monde, pourquoi ne pas y jeter un coup d'œil?

Le soir, dans ma chambre, je m'étendis sur mon lit pour rêver à tout cela. Et c'est là que le mot anfractuosité s'est présenté à mon esprit. Par quel chemin ce mot étrange, que je n'employais jamais mais que j'avais dû lire quelque part dans mes livres d'enfant, était-il venu se loger dans mon cerveau? Je n'en sais rien. Je sais seulement que ce qu'il exprimait s'imposait à mon esprit et surtout à mon corps, en ce jour où ma mère me cachait quelque chose. Rêvassant, j'errais dans un labyrinthe de doutes, de culpabilité, de désirs plus ou moins avoués. Jusque-là, tout avait été si limpide dans ma vie. Soudain, je nageais dans une eau sombre.

Anfractuosité, creux, caverne, trou... Quelque part, il y avait une fosse secrète au fond de laquelle se cachait la source du plaisir. J'avais souvent entendu ma mère parler d'initiation chez certains peuples... Parvenir à la connaissance par l'initiation... Commencer...

Je relevai les genoux. Longtemps j'observai le sillon résultant de cette posture. Mes doigts explorèrent lentement cette raie artificielle, faite de chair blanche et pulpeuse, puis tout à coup j'y enfonçai mon index que je venais de mouiller entre mes lèvres. Ah! La douceur de cette pénétration, au cours de laquelle j'étais moi-même le mâle et la femelle! Je venais de connaître la première chaleur, la première sensation de la chair qui se laisse ouvrir par la tige mouillée. Je recommençai plusieurs fois, amusée par ce jeu badin, simulacre de possession que me procurait un plaisir innocent. J'apprenais le va-et-vient, les secousses dont le corps a besoin pour accentuer son plaisir, le rythme. La musique de la chair! Comme si nous venions au monde avec un tambour au creux des reins... J'apprenais la richesse de ma peau sur cette partie immaculée de mon corps.

Puis je me lassai de ce jeu puéril, et sans trop m'en rendre compte, je laissai mes mains glisser le long de mes cuisses, lentement. Elles enveloppèrent mon jeune mont de Vénus, longuement, comme si elles avaient tenu pour la première fois une coupe des plus précieuses. Anfractuosité...

Je revoyais ma mère, rouge de colère... (Nul doute possible: il y avait un rapport entre sa colère et son vagin...)

On ne condamne plus la masturbation mais il reste encore quelque chose de ce vieux tabou au fond de notre conscience. Si bien qu'il me fallut presque une demi-heure avant de laisser mes doigts se promener le long de mes lèvres vaginales. Les jambes serrées l'une contre l'autre, je faisais avancer mon index dans ce simulacre de puits, et j'écoutais les battements de mon cœur tout en demeurant attentive à la chaleur qui montait de mon épine dorsale pour se répandre dans tout mon ventre. Puis je caressai le bord de mes lèvres charnues, garnies de petits poils robustes, têtus, repliés sur eux-mêmes, formant un minuscule buisson dans lequel je prenais plaisir à folâtrer. Au hasard d'un mouvement, mes doigts frôlèrent le lobe de mes petites lèvres entrouvertes mouillées. Elles étaient sorties de leur antre! Alors plus rien ne put arrêter mon doigt fébrile. Il s'enfonça dans les sécrétions qui sortaient de moi, abondantes, chaudes, généreuses. Je donnais! J'étais une source qui se répandait, et cette générosité de mon corps ajoutait au plaisir que je me donnais. Mon petit clitoris, j'en fis le tour trois cents fois, l'écrasant, le triturant, jusqu'à ce qu'une bienheureuse douleur me soulève les reins. Je retombai ensuite dans une espèce de torpeur molle, comme si on m'avait graduellement plongée dans une mer d'huile tiède.

Anfractuosité...

J'eus beaucoup de mal à retrouver un état normal pour aller m'asseoir à table avec mes parents. Il me semble que j'étais encore rouge de plaisir, sinon de culpabilité. J'avalai ma soupe les yeux baissés, puis je regardai ma mère. À ma grande surprise, elle avait l'air tout à fait à son aise. Elle profitait de ses vacances pour préparer une série de cours sur les croyances religieuses des Antilles, pour la rentrée. Mais en même temps elle lisait des tas de choses se rapportant à l'histoire des religions. Ce soir-là, elle nous parla d'un mythe de Ceram, une petite île de la Nouvelle-Guinée. C'est là, à l'époque du mésolithique ou à peu près, que l'on aurait tué une jeune femme demi-divine appelée Hainuwele. On aurait morcelé puis enterré son corps. À la suite de cette «cérémonie», des plantes jusqu'alors inconnues auraient poussé sur le lieu de l'enterrement, dont les tubercules... Entre deux bouchées d'escalope délicatement mastiquées, ma mère disait:

— Ce meurtre d'importance primordiale a introduit la sexualité et la mort dans les institutions religieuses et sociales de ces peuplades primitives...

Je la regardai attentivement au moment où elle avalait une gorgée de vin. Ma mère avait l'air transportée par ce qu'elle venait de dire. J'avais le sentiment qu'elle vivait ce qu'elle avait lu au cours de la journée.

— L'idée à retenir, ajoutait-elle, c'est qu'en se nourrissant des plantes qui avaient poussé à cet endroit, les hommes avalaient quelque chose de divin... Même si tout cela avait commencé par un meurtre affreux.

— Fascinant, dit mon père sans trop de conviction, me sembla-t-il.

Il était de la génération des gentils machos. J'imagine que le travail de ma mère lui apparaissait comme une distraction de dilettante. Assez curieusement, c'était la première fois que je percevais cette attitude chez mon père, à l'égard des recherches de sa femme. Lui, ce soir-là, parla politique. La date des élections provinciales approchait, et comme tous ses collègues, il avait peur que le PQ ne prenne le pouvoir.

— Le monde va voter pour les Libéraux, pas pour le PQ! Une bande de rêveurs...

Ma mère n'était pas une passionnée de politique, mais depuis quelques années les étudiants avaient ranimé le milieu universitaire. Petit à petit, elle s'était laissé emporter par le mouvement.

— Un peu de rêve ne ferait pas de tort à la province, il me semble... Depuis le temps que vous pelletez de l'argent, on pourrait bien pelleter des nuages un peu, pour stimuler l'imagination...

Je quittai la table. La lutte entre le pouvoir de l'argent et celui de l'imagination me laissait froide... Un jour, j'avais posé une question apparemment embarrassante à mon professeur d'histoire:

— Monsieur, est-ce que la politique peut empêcher les guerres?

Il était plutôt jeune et néanmoins circonspect. Après une longue hésitation, il répondit:

— Oui… Cela s'est produit un certain nombre de fois au cours de l'histoire. Mais on peut affirmer aussi que la politique a presque toujours été à l'origine des guerres…

Puis il avait ajouté, comme à regret, avec l'air de nous révéler quelque chose d'occulte:

— La politique est un jeu qui se joue sur le dos du peuple… On peut affirmer aussi que l'homme a survécu, au cours des âges, parce qu'il a toujours dû se battre.

J'en avais conclu que, rouge ou bleu, le monde tournait toujours dans le même sens et à peu près à la même vitesse. Du fond de ma petite personne, du cœur de mon intimité la plus secrète, montaient des bruits de tempête qui me paraissaient beaucoup plus sérieux que ceux des élections. «Pense d'abord à bien faire le lit de ta conscience», me soufflait une petite voix intérieure. Exit la politique…

De la conversation que mes parents avaient tenue à table ce soir-là, je ne retenais qu'une seule chose: la petite Hainuwele avait été sacrifiée, dépecée et enterrée. Le trou dans la terre, l'anfractuosité, la caverne… Comme par hasard, cette minuscule parcelle de l'histoire religieuse arrivait à ma connaissance le jour même où je prenais conscience du fait que mon corps (ou peut-être ma conscience elle-même) constituait une caverne. Dans la caverne, la divinité… Il y avait de quoi rêver.

Au cours des deux semaines qui suivirent, rien de particulier ne survint entre ma mère et moi. J'eus beau l'épier, je ne vis rien qui aurait pu me dévoiler quoique ce fût sur ses relations avec un autre homme.

Car je la croyais coupable d'une liaison qu'elle cachait à mon père, ce qui me la rendait odieuse, même si j'avais «décidé de ne pas la détester». Une étrange confusion de sentiments... Quoi qu'il en soit, à partir du jour où je l'avais surprise à parler à quelqu'un, nos relations changèrent quelque peu. Je cessai de lui raconter ce qui se passait dans ma vie, mes rapports avec mes amies, mes lectures, etc. D'ailleurs, n'avais-je pas une raison personnelle de me replier sur moi-même? Oui. La découverte de mon sexe, événement narcissique s'il en est, activerait peut-être la réflexion... Quelques années plus tard, on m'expliqua le phénomène de la réflexion en prenant l'exemple de la feuille qu'on plie en deux, et je repensai à cet événement troublant.

Un matin, je dis à ma mère que j'irais au cinéma pendant l'après-midi. Contrairement à son habitude, elle me posa des tas de questions à ce sujet: À quelle heure, quel film, quel cinéma? Etc. Il était clair qu'elle voulait arranger son emploi du temps en fonction du mien.

Quand j'allai lui dire au revoir elle était dans la salle de bains. À peine sortie de la maison je revins sur mes pas et montai dans ma chambre sans faire de bruit. Là, je passai une demi-heure à attendre, dans un état lamentable. J'avais honte de ce que je faisais, mais en même temps j'avais peur que mes appréhensions ne s'avèrent fondées. Les vagues de sentiments violents se succédaient, allant d'un extrême à l'autre. Je souhaitais ardemment que ma mère reste une femme idéalement pure à mes yeux, mais au bout de quelques secondes je désirais, obscurément, la voir commettre quelque chose d'ignoble. Comme si, par la même occasion, j'allais être lavée de tout le mal que je pourrais faire dans ma vie future. Et comme ces vagues venaient de loin! Du fond d'un gouffre... Cette attente devenait insupportable, autant que la honte que j'éprouvais par moments, et j'allais me sauver en douce lorsque le timbre de la porte me fit sursauter. J'entendis alors le bruissement de la robe agitée par les pas de ma mère.

Dès que la porte fut refermée, le son de sa voix monta jusqu'à moi, avec des accents que je ne lui connaissais pas: de la joie étouffée par l'émotion. Je compris alors que j'allais connaître une certaine souffrance: celle qui apporte la connaissance.

—Ah! Mon chéri, viens, viens, vite...

—Bonjour, fit la voix de l'homme, une voix chaude qui me sembla celle d'un homme plutôt jeune. Puis ce fut le bruit étouffé des deux corps chauds qui se joignent pour l'embrassade, la tête enfouie dans l'épaule. Sur la pointe des pieds, je marchai lentement vers le haut de l'escalier. Je savais bien que c'était mal, que j'aurais dû aller me cacher pour ne rien voir ni entendre quoi que ce soit, mais le gouffre m'attirait. Anfractuosité...

À la vérité, j'étais attirée depuis un certain temps par tout ce qui touche la vie sexuelle. Peut-être pas de façon maladive mais tout de même... Pour moi, le temps des poupées n'avait pas été très long. Il me fallait la chaleur du sang. Mais d'où venait le sang? Était-ce lui, le responsable du trouble que j'éprouvais? Par un effort d'attention extraordinaire, je parvenais presque à sentir la maturation de mes organes...

Je me trouvais au haut de l'escalier quand ma mère s'arracha tendrement de l'étreinte de son amant pour faire un pas en arrière et le regarder avec admiration. Alors j'eus la surprise de ma vie, le choc le plus étrange: cet homme ressemblait à mon père! En plus jeune, bien sûr... Je ne vis que cela d'abord: mon père! Cela me troubla tellement que je fus plus ou moins choquée, au cours des minutes qui suivirent, par le fait que cet homme se jetait de nouveau sur ma mère, l'embrassait, et, avec une grossièreté inconcevable, lui prenait les fesses à pleines mains en disant:

— Marie-Hélène, tu sens bon, et ton cul est le plus appétissant du monde...

Comment pouvait-on dire des choses aussi grivoises dans un moment pareil! L'amour était peut-être un bulldozer qui rasait l'intelligence et la dignité comme des monticules de terre... De l'endroit où je me trouvais je les voyais de profil, et je vis le corps de ma mère se coller à celui de l'homme dans un mouvement souple et abandonné, comme si elle avait voulu se fondre en lui. Ce manque de retenue, cette espèce d'impudeur me troublèrent au plus haut point. Comment pouvait-elle se presser contre cet «inconnu» avec autant d'ardeur? Je ne savais pas encore qu'il n'y a pas d'étapes dans le processus de la trahison: elle commence au premier regard et se termine au premier toucher.

Par les quelques paroles qu'ils échangèrent dans un souffle, je compris pourquoi ils avaient pris le risque d'une telle rencontre. L'homme, qui s'appelait Jacques, était affreusement pressé. Il n'avait que quelques minutes à donner, le temps d'un petit baiser, d'un soupir, et il devait filer. Mais il semblait bien difficile de se défaire d'une étreinte aussi douce. S'ils se décollaient l'un de l'autre, c'était pour s'embrasser aussitôt, et voilà qu'ils plongeaient ensemble dans un profond baiser, la tête de ma mère s'étant renversée pendant qu'elle ouvrait la bouche et fermait les yeux. Gouffre-bouche! À quatre mains, ils se mirent à parcourir leurs corps avec frénésie, glissant leurs doigts sous les vêtements. Jacques souleva la jupe de ma mère et je vis ses longues cuisses bronzées, de même que sa culotte. La main de Jacques pénétra sous les dessous pour palper les fesses rondes, généreuses, merveilleusement galbées. (Je dois avouer que j'étais un peu jalouse du corps de maman.) Pendant tout ce temps leurs bouches ne s'étaient pas séparées et le souffle court de ma mère se changea en un drôle de petit gémissement lorsque la main de Jacques abandonna le postérieur pour se glisser à l'avant et la saisir au pubis, puis s'aventurer au cœur de ses parties les plus intimes. Je ne respirais plus, tellement j'étais stupéfiée par le spectacle de l'amour charnel, animal... Car je ne pouvais rien concevoir de moins humain que ces gestes dans une posture aussi grotesque. Ce que j'avais imaginé, au cours des derniers mois, n'avait rien à voir avec cette pauvre réalité. Cependant, la main de Jacques allait et venait entre les lèvres de ma mère, et à chaque mouvement j'entendais un petit bruit étrange, quelque chose qui ressemblait à une déglutition de salive. Je savais bien de quoi il s'agissait...

Tout à coup, ils pivotèrent sur eux-mêmes, de

sorte que je pus voir un autre aspect du tableau. Apparemment, ma mère n'était pas restée inactive puisqu'elle enfouissait sa main dans la braguette maintenant ouverte. Je me mordis les lèvres pour ne pas crier. J'avais déjà vu un pénis mais au repos. Troublante révélation que de voir réapparaître la main de ma mère, pleine de cette chose tuméfiée, engorgée, violacée. Une tête d'enfant qui va mourir de strangulation! Au bout de l'organe perlait une goutte admirablement onctueuse que la main féminine cueillit tendrement pour l'étendre sur tout le membre qui sembla redoubler de vigueur puisqu'il se dressa davantage, plus tendu, plus long que jamais, pendant que ma mère en faisait le tour d'une main si attentive que j'en éprouvais une jalousie brûlante. (Oui, en moi, les sentiments se bousculaient, contradictoires, du moins en apparence. Car si j'étais outrée par les gestes de ma mère, c'est parce que j'aurais voulu être à sa place. Il me fallut beaucoup de temps pour le comprendre et l'admettre.) Avec quelle attention elle enveloppait cette tige vivante, avec quelle douceur elle faisait glisser le lobe charnu de son pouce sur le bout du gland mouillé, pour repartir ensuite d'une paume chaude vers la racine de l'arbre, revenir, tourner, pendant que l'homme gémissait doucement, ravi, tendu, appelant quelque chose que je voulais absolument voir venir, que je sentais dans mon ventre comme un aboutissement inéluctable. Et c'est à ce moment précis de leur jeu que me revint en mémoire une phrase de ma mère que je n'avais pas comprise lors de notre conversation. Nous étions à table et elle nous racontait qu'elle avait lu un article intéressant sur les religions anciennes. Elle avait dit: «Aujourd'hui j'ai lu un beau chapitre sur l'arbre comme symbole de l'axe du monde. J'ai trouvé ça très excitant.» Elle avait regardé mon père d'un œil égrillard, mais ce dernier avait tourné les yeux vers elle sans comprendre; en tout cas, sans attacher la moindre importance aux propos de sa femme. (Il paraît que les adultes ont des problèmes de communication...)

Tout à coup, Jacques repoussa ma mère d'un geste brusque, comme s'il avait épuisé ses ressources de tendresse, puis il la regarda longuement dans les yeux, ayant l'air de s'assurer qu'elle était parvenue au même palier que lui. Ce regard dura une éternité, me sembla-t-il, car en moi se poursuivait la bataille des sentiments opposés. Mais il y en avait un qui dépassait tous les autres en intensité: c'était l'envie de les voir arriver au plus vite au terme de cet ouragan qui les avait empoignés tous les deux et qui les emportait dans un monde dont le mystère me faisait frémir de désir autant que d'effroi.

Enfin, Jacques la fit pivoter sur elle-même en la tenant doucement par les épaules, la plaçant dos à lui. (Sur le moment, cette initiative me sembla incongrue. Pourquoi la repoussait-il?) Puis il la força à se pencher par en avant, de sorte qu'elle dut prendre appui sur le bras du divan, enfonçant sa tête dans un coussin qui se trouvait là. (C'est ce que j'ai cru voir mais en réalité il ne la força pas du tout. J'ai revu cette scène dans ma tête à plusieurs reprises par la suite. C'est elle-même qui se pencha, prenant instinctivement une posture animale. Et à ce moment-là je ne savais pas si je devais admirer son aptitude à la fornication ou être offusquée par ce geste que je voyais pour la première fois.) Ensuite il releva sa jupe, mettant à nu la croupe rebondie de ma mère et il dirigea son membre enflammé vers le sexe féminin après lequel il soupirait depuis si longtemps. Je vis le gland toucher les lèvres humides de la femme et en même temps je l'entendis émettre un gémissement de plaisir qui m'atteignit au ventre. Rapidement, Jacques la pénétra en la retenant par les hanches à deux mains, et alors tout devint mystérieusement troublant: le cri de ma mère fut si déchirant que je me réjouis d'abord de sa «douleur», mais dans l'instant qui suivit je m'aperçus qu'elle disait: «Oui! Oui!», tout en répétant le nom de Jacques avec des accents si viscéraux qu'elle m'apparut bientôt comme un animal éperdu. Sur un rythme accéléré, Jacques allait et venait avec une telle force qu'il la soulevait de terre, et soudain il me sembla que tout allait éclater dans la maison: ils se mirent à crier tous les deux en même temps, dégageant une telle quantité d'énergie que je dus m'enfoncer un poing dans la bouche pour ne pas être emportée moi-même par ce tourbillon. J'avais l'impression que le salon était plein de monstres qui se déchaînaient les uns contre les autres. Pourtant ils étaient seuls tous les deux à se débattre contre un ennemi commun que je ne parvenais pas à identifier. Était-il possible que l'amour fût à ce point terrifiant? Comment un corps harmonieux, évoluant avec douceur en temps normal, pouvait-il contenir autant de rage?

Quand ce grand tremblement fut terminé, ma

mère se retourna, le visage défait mais les yeux imprégnés d'un tel ravissement que sa beauté s'en trouvait décuplée. J'en oubliai même d'être offusquée par la façon burlesque dont elle s'offrait à ma vue, à demi dévêtue. Le membre de Jacques se retrouva hors de son fourreau, ayant perdu son agressivité, et les deux amants tombèrent sur le divan en s'enlaçant dans un soupir de satisfaction. Quelques minutes plus tard, Jacques repartait en vitesse et ma mère disparaissait dans la salle de bains. Je retournai dans ma chambre sans faire de bruit.

CAUCHEMAR

Malgré la chaleur, j'étais recroquevillée sur mon lit, et je coulais dans la noirceur de la fosse. Subitement, la caverne devenait un trou sans fond qui me donnait le vertige. La douce enveloppe de l'enfance s'était envolée. Cette enveloppe était constituée, jusqu'alors, d'une série de gestes et de paroles par lesquels ma mère me gardait au chaud. Maintenant j'étais nue.

Couchée en chien de fusil, je sortais de l'enfance, boutée hors de ce royaume par une scène «violente». Et tout à coup je comprenais pourquoi, depuis quelques mois, je me faisais peur avec des fantasmes sexuels plus ou moins horribles. Je me faisais violer en imagination, mutiler, tuer, et toutes ces scènes se terminaient par des larmes que versaient mes parents effondrés. Cette dernière image, mes parents éplorés, avait la beauté sublime des grandes transfigurations. Après le calvaire, la Vierge montait au ciel, glorieuse…

Pourtant, même si j'étais plus que troublée par la scène que j'avais vue, ce n'était pas le dégoût qui dominait. C'était la blessure causée par l'infidélité de ma mère. Comment pouvait-elle faire un tel affront à mon père, lui qui m'apparaissait alors comme un être irréprochable? En se souillant, elle m'avait souillée moi aussi, puisque je m'assimilais à elle. Je me trouvais donc subitement dans l'obligation de détester ma mère, même si cela me faisait mal. Elle brisait ma vie, m'arrachant tout à coup du berceau de l'enfance. J'essaie de dire cela le plus simplement possible, mais il est très difficile d'exprimer exactement ce que je ressentais alors envers elle. Sous le choc, je percevais surtout la haine, mais la haine est une grande dame qui se promène dans une robe aux ornements les plus divers.

Ce soir-là, le dîner fut pour moi un événement, car l'attitude et les propos de maman me bouleversèrent. D'abord j'avais cru qu'elle inventerait un prétexte quelconque pour ne pas se présenter à table, devant son mari. Or elle arriva dans une forme éblouissante, l'œil pétillant, le sourire facile, le geste large et la bouche avide. Elle donna l'impression d'avaler sa vichyssoise en trois cuillerées, déclara qu'elle était sublime, puis se servit une deuxième fois. Absorbé par ses problèmes de bureau et soucieux des événements politiques, mon père leva les yeux tout à coup et sourit. Les ondes que dégageait sa femme venaient de le sortir de son univers peuplé de basses manœuvres.

— Dis donc, t'as l'air en grande forme, toi!

Il donnait l'impression de la découvrir, objet de

désir qu'on finit par oublier à cause de sa présence constante.

— Oui! C'est à cause de Dieu!

Venant d'elle, ce genre de réparties m'étaient familières. À cause de son travail, ma mère nageait dans les mythes et la divinité sous toutes ses formes. Mais ce soir-là je sursautai. Cette bouche, qui prononçait le nom de Dieu, s'était ouverte quelques heures plus tôt pour embrasser un autre homme! Maman continuait sur le même ton:

— Ce qui est important, ce n'est pas tellement que Dieu existe ou pas, c'est qu'il soit vrai. Dieu existe quand il est vrai, à la manière d'un personnage de théâtre, comme Don Juan ou Œdipe. On croit aux personnages de théâtre quand ils sont joués avec vérité.

Ma mère nous avait habitués, mon père et moi, à des propos assez surprenants. À cause de son travail elle lisait des centaines de livres sur toutes les religions du monde et il était évident qu'elle avait une vie intellectuelle très riche. Mais ce soir-là, entendant ce qu'elle venait de dire, mon père leva un œil sceptique vers sa femme qui, à l'aise et vibrante de toute sa chair, arrachait une cuisse de poulet pour y mordre à belles dents. Bien sûr, à cause de ce que j'avais vu au cours de l'après-midi, je la regardais avec des yeux nouveaux. Maintenant, grâce à la distance qu'il y avait entre elle et moi, je pouvais la voir comme elle était. (Aujourd'hui, je dois admettre que ma vue était passablement brouillée par le ressentiment que j'éprouvais à son égard, mais à partir de ce moment-là, je pus au moins porter un jugement sur elle.)

— Tu ne penses pas? fit-elle en direction de mon père, qui était à cent lieues de ce discours-là.

— Je ne suis pas tout à fait sûr d'avoir compris ce que tu as voulu dire mais c'est pas très important. L'important, c'est que tu en sois convaincue...

— Tu me parles comme si j'étais un avocat qui a une opinion opposée à la tienne, mais ça n'a pas d'importance.

Elle eut un petit rire plein de malice et de santé, avala une gorgée de vin et enchaîna:

— La vérité est une énorme montagne aux pics multiples de différentes hauteurs. Atteindre l'un de ces pics, quelle que soit son altitude, procure un bonheur immense. Jusqu'à maintenant, dans mon travail, j'ai rencontré plus de mystères que de certitudes, mais il m'arrive de temps en temps de voir filtrer un petit rayon de lumière, et ce rayon de lumière est d'autant plus réjouissant qu'il traverse la forêt la plus épaisse. Affirmer que l'homme a inventé Dieu est un aboutissement valable de la réflexion, mais ça ne dit pas tout... Au commencement des religions, il y a eu la peur, mais deux sortes de peurs: l'une instinctive, sentimentale, qui a donné naissance à la magie, et l'autre ontologique, philosophique, qui a donné naissance à la religiosité. Aujourd'hui, ce qui m'a enchantée, c'est que j'ai lu un chapitre sur les religions primitives, à propos de l'orgie. Je lis des tas de choses pour préparer mon cours sur l'envoûtement. Eh bien, j'ai appris que les primitifs de certains pays, dans la pratique de certains rites, s'adonnent souvent à l'orgie, parce que l'orgie est synonyme de chaos primitif et qu'il faut retrouver cet état de chaos pour arriver à la connaissance...

Elle s'aperçut alors que je la regardais d'une façon particulière; je ne sais trop comment mais avec une intensité peu commune.

— Qu'est-ce que tu as, Sonia? Je te scandalise?

— Non, non... Tu m'amuses.

Elle éclata de rire, découvrant ses dents mouillées qui brillaient et elle me fit peur, m'apparaissant à ce moment-là comme une belle bête, comme un être parvenu au sommet de sa perfection physique, de sorte qu'il ne lui restait plus qu'à sombrer dans la décadence. De son discours que je ne pouvais pas comprendre tout à fait, je retenais le mot orgie. Ce mot-là se confondait à l'image encore toute fraîche à ma mémoire: sa croupe dégagée, relevée, et le membre de Jacques qui la pilonnait. Comme elle étudiait l'histoire des religions depuis des années, il est certain qu'elle connaissait les rites orgiaques depuis longtemps. Si elle nous en parlait précisément ce soir-là, c'était pour se disculper aux yeux de mon père, secrètement. À mes yeux cela rendait sa trahison encore plus pernicieuse. Elle se justifiait par un discours alambiqué dont le sens échappait au pauvre cocu qu'il était.

Mais à ce moment-là, une autre question troublante me traversa l'esprit: au fait, avait-il vraiment envie de savoir la vérité? À le voir si loin des préoccupations de ma mère, si enfermé dans son monde qui pour lui semblait être «le» monde, je me demandai s'il n'y avait pas du mépris dans son attitude. Du mépris ou de la lâcheté? Décidément, l'univers des adultes sentait l'hypocrisie.

Je passai une nuit plutôt affreuse, me réveillant souvent parce que je faisais toujours le même cauchemar.

J'étais dans ma chambre et je lisais une belle histoire d'amour dans un livre dont les pages étaient de verre. C'était le soir et l'atmosphère était douce. Mon père venait m'embrasser parce qu'il partait en voyage pour plusieurs jours. Puis je voyais ma mère lui dire adieu, la larme à l'œil, le mouchoir à la main, comme dans les films muets. Mon père était ému lui aussi mais il parvenait à contenir son émotion, et il embrassait longuement sa femme en lui disant qu'il allait revenir, qu'il ne fallait pas s'inquiéter, qu'il ne lui arriverait rien de grave, qu'elle devait prendre soin d'elle-même et de sa fille. Entre chaque baiser il disait:

— Sonia est tout pour moi, tu le sais... Attention au malheur! Attention au malheur!

Or dans son esprit, le malheur, c'était la perte de ma virginité. Je ne sais pas pourquoi mais c'est comme ça. J'ai fait ce rêve plusieurs fois et le mot «malheur» a toujours eu la même signification, alors qu'il aurait pu vouloir dire «jambe cassée» ou «œil crevé». Toujours est-il que mon père finissait par s'en aller, et tout de suite ma mère éclatait d'un rire énorme. Elle se mettait à gambader dans le salon comme une enfant, courant, sautant par-dessus les meubles tout en se déshabillant. Nue, elle chevauchait le divan, puis elle laissait tomber sa tête langoureuse sur les coussins. Ses cuisses devenaient très longues, très fines, et je tremblais à la pensée qu'elle pourrait entourer le corps d'un homme avec ces grandes jambes frémissantes qui lui soulevaient la croupe dans une série de mouvements spasmodiques. Au cours de ce jeu qui me paraissait particulièrement empreint de lubricité, quand elle s'était soulevée le derrière au maximum, je voyais apparaître son sexe, trou béant au cœur duquel semblaient onduler des montagnes de muqueuses, des kilomètres de lèvres vaginales en forme de plages. Alors j'entendais le bruit de la mer comme si elle avait frappé à mes tempes, à la manière de mon sang qui bouillait. J'étais prise de honte et de dégoût, mais en même temps j'aurais voulu être uniquement ce trou, apte à recevoir tous les hommes du monde.

Puis Jacques arrivait et ma mère était de nouveau habillée. Je me retrouvais alors à ma place au haut de l'escalier. À peine Jacques était-il entré qu'ils s'embrassaient tous les deux en riant. Ma mère apportait du champagne. Elle secouait la bouteille dans un geste obscène. Le bouchon sautait, libérant le vin qui surgissait à la manière d'une source intarissable, et dans la main de ma mère, la bouteille avait l'air d'un pénis qui gicle, inondant le monde de sa semence. Déjà saoule, maman faisait d'abord un tour sur elle-même en tenant la bouteille à l'horizontale, aspergeant le salon de vin, puis se renversait la tête en arrière en dirigeant le goulot vers sa bouche largement ouverte. Le champagne coulait sur sa poitrine gonflée, Jacques se ruait sur elle, lui arrachait sa robe pour que le champagne ruisselle sur sa peau. Alors il le buvait à grandes lampées, s'attardant aux mamelons qui prenaient des proportions énormes sous cette caresse interminable.

Cette séquence du rêve était très longue, me semblait-il, comme si les deux personnages avaient eu envie de me faire languir. Pourtant, ils ne savaient pas que j'étais cachée et que je les épiais. Malgré tout, ils semblaient avoir pour mission de me renseigner sur les choses de l'amour. Cela me faisait tout drôle de penser que, dans mes rêves nocturnes, j'avais encore honte d'être pubère depuis deux ans sans avoir connu l'amour physique alors que, dans la vie, je n'y attachais aucune importance. J'avais même un peu peur du jour où cela m'arriverait, événement qui se produirait seulement quand je serais amoureuse d'un homme, bien sûr...

Enfin, pour revenir à mon rêve, c'était l'heure de l'accouplement pour les amants. Ivres tous les deux, très grands, ils s'allongeaient sur le tapis. Le plancher s'était incliné légèrement et ils roulaient comme on roule dans la neige, ravis par l'impunité de l'enfance. Enlacés, nus, ils riaient, la bouche grande ouverte, et je voyais leurs langues rouges s'agiter, comme si la passion qui les enflammait leur avait fait perdre la raison. Jacques était maintenant à genoux devant ma mère allongée sur le dos, déjà ses jambes se nouaient autour des reins du mâle qui la regardait, subitement sérieux, comme s'il allait faire quelque chose de grave. Le pénis de Jacques était dressé, tuméfié, plus long que dans la réalité, et par son petit trou il laissait couler une matière incolore qui faisait des fils en tombant sur le plancher. Ma mère se redressait soudain en criant:

—Ah! Quelle belle poupée! Quel beau petit homme! Et il pleure, le pauvre... Maman va consoler le petit garçon...

Alors elle baisait le gland qui se gonflait davantage, prenant des proportions que je trouvais inimaginables. Les mains de ma mère étaient longues, et ses doigts effilés enserraient le sexe de l'homme comme pour l'étouffer, mais cela faisait rire Jacques qui disait:

— J'ai la queue plus forte que tous les muscles de ton corps réunis. Tu peux pas me faire mal. Tu peux pas me faire perdre mon érection. Y a qu'une façon de me la faire perdre.

Ce disant il s'était levé, forçant maman à dénouer ses jambes. Debout, il s'était reculé de quelques pas et il regardait la femme étendue à ses pieds, semblable à un athlète qui se prépare à lancer le javelot le plus loin possible, au-delà des frontières connues. Il s'élançait, parcourait quelques mètres en vol plané, atterrissait sur ma mère pour la pénétrer. Le cri déchirait la nuit. Je croyais qu'il la tuait, ce qui n'était pas sans me réjouir quelque peu, mais les choses se passaient autrement. Si ma mère mourait, c'était de plaisir. Elle demandait à son amant d'aller plus loin, toujours plus loin et plus fort. Une vraie enragée. Tout à coup, elle repoussait Jacques d'un geste violent et le retournait sur le dos, aussi aisément que s'il avait été un bébé. Alors je me revoyais enfant, au moment où elle me prenait dans ses bras pour me laver.

Le sexe de Jacques mesurait maintenant quarante centimètres au moins. Ma mère s'asseyait sur lui, le faisait entrer en elle sans difficulté aucune, se démenant comme une damnée, criant:

— Il faut tuer mon mari! Il faut tuer mon mari!

Alors il se passait quelque chose qui faisait changer totalement le cours de l'action. Horrifiée par les propos de maman, je me levais pour courir dans ma chambre, mais dans ma précipitation je tombais au bas de l'escalier, roulant sans toutefois me faire mal. Surpris en flagrant délit, les deux amants se regardaient puis, après un instant d'étonnement, se mettaient à rire aux éclats. Cependant, j'essayais de me relever mais j'en étais incapable, comme si une force mystérieuse m'avait clouée au plancher.

— Tous les espions vont en enfer, disait ma mère en s'approchant avec Jacques, dont le membre avait toujours les mêmes proportions effarantes.

Je criais mais ils n'avaient pas l'air de m'entendre. Ma mère se penchait sur moi pour m'embrasser tendrement, mais sa bouche était plus grande que d'habitude, et ses lèvres très maquillées me collaient au front comme deux sangsues. Je la repoussais de toutes mes forces, mais dans le mouvement de recul elle arrachait ma robe. Maintenant j'étais nue devant eux, étendue sur le dos, et les ongles de cette femme entraient dans la chair de mes cuisses pour les tenir écartées. À genoux devant moi, Jacques me souriait, plus beau que jamais.

— Tu as de la chance de connaître l'amour à ton âge, disait-il.

Lentement, il s'approchait de moi tel un bélier, et c'est ma mère elle-même qui, d'une main apparemment experte, dirigeait le membre énorme qui me pénétrait. Cela m'arrachait un cri épouvantable qui me réveillait.

À quelques variantes près, je fis ce cauchemar au moins trois fois au cours de la nuit.

LE DEUXIÈME BAPTÊME DE MA MÈRE

Le lendemain matin, je me réveillai dans un état lamentable. En me rendant à la salle de bains, je m'aperçus que je ne voyais pas très bien. Devant la glace, je découvris que j'avais les yeux enflés. Tellement enflés que seulement une parcelle de prunelle apparaissait entre mes paupières. Aussi mystérieux que soudain, ce malaise me plongea dans un désarroi que je n'avais pas connu jusque-là. Comme si je n'avais pas eu assez de savoir ce que je n'aurais jamais dû savoir! Pourquoi tout cela m'arrivait-il en même temps? Ayant toujours vécu dans le bien-être, je ne pouvais concevoir que la vie puisse être autre chose qu'une suite d'événements plus ou moins agréables. Or subitement, au cœur même de mon adolescence, je me voyais dans l'obligation de lutter contre des monstres qui se dressaient devant moi, hideux, gluants, griffus, etc.

Je décidai d'aller voir le médecin de famille sans en parler à ma mère. Bien sûr, le ressentiment que j'éprouvais à son égard était à l'origine de cette décision. Désormais, les choses ne seraient plus jamais pareilles entre nous deux. Mon enfance était morte la veille. Malgré mon âge, j'avais subitement basculé dans le monde adulte, ce qui me donnait l'impression d'être en équilibre instable. Mais il y avait autre chose. Mon instinct me disait que ma mère ne devait pas me voir dans cet état. Qu'elle pût en souffrir me laissait indifférente. Mais je me sentais coupable de quelque chose... comme si je n'avais pas eu le droit à la connaissance... Comme si le fait de savoir quelque chose avait pu me faire souffrir...

Je réussis à sortir de la maison sans être vue. Une demi-heure plus tard j'étais devant le médecin. Il me posa deux mille questions, m'examina des pieds à la tête, vérifia la consistance de mes glandes mammaires qu'il trouva «belles», mais fut incapable de me dire la cause de l'inflammation subite de mes yeux! Classique, notre médecin croyait à la chimie, à la mécanique des organes. C'était un garagiste de grande qualité.

— Vous avez dû prendre froid sans vous en rendre compte...

— Mais non, je vous assure!

— Vous savez, des fois on fait des choses, comme ça, sans s'en rendre compte. Mais c'est pas grave, apparemment.

Ce n'était pas grave mais il était fort embêté. Il me prescrivit des compresses d'eau bouillie.

— Ça va être long?

Comment supporter l'idée d'être laide pendant plus de trente secondes, même enfermée dans ma chambre?

—J'en sais rien.

Au suivant... Si j'étais sortie de la maison sans problèmes, il en fut autrement lorsque je rentrai, de plus en plus inquiète parce que le médecin n'avait pu expliquer ma maladie. J'eus beau me faufiler par la porte de la cuisine et marcher sur la pointe des pieds en exécutant le petit virage à gauche qui allait me faire accéder à l'escalier, je tombai sur ma mère.

— Sonia! D'où tu viens?

— Bonjour...

Je me précipitai dans l'escalier, ce qui ne fit qu'ajouter à sa curiosité. Elle me talonnait en disant:

— Sonia! Sonia! Qu'est-ce qui t'arrive?

Impossible de lui échapper. Lui fermer la porte au nez était impensable. Désemparée, je me jetai sur mon lit, m'enfouissant la tête dans l'oreiller. Il y eut un moment de silence, un temps d'arrêt qui ne pouvait qu'être bref. Je la sentais derrière mon dos, debout, grande dans sa robe longue et légère, presque transparente. À contre-jour, cette robe d'intérieur laissait paraître la forme élégante de ses cuisses. Et cette présence de femme, amalgame de sensualité, d'intuition, d'intelligence et de sensibilité, pesait sur mon corps emprisonné par la peur. J'entendis le froissement de sa robe que ses genoux remuaient, puis je sentis ses mains sur mes épaules. Alors je faillis me mettre à pleurer: l'enfance, mon enfance bienheureuse où le temps s'allongeait dans l'absence totale de culpabilité n'existait plus.

Elle me retourna sur le dos. Dans mon rêve de la nuit précédente, elle retournait Jacques sur le dos, le bras vigoureux, armé par la violence du désir. Maintenant elle était douce. Était-il possible que ce fût la même femme? Contrairement au médecin de famille, ma mère, elle, ne croyait qu'à l'influence de l'âme sur le corps. Elle avait lu Groddeck depuis longtemps. En me voyant les yeux elle recula, horrifiée, sans dire un mot. Puis elle se détourna en disant:

— Sonia... Sonia... C'est pas possible...

Cela dans un souffle oppressé. Puis elle vint s'asseoir sur le bord du lit, sans me regarder.

— Qu'est-ce qui se passe?

— J'en sais rien. J'ai été voir le médecin qui m'a examiné d'un travers à l'autre, mais il n'a rien trouvé.

— Évidemment... Donc, au départ, c'est pas quelque chose de physique. D'ailleurs, y a rien de physique au départ... Toi, qu'est-ce que t'en penses?

— Qu'est-ce que tu veux que j'en pense? J'y comprends rien. Je me suis levée avec ça ce matin... C'est tout...

— Mais, récemment, t'as rien vu? T'as pas été témoin d'une chose qui t'aurait choquée?

Pour elle, tout était clair. Mais je me serais bien fait couper un doigt ou une oreille plutôt que de lui avouer ce que je savais.

— Qu'est-ce que tu veux que je voie? Y se passe rien. C'est l'été, les vacances tranquilles...

— Au cinéma, hier?

— Un vieux film bourgeois de François Truffaut...

Heureusement, il y avait un film de Truffaut à l'affiche... J'étais décidée à mentir jusqu'au bout. Ma mère se leva brusquement, marcha vers la porte, s'arrêta pour revenir se mettre à genoux à la tête du lit. Ses lèvres tremblaient légèrement.

— Sonia, dis-moi la vérité... Il faut que je sache la vérité. Es-tu sûre que t'as rien vu de révoltant... quelque chose qui aurait pu te paraître répugnant?

— Qu'est-ce que tu veux que je voie de répugnant, ici dans la maison ou dans le jardin? Et puis qu'est-ce que c'est ces questions idiotes? J'ai les yeux enflés, le médecin sait pas pourquoi, c'est pas toi qui vas le découvrir en me confessant!

Agacée, j'avais élevé le ton. Elle sauta sur l'occasion pour faire une colère libératrice. Elle se releva d'un coup de jarret, subitement grande, semblable à une tragédienne que l'on vient de mettre en face de la terrible réalité: un crime qu'elle a commis par erreur.

— C'est pas des questions idiotes! lança-t-elle d'une voix étranglée. Et comment oses-tu me parler sur ce ton, moi, ta mère qui s'inquiète de ta santé? C'est bien la peine de se fendre en quatre pour aider ses enfants! T'es encore mineure, il me semble! À ton âge, ma fille, on écoute sa mère et on répond à ses questions!

Sa colère dura deux bonnes minutes, après quoi elle sortit de la chambre en claquant la porte, criant:

— Arrange-toi toute seule avec tes problèmes! Attrape la syphilis et crèves-en si t'en as le goût!

Je restai seule avec le son de sa voix dans les oreilles. Cette voix qui venait des entrailles et qui clamait sa culpabilité avec la même violence qu'elle avait crié son plaisir le jour précédent. Sans le savoir ma mère s'ouvrait à moi, me laissait entrevoir tout ce qui peut se cacher au fond d'un utérus. Cela me donnait le vertige. Considérant mes membres fragiles et mon ventre encore juvénile, je me demandais si je pouvais être la dépositaire d'un bagage aussi chargé de foudre. Je ne voyais pas tellement la différence entre une lionne et une femelle humaine.

Les quelques minutes de solitude qui suivirent l'orage me firent du bien. Par la fenêtre ouverte, j'entendais les oiseaux chanter, et la tiédeur du mois d'août entrait par vagues chargées d'odeurs plus légères que le mois précédent. L'été avait déjà commencé à se flétrir. Mais à l'époque, un changement de saison n'avait rien de nostalgique pour moi. Accrochée par toutes mes fibres au chariot du temps, je n'aspirais qu'à la progression. Plus vite j'avançais, plus vite je sortirais de la caverne pour parvenir à la lumière. Ou plus simplement, et comme par miracle, peut-être pourrais-je éviter de passer par la caverne?

Mon bien-être relatif fut de courte durée. Au bout de quelques minutes on frappait doucement à la porte qui s'ouvrait. Passant d'un extrême à l'autre, ma mère revenait, habillée de douceur, la bouche pleine de miel et de repentir.

— Excuse-moi, Sonia ma chérie... J'ai été bête avec toi... Excuse-moi je t'en prie... C'est pas ma faute, j'ai tellement peur que tu sois malade, tu comprends?

Elle avait posé sa main sur mon ventre et elle le pressait doucement, comme pour y faire entrer tout le mystère de sa maternité. C'était touchant et pitoyable à la fois. Mais j'étais incapable de lui dire que je l'excusais.

— Qu'est-ce qu'il t'a prescrit, le médecin?

— Des compresses d'eau bouillie.

— Évidemment! Des compresses d'eau bouillie! Ça vaut mieux que des pilules. Je m'en occupe tout de suite...

Elle était déjà debout, se précipitant vers la cuisine pour faire bouillir de l'eau.

— Laisse faire. Je suis capable de faire ça toute seule.

— Pas question! Repose-toi. Je reviens dans une minute.

Inutile d'insister. Mieux valait m'abandonner que de provoquer une autre crise. Alors une idée bizarre me traversa l'esprit: souvent j'avais rêvé que des hommes me violaient. Or dans la vie réelle, c'était ma mère qui me violait, moralement. Les dégâts et l'horreur causés par le viol physique sont réels, palpables, quantifiables, pour ainsi dire. La répugnance créée par le viol moral est indicible.

Ma mère fut de nouveau à mon chevet avec une bassine d'eau chaude et de la gaze. Elle souriait mais je vis que ses lèvres tremblaient de façon presque imperceptible. Elle posa la bassine sur la table de chevet et voulut dire quelque chose mais elle dut se racler la gorge.

— Voyons... J'ai un chat dans la gorge... J'espère que l'eau n'est pas trop chaude.

— Laisse faire, maman. J'vais le faire toute seule.

— Pas question! Reste tranquille.

— Mais c'est pas si compliqué! Donne-moi la compresse.

Alors elle se fit implorante, comme une amoureuse qui demande une faveur à son amant.

— Sonia, ma chérie, fais-moi plaisir... laisse-toi faire. Tu peux pas me faire de plus grand plaisir qu'en me laissant te soigner...

«Fais-moi plaisir»... Il paraît que c'est justement la petite phrase que les pères incestueux emploient pour convaincre leur fille de s'abandonner... Comme si les parents ne pouvaient être vraiment «parents» qu'en nous faisant subir une torture quelconque.

Je fermai les yeux, ce qui était une opération plutôt facile, étant donné que l'espace entre mes paupières inférieures et supérieures permettait à peine de faire passer une lame de rasoir. J'entendis quelques gouttes d'eau retomber dans la bassine, puis je sentis la brûlure sur mes yeux. Malgré moi, je laissai échapper un grand cri.

— Excuse-moi, Sonia... Ça brûle?

— Oui.

— Pourtant (elle avait tout de suite retiré la compresse) l'eau est à peine tiède... Ça doit être l'inflammation...

Délicatement, elle posa sa main sur mon front, et la sensation de brûlure fut à peu près la même. C'était sa main que je ne pouvais endurer. Sa main longue et ses beaux doigts qui, dans ma mémoire, caressaient le pénis de Jacques avec volupté.

— Fais la grande fille, là, allons... À ton âge... Si tu veux que ça guérisse...

J'avais envie de crier mais je me retins. Il fallait

en finir. De nouveau ce fut le contact de la compresse chaude, puis ses doigts qui effleuraient ma joue, pendant que les images se bousculaient dans ma tête.

— Là... Tiens, ça va comme ça?

— Oui...

Un mensonge de plus ou de moins... Je voulais qu'elle s'en aille au plus vite, mais elle s'acharnait à vouloir être bonne, compréhensive, en un mot, mère jusqu'au bout des ongles et de ses bons sentiments. Elle resta silencieuse un moment, ce qui me permit d'entendre un merle chanter, mais elle avait autre chose que les oiseaux en tête. Maman n'entendait que le grondement du remords et le tambour de l'orgasme. Au bout d'un moment elle dit:

— C'est quand même curieux, cette histoire... (curieux en effet: les yeux fermés, je la voyais sur le divan, offrir sa vulve à l'amant déchaîné...) Très bizarre... Je m'excuse de revenir là-dessus, Sonia, mais j'aimerais que tu fasses un petit effort de mémoire, honnêtement... S'il n'y a pas de raisons physiques à cette inflammation, il y en a d'un autre ordre... Tu serais vraiment gentille de me dire si tu as vu quelque chose qui t'a offusquée.

Alors il me vint à l'esprit que sa torture était aussi cuisante que la mienne. Un mince soulagement pour moi, mais j'avais envie de le savourer. Un peu comme la femme dont l'amant jaloux a des doutes et qui lui répond: «Tu as des doutes. Garde-les. Ce sera ta punition.»

— Non, maman, je t'assure... J'ai rien vu... J'suis pas folle. Parle-moi plus de ça, si tu veux me faire plaisir...

Dans le noir je l'entendis soupirer. Mais ce soupir était en réalité un malheureux gémissement de douleur. Alors j'éprouvai le besoin incoercible d'ouvrir une petite porte au doute, afin que sa torture soit encore plus poignante:

— D'ailleurs, même si je suis mineure, comme tu dis, j'ai quand même l'âge de raison. J'ai ma vie à moi, mon âme à moi... Je suis responsable de mes actes... Et si j'avais vu quelque chose, ici ou ailleurs, je pourrais très bien avoir envie de garder ce secret pour moi. J'ai droit à ma petite vie intérieure, moi aussi...

Rien. Aucune réaction. Elle devait me regarder, bouche bée, incapable de dire mot, la flèche plantée entre les deux omoplates, comme un «sauvage» au beau temps du muet. Elle sortit de la chambre au bout de quelques secondes qui me parurent une éternité. Seule avec le poids du mensonge que j'avais répété pour la cinquième fois peut-être, je décidai de barrer la route au remords. Après tout, si j'avais les yeux enflés parce que j'avais vu quelque chose, ce quelque chose, c'était une faute que ma mère avait commise.

Sans remords et sans reproches, je n'en restais pas moins ébranlée par cet événement qui prenait à mes yeux des proportions gigantesques. De l'anfractuosité, je passais au trou noir dans lequel je tombais. Au fond, au bout de cette chute libre, la caverne avec tous les monstres générés par les folies des adultes.

Au cours des nuits qui suivirent, je fis plusieurs fois le cauchemar qui se terminait par la main de ma mère dirigeant le membre de Jacques vers mon ventre. Ce qui me laissait dans un état lamentable au réveil. Pas une fois, cependant, il ne me vint à l'esprit que je pouvais secrètement désirer être possédée par Jacques. De ce rêve, je faisais une lecture au premier degré, et c'était l'horreur du viol qui prenait toute la place dans mon cœur révulsé.

Comme par miracle, mes yeux redevinrent normaux au bout de trois jours, ce qui fut un grand soulagement. Il me restait un autre problème, d'ordre psychologique, beaucoup plus épineux: comment vivre avec ce secret? Est-ce que je devais en parler à mon père? Impérieuse, la réponse venait tout de suite: Non! L'harmonie qui régnait à la maison, même si elle était fondée sur le mensonge, m'était plus chère que tout le reste. Cela, je le savais de façon intuitive. Est-ce que je devais parler à quelqu'un d'autre pour me délivrer de ce poids qui m'étouffait? À qui? Je m'aperçus alors que je n'avais pas de vraies amies. Il y avait bien Huguette, une camarade de classe qui venait à la maison de temps en temps, mais je savais que si je lui racontais ce que j'avais vu, elle irait le colporter à toutes les filles de l'école. Huguette était une brave fille à l'allure passablement dévergondée, qui ne pensait qu'à trouver un garçon pour se faire embrasser. Elle prétendait même qu'elle avait vu la «grosse bibite» d'un homme qui voulait faire l'amour avec elle... Mais elle n'avait pas voulu, soi-disant parce qu'elle ne prenait pas encore la pilule. Huguette passait son temps à parler des garçons, ce qui laissait supposer qu'elle avait envie de «quelque chose», même à son âge, mais dès que le mâle se faisait pressant, elle lui trouvait des défauts abominables et repoussait celui qu'elle avait attiré la veille. N'ayant pas de confidente sous la main, je décidai de garder mon secret pour moi toute seule, me disant que les choses allaient s'arranger, que cette espèce de tumeur que je portais en moi allait se résorber avec le temps. C'est-à-dire que, personnellement, je pouvais très bien surmonter ce choc en quelques mois, chaque jour me faisant progresser dans la connaissance des «choses de la vie». Avide, mon corps s'ouvrait, se transformait, devenait une assise de plus en plus solide pour ma «petite âme» secouée par un événement que je n'étais probablement pas la seule à avoir vécu.

C'est du côté de ma mère que les choses prirent une tournure bizarre. Au cours des semaines qui suivirent, son comportement devint cyclothymique. Graduellement mais de façon de plus en plus prononcée. Dans ses moments d'euphorie, elle était superbement flamboyante. À table, sa conversation était un tourbillon qui tentait de nous emporter vers la lumière. Après quelques gorgées de vin, elle devenait un véritable prélude à une épiphanie.

— Ah! Mes enfants! Quelle belle journée aujourd'hui! On dirait que je rajeunis. Les roses de la platebande étaient éclatantes, et leur parfum avait quelque chose de suave qui me montait à la tête, qui me ramenait à l'âge de vingt ans, alors que tout est beau parce que tout est possible. Vous ne trouvez pas?

— Pas eu le temps de sentir les fleurs, disait papa en levant à peine les yeux sur elle, comme s'il avait eu peur de regarder franchement ce visage exalté, trop radieux pour être vrai. Une femme a-t-elle le droit de briller comme un soleil? Moi je gardais le silence, inquiète de la transformation que je voyais s'opérer en elle, sachant à peu près quelle en était la raison, mais incapable de l'analyser avec justesse. Elle enchaînait:

— Il y a des jours où la beauté d'une seule fleur me ravit... Avez-vous déjà pensé à tout ce qu'il y a comme source de joie dans un pétale de rose? La femme la plus séduisante du monde peut toujours courir, sa peau n'aura jamais le duveté et la délicatesse d'un pétale de fleur. Les roses vont se faner dans quelques semaines parce que l'automne s'en vient, mais qu'est-ce que cela change? Ce n'est que l'illustration du plus grand mythe du monde, le mythe de l'éternel retour, qui est inscrit dans la marche de l'univers. Le printemps prochain, tout recommencera, avec la sève nouvelle, la germination, la turgescence, les odeurs qui vont éclater, les oiseaux qui vont faire leurs nids et tout le reste. Quelle merveille! Oui, malgré toute la misère du monde, la beauté est toujours là dès que le soleil émerge. Et dans la lumière, les papillons se multiplient. Une vraie splendeur! Qui donc a dessiné les ailes des papillons? Pour moi, le seul fait d'être là et de pouvoir penser à ce mystère, c'est une raison suffisante pour chanter la gloire de Dieu!

Alors je levais les yeux vers elle et sa bouche qui s'ouvrait pour avaler la viande avait l'air d'une corolle vivante, l'aboutissement parfait d'un long processus par lequel on arrive à la sensualité bienheureuse. C'était trop beau pour être réel. Voilà ce que nous ressentions, mon père et moi, de sorte que nous gardions le silence, incapables de nous accrocher au chariot qui l'emportait vers son éther imaginaire.

Elle avalait quelques gorgées de vin, mastiquait délicatement une bouchée de carotte puis, se servant de Dieu comme d'un tremplin, elle passait à autre chose:

— Ah! Parlant de Dieu, j'ai lu une phrase lumineuse, aujourd'hui, dans un petit livre de Paul Diel qui s'intitule La divinité, quelque chose comme: «La justice est immanente parce qu'elle est fondée sur la loi d'harmonie, et sa récompense immanente, la joie, dont la loi se disharmonise, et l'angoisse pathologique qui en résulte n'est que l'aspect négatif, la sanction immanente.» Voilà! N'est-ce pas que c'est superbe! Vous avez beau retourner les choses dans tous les sens imaginables, le grand pendule du monde est toujours en mouvement et grâce à lui l'harmonie existe, inévitablement. Et de cette façon la joie existe aussi, inévitablement.

Mon père la regardait, bouche bée, oscillant entre l'envie de rire et l'exaspération. Puis il disait:

— Formidable! Les livres tortueux que tu lis te donnent des raisons d'être heureuse... En plus, t'as un mari gentil et une fille extraordinaire... Je pense que c'est trop, le bonheur va te faire éclater. Tu vas en mourir...

Elle éclatait alors d'un rire dont les teintes passaient rapidement du cristal à celles de la sensualité et du sang. Puis elle buvait une gorgée de vin, après quoi elle disait:

— Oui, j'en mourrai, mais qu'importe, puisque j'aurai vécu la vie la plus fascinante du monde entre un homme respectable, beau, généreux, intelligent, et une fille qui représente pour moi tout l'espoir qu'une mère peut placer dans le fruit de ses amours conjugales.

À ce moment-là, il m'arrivait parfois de voir une scène qui me bouleversait, parce que j'avais encore en mémoire ce qu'elle avait fait quelques jours plus tôt avec son amant. Élancée dans sa robe légère qui laissait deviner le mouvement de ses hanches, elle se levait et allait entourer le cou de son mari, le bras chaud et langoureux. Elle lui collait un baiser bruyant sur la joue, l'empêchant de mastiquer sa viande, ce qui faisait basculer la scène dans la trivialité.

Le lendemain, sombre comme un jour de novembre, elle avalait son repas d'une fourchette laborieuse, sans dire un mot. Mon père commençait par poser une question timide, mais comme elle répondait par un grognement à peine audible, il n'insistait pas. J'avais alors l'impression de vivre une séquence de cinéma où le silence se fait de plus en plus lourd, ponctuée régulièrement par le bruit des ustensiles et celui de la mastication. Je me demandais alors ce que nous faisions là tous les trois, vivant dans le monde le plus libre qu'on pût imaginer, mais prisonniers de nos habitudes, de règles de politesse désuètes, d'un respect mutuel qui n'avait aucun sens à mes yeux. Moi, la vie m'appelait! Je voulais apprendre, embrasser le monde, savoir ce qui se cachait au fond du puits.

Ces jours-là, elle trouvait toujours le moyen de me quereller. Cela commençait ordinairement par une remarque sur mon comportement à table:

— Mange pas trop vite, enlève tes coudes, mastique lentement, bouchées trop grosses, etc.

Voulant éviter le pire, j'obtempérais de mon mieux, mais souvent ses remarques n'avaient aucun fondement. Alors comment améliorer mes manières? Il m'arrivait donc de perdre patience et de répliquer à crocs découverts:

— Oui, maman! Oui, maman! Qu'est-ce que je peux faire de plus?

Alors elle éclatait:

— On ne parle pas sur ce ton à sa mère! (Manquer d'originalité à ce point! Le fait qu'elle répétait ce cliché prouvait bien qu'elle parlait dans le vide.) Qu'est-ce que j'ai fait au bon Dieu pour avoir une fille pareille? (Autre phrase passe-partout.) Et où as-tu déniché ces jeans-là? (C'est elle-même qui me les avait achetés.) Ils sont trop petits! Tu veux faire la gourgandine en te moulant les fesses et en te découpant la raie du cul!

Papa laissait tomber sa fourchette.

— Marie-Hélène! C'est pas une façon d'élever ses enfants.

Bouleversé par les propos de sa femme, il faisait sa remarque d'une voix timide, ce qui encourageait ma mère à crier plus fort:

— Et pourquoi donc? Les mots te font peur? Ça s'appelle de l'hypocrisie, ça, mon vieux! L'hypocrisie, c'est la première qualité des hommes de ta génération! De tous les hommes de tous les temps, d'ailleurs... Qu'est-ce que tu connais dans la façon d'élever les enfants? Hein? Et une fille par-dessus le marché! Qu'est-ce que tu connais aux filles? As-tu une maîtresse de vingt-cinq ans? Une petite poule qui te donne des leçons sur les fantasmes sexuels de cette génération d'écervelées qui ne pensent qu'aux acteurs de cinéma, au hasch et au sexe?

Comme mon père ne disait rien, elle dirigeait ses batteries contre moi dans la seconde suivante:

—Je suppose que t'as commencé à te droguer?

—Non, maman, disais-je doucement mais avec la plus grande sincérité du monde, car c'était vrai. Le hasch ne m'intéressait pas, même si autour de moi, au collège, on fumait sans trop se gêner. Les mœurs s'étaient passablement libérées depuis six ou huit ans. Mais comment prouver à ma mère que j'étais une exception?

Ces soirs-là, en général, le repas se terminait par une tirade au cours de laquelle maman nous servait un cocktail apocalyptique où s'entrechoquaient les pires calamités:

—Nous vivons dans une société pourrie! Les grèves se multiplient, tous les trois mois ou à peu près, nous sommes témoins de désobéissance civile de la part de la fonction publique ou para-publique, on ne fait plus d'enfants, les femmes se font avorter à utérus-que-veux-tu, les curés se marient à la pelle, on ne respecte plus rien, ni les hommes qui représentent le pouvoir, eux qui sont en place de façon démocratique, autrement dit, il n'y a plus de contrat social. C'est le chaos, une espèce d'orgie primitive, mais complètement dénuée de son sens sacré comme on le vivait à l'époque de la préhistoire, parce que la société d'aujourd'hui rejette toute notion de divinité. Le seul dieu qu'on adore, c'est un dieu à deux têtes:

l'argent et le cul! C'est le règne de la déréliction!

Et elle terminait par une phrase qui nous coupait le souffle, à mon père et à moi:

— Ah! Mon Dieu, que j'aimerais donc être baptisée une deuxième fois!

Cela sonnait comme un ultime gémissement de douleur, et le silence retombait dans la salle à manger. Entre nous trois, le malaise enflait à vue d'œil, pour ainsi dire, et je n'avais plus qu'une idée en tête: quitter la table au plus vite, me réfugier dans ma chambre. Mais il y avait des soirs où elle m'y suivait pour me contraindre à avouer des fautes que je n'avais pas commises:

— À quand remontent tes dernières règles? Es-tu enceinte? Couches-tu avec les garçons?

Insupportable! Elle vidait mes tiroirs pour essayer d'y trouver de la marijuana, des seringues et quoi encore! Le pendule euphorie-dépression oscillait à une vitesse qui me rendait folle. Pourtant mon père ne bougeait pas. Les rares fois où je me trouvais seule avec lui, jamais il ne me parlait de ce qu'il fallait bien appeler «la maladie» de sa femme. Sur ce sujet, il était impénétrable. J'en arrivais même à me demander s'il en souffrait. Décidément, les adultes se conduisaient d'une façon mystérieuse.

Je me trouvais donc dans un état plutôt minable quand septembre arriva. La mélancolie me rongeait. Je retournai au collège sans plaisir, comme on entre au couvent sans avoir la vocation. Pourtant, je fréquentais une institution où les règlements étaient flous et les professeurs débonnaires. Cette année-là, je trouvai mes condisciples mâles tout simplement affreux. D'habitude, ils parlaient sport, télévision, films cochons, drogue, etc. Ce qui faisait diversion au problème que nous posions, nous les jeunes filles, quand nous étions en leur présence. À cet âge-là, les mâles sont sur une berge, les femelles sur l'autre. Entre les deux rives coule une rivière tumultueuse. Or personne ne sait nager.

Cette année-là, donc, une distraction nouvelle s'ajoutait aux autres: la politique. La plupart des professeurs couraient, chevelure au vent, une main accrochée au chariot de l'indépendance. Le vent de l'aspiration soufflait. Une vraie tempête! Il fallait courir dans le sens du vent, la tête haute, les yeux fermés à tous les obstacles. Comme par enchantement, la province était devenue un pays, et ce pays, il fallait le construire. Pour le construire il y avait là, disponible, généreuse, ardente, titanesque, toute la force de la jeunesse! Les «forces vives» du pays, comme le disaient les engagés enragés. En avant! Montons à l'assaut! (De quoi s'ennuyaient ces pauvres illuminés? De la guerre, peut-être?) Le gouvernement en place était celui qui, quelques années plus tôt, avait envoyé les trois chefs des grandes centrales syndicales en prison. Un vrai crime! Sur les socles, il n'y avait déjà plus de statues. La Bastille venait de péter, il fallait des têtes nouvelles pour les faiseurs d'images, pour les sculpteurs de rêves. En avant! «Souvenez-vous de la crise d'octobre!» Quoi? J'avais une dizaine d'années à l'époque de la fameuse crise, et j'étais heureuse. Un mort et des intellectuels en prison! Atroce, n'est-ce pas? Combien de morts la Révolution française avait-elle faits? Ça n'a rien à voir! La France c'est la France, icitte c'est icitte! La France, connais pas!

Ah! La puissance du rêve! Les femmes se libéraient! Les hommes rigolaient en douce mais tremblaient en cachette. Les jeunes gens, eux, ordinairement effrayés par le mystère des jeunes filles, normalement enclins aux raccourcis vulgaires parce qu'incapables d'approches en douceur, étaient tout heureux de pouvoir fuir dans ce rêve exaltant. Au quatrième siècle, des «hommes ivres de Dieu» avaient construit des monastères dans le désert. Ici, notre jeunesse allait construire un pays. Sublimation et masturbation se donnaient la main pour faire dévier les forces naturelles de l'être humain.

Je ne sais trop pourquoi mais je n'avais aucune envie de monter sur ce chariot à une seule roue, attelé de chevaux qui n'avaient que des ailes. Mon rêve n'avait rien d'éthéré. Ce que je vivais à la maison depuis quelques semaines me ramenait à la réalité palpitante de la chair subitement mise à nu, du sang qui cogne aux artères affleurant la peau. Mais cette réalité, troublante parce qu'elle baignait dans la sensualité, le devenait davantage parce qu'elle était coiffée du trouble mental. Ma mère était en train de capoter. Je la détestais pour ce qu'elle avait fait, mais la voyant partir à la dérive, j'avais pitié d'elle.

La psychologie, radiographie de l'âme, a fait des progrès merveilleux. Mais si le plus malin des gros diplômés qui font l'orgueil des universités pouvait voir ce qui se passe dans la tête d'une fillette au moment où elle voit poindre ses seins et apparaître le poil sur son pubis, il ferait dans sa culotte. L'enfer des contradictions a commencé là: émerveillement-peur, attirance-répulsion, vie-mort, puissance-faiblesse. Le bonheur provoqué par la sensation d'être entier, intact, est indicible. Il explique à lui seul le sourire divin de l'enfant. Et tout à coup, le corps intact comme une perle se scinde, s'ouvre, se creuse, devient caverne. Je crois que Dieu est venu au monde dans une vulve. Personne n'a le temps de penser à cela parce qu'après tout il faut bien être sérieux, construire des ponts, des maisons, des chemins de fer, écrire des livres de science et de philosophie pour faire danser les cellules grises des intellectuels, mais quand on se glisse entre les draps, le soir, satisfait des grandes idées qu'on a eues durant le jour, c'est toujours sur le mystère de la germination que l'on ferme les yeux. Alors le rêve, la seule jument de la création qui n'endure pas la bride, frappe à la porte, l'ouvre, se promène dans l'inconscient de «l'homme sérieux», hennit, chante, dessine des courbes étranges qui sont autant de messages précieux pour arriver à la compréhension de l'âme humaine. Mais «l'homme sérieux» n'a que faire de ces «folies» qui ont troublé son sommeil. Au réveil, il se lave, mange, fait son petit caca, puis il se met à agir ou à réfléchir à des problèmes graves, parce qu'il a des responsabilités...

Il y avait des jours où la conversation de ma mère ondulait comme une paire de hanches. Harmonieuses, les phrases coulaient, accordées au mouvement gracieux de son bras qui se tendait vers la soupière, plongeait la louche dans le potage onctueux et la ramenait vers son assiette. Assemblés par le profond bonheur de l'existence, les mots sortaient de sa bouche en formant une ligne musicale qui se déroulait dans l'espace en dessinant des boucles, des montées et des descentes qui rivalisaient de douceur, un peu à la manière des mélodies grégoriennes. C'était toute sa chair qui chantait son plaisir d'être là, d'être organisée en être humain, aboutissement sublime de la matière en évolution depuis des milliards d'années. Il me semblait alors que le timbre de sa voix avait la couleur de sa langue ou de ses lèvres, la consistance et la douceur de ses muqueuses. Seulement avec des mots et des intonations que lui dictait le seul plaisir de respirer, elle donnait l'impression de s'ouvrir pour étaler devant nous la beauté mystérieuse de son intimité.

Alors, je regardais mon père qui l'écoutait d'une oreille plus ou moins attentive, et j'essayais d'imaginer le bonheur qu'il avait dû éprouver à se fondre dans ce corps qui était un vrai volcan de sensualité. Assez curieusement, je pensais à ces accouplements comme ayant eu lieu dans un passé lointain. Le plaisir, je le voyais pour moi seulement, à la portée de mes mains. Eux deux, ils avaient «vécu», donc ils étaient morts à mes yeux. Ces jours-là pourtant, le discours de maman n'avait rien de trivial. Sa mémoire était phénoménale et souvent elle commençait par une citation d'un vieux texte bouddhique. Par exemple: «Celui qui mange le fruit de l'acte dans une certaine existence n'est pas celui qui a fait l'acte dans une existence antérieure, mais il n'est pas un autre.»

Ahuri, mon père levait les yeux vers elle. Il avait envie de dire que le potage était délicieux, ce qui lui procurait un plaisir immense, car le reste de ses préoccupations était angoissant: les élections auraient lieu dans quelques jours, on allait changer de gouvernement et il allait perdre des tas de choses, c'est-à-dire des revenus considérables, ce qu'il traduisait par:

— Avec le PQ au pouvoir, la province va s'en aller au diable. Ça va être un désastre...

Imperturbable, ma mère poursuivait sa réflexion sur la même idée en citant un texte des «pudgalavadin» (partisans de la personne dans une controverse quelconque sur le bouddhisme): «Il est faux que le pudgala soit la même chose que les skandhas; il est faux qu'il diffère des skandhas.»

— Vous voyez? demandait-elle avec le large sourire de celui qui vous fait toucher du doigt une évidence. Ne voyant rien du tout mais poli sinon respectueux, mon père faisait un petit signe affirmatif avant de retourner à sa cuiller. Alors elle enchaînait allègrement:

— Ah! Mes enfants, vous doutez-vous seulement de la joie intellectuelle que procure le doute! Pragmatiques, matérialistes, cartésiens, pour employer un cliché, nous divisons tout en deux: blanc ou noir, existence ou néant, froid ou chaud, droite ou courbe, etc. Or une chose peut être ceci tout en étant cela. Pourquoi? Eh bien! Parce qu'il y a de tout dans tout. Voilà ce que nos esprits à angle droit ne peuvent pas concevoir. Pourtant, il y a belle lurette que la théorie de la relativité a été inventée...

— Maman, est-ce que c'est ça que tu enseignes à l'université?

Depuis quelques jours j'avais recommencé à poser des questions. Alors elle se retournait vers moi, toute heureuse de constater que je prenais un si grand intérêt à son travail.

— À proprement parler, non, parce que ce n'est pas la matière du cours que je donne en ce moment, mais j'imagine que ça doit transpirer un peu, étant donné qu'il s'agit là de choses que je pense profondément. Enseigner, ce n'est pas seulement transmettre des connaissances apprises dans des livres. C'est être pleinement ce que l'on est, en face des élèves. Plus exactement, c'est se laisser être. Et alors, ce que l'on est coule vers eux. Malgré eux, les élèves nous boivent, nous absorbent, deviennent un peu ce que nous sommes. C'est comme cela que se transmet la connaissance, la vraie! La connaissance n'est pas seulement la mémorisation de grandes vérités, mais surtout la participation consciente de tout son être à la lente transformation de l'univers. Sentir que l'on est intégré à ce long processus évolutif nous procure un bonheur indicible. Pourquoi? Je n'en suis pas certaine, mais j'ai l'intuition que cela atténue l'angoisse provoquée par la mort. Je suis reliée aux premiers instants de l'humanité, aux premières cellules vivantes qui se sont assemblées pour aboutir à l'homme d'aujourd'hui. Or nous avons maintenant la certitude que cela n'est pas fini, que cela ne le sera jamais. Donc, je suis reliée aux cellules des vivants qui peupleront l'univers dans quelques milliers d'années. Ce qui veut dire que ma mort, relativement prochaine, n'est qu'une étape, un moment plus ou moins douloureux à passer.

Je la suivais difficilement. Pour moi, la mort était une catastrophe, que ce fût la mort d'un chat ou celle d'un être humain. Quant à mon père, il avait un beau morceau de viande dans son assiette, et c'était tout ce qui lui importait. Agacé par les propos de maman, il laissait tomber:

— Marie-Hélène, pourquoi tu racontes des histoires pareilles devant ta fille?

Et le mâle de retourner à son escalope sans avoir l'air d'attendre une réponse vraiment cohérente à sa question, comme s'il avait été en dehors du monde habité par sa femme. Pourtant, mon père avait l'air heureux. De quoi donc était fait son bonheur, s'il ne lui venait pas de la femme qui devait lui être la plus chère? Quand je pense que les adultes se demandent ce qu'il y a dans la tête des enfants... Dans la tête des enfants, il y a tout le bonheur et tout le malheur du monde en puissance. Dans leurs yeux, il y a l'angoisse provoquée par l'image que projettent les adultes. Ils les voient danser, respirer l'odeur des fleurs, puis se quereller, se battre, s'entretuer, souffrir...

Je regardais mes parents et je sentais la caverne se creuser en moi. Au début, ce fut une étrange sensation, quelque chose que je n'arriverai probablement jamais à expliquer correctement. C'était quand même affolant, parce que j'avais l'impression d'être au bord d'un trou invisible et de me sentir attirée par ce trou. Un vertige intérieur, si cela peut avoir un sens. Et ce vertige, à mon insu, était provoqué par le discours de ma mère, que je ne me lassais pas d'écouter. En réalité, je le buvais comme du lait maternel.

Quelle surprise, le jour où je me rendis compte que, dans ces moments-là, je ne la détestais pas...

Cette année-là, l'été des Indiens fut magnifique.

Nous n'allions plus très souvent à la campagne, même si nous étions propriétaires d'un très beau chalet à Saint-Sauveur. Depuis quelques années, l'exode massif des Montréalais vers les Laurentides, le vendredi après-midi, répugnait à mon père qui n'avait jamais voulu faire partie d'un troupeau. Et puis il y avait aussi le fait que «le week-end à la campagne» ne m'intéressait plus. Je préférais rester seule à la maison. Quant à ma mère, cela lui était égal. Lire un traité sur l'islamisme, assise sur la pelouse à Westmount ou en face d'un lac, c'était du pareil au même pour elle. Alors mon père s'était mis à jouer au golf sur la rive sud, en compagnie de ses confrères qui habitaient Saint-Lambert. «Le chalet dans le nord», c'était pour le monde ordinaire, pas pour nous.

Au début d'octobre, il nous offrit cependant de l'accompagner pour aller fermer cette résidence secondaire où nous n'avions pas passé plus de trois week-ends depuis le mois de juin.

— Pourquoi tu le vends pas, ton foutu chalet? répliqua d'abord ma mère sur un ton plutôt neutre. Il te sert à rien... À moins que tu ailles là pour baiser tes maîtresses durant la semaine... Hein?

Puis elle partit d'un grand rire qui me donna le frisson. Pourtant, l'instant d'avant, elle avait l'air tout à fait normale. C'était la première fois qu'elle tenait ce genre de propos devant moi. Avait-elle l'habitude de faire de telles scènes à mon père? Je n'en savais rien. Je trouvais sa question d'autant plus saugrenue que je la savais coupable d'adultère. (Façon de parler, puisque la force morale de ce terme semble passablement émoussée.) Mon père la regardait sans dire un mot, impassible. Je ne pouvais savoir s'il jouait le jeu de celui qui a quelque chose à cacher, ou s'il regardait sa femme comme une malade qu'il faut ménager. Quand elle s'arrêta de rire, à la fin d'une cascade qui me parut interminable, il dit simplement, d'une voix qui ne trahissait aucune agressivité:

— Marie-Hélène, pourquoi tu dis ça? Tu sais très bien que c'est pas vrai, que c'est pas possible non plus, puisque je passe mes journées au bureau et mes soirées à la maison... (Je sus plus tard qu'il disait la vérité.)

— Quel innocent que ce mari! Alors tu ne serais pas assez débrouillard pour t'organiser une partie de fesses de temps en temps, comme n'importe quel homme de n'importe quel milieu, d'ailleurs!

— Sonia, dit mon père en me faisant signe de quitter la pièce.

Mais elle intervint aussitôt, parlant toujours avec le même sourire ironique sur les lèvres:

— Laisse donc! Sonia a quinze ans; c'est une jeune femme de son temps et de son siècle. Elle en sait plus que toi sur les besoins incoercibles du corps et du cœur...

Ondulante, féline, elle s'approcha de lui, entoura son épaule d'un bras qui me sembla chargé de toute la chaleur de monde et l'embrassa doucement sur la joue. Puis elle dit:

— Allons-y donc, à ton chalet. Après tout, un peu d'air pur ne peut pas nous faire de tort. Allons-y gaiement, même si c'est l'automne...

Tant d'emphase, à propos d'une activité aussi banale, me faisait craindre le pire. Enivrante dans son discours, elle en était d'autant plus pathétique quand elle déraillait l'instant d'après. Il fut décidé que nous partirions le samedi matin, abandonnant l'autoroute aux enragés du vendredi soir.

Au dîner ce soir-là, ma mère resta silencieuse. Sombre, elle tenait les yeux rivés sur son assiette, avalait mécaniquement, et quand elle tendait la main vers un plat, son geste était dénué de grâce. Je la regardais à la dérobée, fascinée par ce phénomène étrange: son corps épousait parfaitement les formes dessinées par ses états d'esprit. J'avais même l'impression qu'elle était possédée par un être invisible, informée par un diable quelconque, ce diable pouvant être tour à tour gracieux ou disgracieux.

À la fin du repas elle laissa tomber:

—J'ai eu une longue conversation avec un Haïtien aujourd'hui, à propos de l'envoûtement...

Et l'envoûtement, est-ce que ce n'est pas un genre de possession? J'étais sidérée.

—Et alors? fit mon père, la bouche déformée par un drôle de rictus. Le silence qui avait duré pendant tout le repas lui avait mis les nerfs en boule.

—Alors rien... Rien du tout, mais l'envoûtement existe. Il suffit d'être un peu plus sensible qu'un animal pour l'admettre.

Elle se leva de table et demanda, sur le ton le plus naturel du monde:

—As-tu invité des amis pour demain soir, au chalet?

—Non... Y en a jamais été question... Pourquoi?

—Parce que ce serait amusant... Je vais faire un gros gigot. Invite donc l'un de tes amis avec sa femme, même s'ils sont ennuyeux, ça ferait une distraction, dans ces montagnes mortelles... Le nord! Qu'est-ce qu'ils ont tous avec ce nord de glace qui fait mourir les fleurs au mois d'août, hein? Invite les Lavoie, par exemple; ils sont pas trop cons...

— Les Lavoie? On les a pas vus depuis longtemps.

— Justement! Une raison de plus pour les inviter...

Je crois que papa n'avait pas envie d'exposer ses invités aux extravagances verbales de sa femme. D'ailleurs, mes parents ne recevaient presque plus depuis six ou sept ans. Partant, on les recevait peu ou à peu près pas. Nous vivions renfermés, mon père avec ses dossiers et ses journaux, ma mère avec ses livres et ses fantasmes, moi avec ma caverne qui se creusait. Les Lavoie étaient libres et ils acceptaient avec plaisir. Quand il raccrocha le téléphone, mon père avait l'air d'un condamné à mort. Enchantée, ma mère se mit à parler de son menu, subitement terre à terre, comme si elle n'avait jamais eu d'autres préoccupations que la bouffe. De la réincarnation, elle passait à la viande juteuse et aux pommes de terre avec une aisance qui me fascinait.

Les plus belles cartes postales de notre pays nous sont fournies par la nature, particulièrement les Laurentides. En automne, il va sans dire. À l'école ou au collège, tous les élèves doivent subir cette épreuve un jour ou l'autre: décrire la forêt pendant l'été des Indiens. En hiver, c'est facile. On écrit: «La nature a mis son blanc manteau d'hermine» et tout est dit. Le professeur vous met un zéro pour le cliché mais vous pouvez avoir la conscience en paix: le blanc de la neige, c'est bête comme un moulin à prières... Mais «les jolies couleurs de l'automne»! Les «mille teintes flamboyantes des érables et des bouleaux»! Allez donc essayer de les dire...

Ce jour-là, j'entrai dans les Laurentides comme on pénètre dans une grande église qu'on n'a jamais vue. Non, ces teintes de rouge qui semblaient accrochées à de grandes verrières lézardées par le temps, je ne les avais jamais vues! Oblique, le soleil clément du mois d'octobre prenait les arbres par le flanc, se confondait au jaune tendre des bouleaux, et soudain, entre les branches tordues d'un érable à moitié nu, enflammait une feuille sanglante qui tombait en silence. C'était beau, évidemment, mais pour la première fois de ma vie j'eus la certitude que cette beauté cachait quelque chose de tragique. Au fond de moi, dans mes fibres les plus intimes, je sentis tout à coup une déchirure. Et j'eus envie d'appeler au secours. Tout à coup, j'avais l'impression d'être embarquée sur un bateau condamné à couler.

C'est un souvenir d'enfance qui me vint en aide. À l'âge de cinq ou six ans, j'avais rapporté une feuille d'érable à ma mère. Elle était d'un rouge éclatant, violent, choquant. Dans cette couleur il y avait quelque chose d'excessif, et je l'avais remise à ma mère comme on veut se débarrasser d'un malaise. Elle avait pris la feuille entre ses doigts effilés, puis elle avait dit:

— Les feuilles d'automne sont la plus belle illustration du mythe de l'éternel retour... Il n'y a pas de plus belle histoire au monde, parce qu'elle nous dit qu'il y a autant de raisons d'être joyeux que d'être triste.

Puis elle était retournée à sa lecture après m'avoir adressé un beau sourire. C'est maintenant seulement que je comprenais le sens de ses paroles. Rire, pleurer, rire. Neige, germination, mort, naissance, mort... Pourtant j'avais envie de crier: «NON!» Mon cœur qui battait, je voulais qu'il soit un tambour éternel. Comme tout le monde...

Ma promenade en forêt fut une incursion dans un ventre tiède. À l'abri des arbres, la terre s'ouvrait sans pudeur, révélant les richesses accumulées au cours des millénaires. Des anges, des diables, des monstres, des dieux, des serpents, des êtres d'une beauté surnaturelle... Et tout cela bougeait, dansait, chantait, criait, hurlait. Hideux et sublime. Ciel et enfer! Petit à petit, entrait en moi la conviction que j'étais cela même, ce ventre à l'intérieur duquel je devais aller un jour... Mais pour y faire quoi? Cette question restait sans réponse, sans doute à cause de mon jeune âge.

Quand je rentrai au chalet, ma mère était au fourneau et chantonnait comme une bonne ménagère qui a toujours pris plaisir à assouvir les estomacs de sa famille heureuse. Elle me demanda de peler les pommes de terre, ce que je fis sans rechigner même si je n'en avais pas l'habitude. Puis le ciel se couvrit et nos invités arrivèrent en même temps que les premières gouttes de pluie. Tout le monde se plaignit de l'averse imprévue, excepté ma mère qui déclara, elle qui ne connaissait rien aux besoins des paysans:

— Ça va faire du bien à la terre.

Les trois autres n'en avaient rien à foutre, du «bien à la terre», et ils continuèrent à parler du «sale temps de ce maudit pays», propos que l'on reprend *ad nauseam* de saison en saison, probablement parce que nos grands malheurs sont plutôt rares.

Monsieur Lavoie était un fonctionnaire plus ou moins important, qui portait des lunettes et une moustache noire très bien taillée. Je crus comprendre que mon père le fréquentait parce qu'il lui ouvrait des portes. Des portes par lesquelles coulait de l'argent. Il avait l'air secret et prétentieux à la fois de ces gens qui, en coulisse, peuvent appuyer sur un bouton qui fait changer le décor, ou souffler le texte aux acteurs, selon les circonstances. Poli, monsieur Lavoie parlait un langage châtié, mais je le regardais en me disant qu'il n'avait pas plus d'envergure qu'un portier... Madame Lavoie était une petite boulotte à la voix haut perchée, qui riait de façon vulgaire, et qui terminait ses phrases en faisant un petit clin d'œil à son interlocuteur. Grâce à ce tic, elle avait l'air d'un maquereau qui n'a jamais déçu sa clientèle, étant donné que ses réserves en viande fraîche sont les meilleures. D'ailleurs, rien qu'à la regarder et à l'écouter parler, j'avais la certitude qu'elle cocufiait son triste mari toutes les fois qu'elle en avait l'occasion. Juste compensation à ses yeux, j'imagine, pour le travail occasionné par l'éducation de ses deux enfants.

Alors il se passa quelque chose de fascinant pour moi. Ma mère, qui ne méprisait pas ces gens-là mais qui avait certainement peu d'estime pour eux, se mit à leur niveau avec une aisance de grande comédienne. Pour parler de la glace dans le scotch, du tonic dans le gin, de la pluie et du vent, des chaises, du feu de cheminée, des épinettes blanches qui souffraient de la «tordeuse», des pommes de terre trop cuites, du gigot saignant, de l'autoroute, de la circulation, de la température du vin, de la chaloupe que son mari avait rangée dans le hangar au cours de la journée, du café fort ou faible, etc., pour chacun de ces sujets qui étaient à mille lieues de ses préoccupations constantes, qui la laissaient totalement indifférente, elle eut les sourires, les gestes, les grimaces, les intonations et les éclats de rire qui témoignaient de son intérêt le plus profond. À la regarder et à l'écouter, j'avais l'impression qu'elle était la sœur ou la cousine de madame Lavoie, qu'elle s'abreuvait aux mêmes potins, bref, qu'elle faisait son beurre avec la même crème.

Fatalement, comme les élections étaient imminentes, les hommes parlèrent politique. Ils étaient catastrophés tous les deux parce que selon les sondages et ce pouls que l'on sentait battre au cœur du peuple, il était évident que le Parti québécois allait prendre le pouvoir. Au programme de ce parti, il y avait l'indépendance du Québec. Pour eux, c'était une monstruosité, quelque chose comme une vache à trois pattes. La destruction du pays, l'effondrement des affaires, la pauvreté galopante pour tous les Québécois, et rien de moins que le désert au bout de quelques années. En plus, ces péquistes avaient des idées passablement socialisantes, ce qui était une calamité. Mon père et monsieur Lavoie, qui depuis toujours engraissaient leurs cochons avec les deux autres partis d'idéologie capitaliste, n'avaient qu'un seul credo: le libéralisme économique, les grandes compagnies génératrices de richesse sociale, etc. Dans bien des cas, les compagnies obtenaient leurs contrats du gouvernement, mais c'étaient là des détails dont ils ne parlaient pas.

Ma mère les écouta pleurer sur le sort déplorable du Québec futur pendant un bon moment. Puis, cette femme qui n'avait jamais parlé politique déclara:

— Vous vous énervez pour rien. Même si le PQ prend le pouvoir, ça ne changera pas grand-chose.

Les deux fourchettes des hommes s'arrêtèrent à mi-chemin entre l'assiette et la bouche, pendant que leurs yeux la regardaient avec incrédulité. Ils ne savaient pas s'ils devaient éclater de rire ou s'offusquer. Elle poursuivit sans leur donner le temps de répliquer:

— Ça ne changera pas grand-chose parce que le Parti québécois va se détruire lui-même, de l'intérieur. Il va se détruire parce qu'il n'est pas homogène. La base est très militaire, très radicale, et la tête veut le pouvoir. Quand elle aura le pouvoir, elle voudra le garder, et pour le garder, elle va raboter son idéal.

Mon père avala quelques gorgées de vin avant de répondre:

— Ça fait rien! Même si ça se passe comme tu dis, ils ont le temps de faire beaucoup de mal, de détruire les fondements de la société québécoise.

— Oui, enchaîna l'autre, les Québécois sont peut-être courageux, ils l'ont prouvé au cours de l'histoire, mais ils forment une société fragile du point de vue économique, et ils ne sont pas mûrs pour...

— Ils sont peut-être mûrs pour une récréation politique, coupa maman. C'est important, une récréation de temps en temps. Le sens de la fête, c'est dans le cœur de tous les descendants des Gaulois...

Les deux hommes faillirent se fâcher parce que ma mère ne parlait pas sérieusement d'un sujet qui était capital: le destin de la nation québécoise, de la puissance possible de ce grand ensemble canadien, et sur ces deux thèmes dont les journaux, la radio et la télévision nous avaient écœurés au cours des derniers mois, ils palabrèrent encore longtemps de façon plus ou moins cohérente, le vin ayant ébranlé les articulations de leurs théories. Maman les laissa tourner en rond par ces chemins fangeux, le sourire aux lèvres. À ses yeux, ils avaient l'air de deux chiens courant après leur queue. Quand ils furent à bout de souffle, elle se mit à parler d'une voix paisible:

— Écoutez, j'en ai rien à foutre de votre politique. La politique, c'est du théâtre. C'est l'art de mentir avec les plus beaux accents de vérité. Je n'ai aucun respect pour les hommes et les femmes qui entrent en politique, s'ils n'en sortent pas au bout de quelques mois. Celui qui entre en politique et qui y reste, c'est quelqu'un qui ne veut qu'une chose, le pouvoir. Et quand il l'a, il fait n'importe quoi pour le garder. La démocratie a été inventée au sixième siècle avant Jésus-Christ, par Solon. Périclès a eu bien du mérite mais il n'a fait qu'appliquer les principes établis par son prédécesseur. Que s'est-il passé depuis ce temps-là? Dans les autres domaines de l'activité humaine, on a fait des progrès incommensurables. En politique, on en est toujours à parler de démocratie, si bien qu'on a vidé le mot de son sens. La démocratie est une grande dame qui se fait violer à cœur de jour. Et les hommes continuent à s'entretuer à qui mieux mieux, un peu partout sur la planète. La vérité, c'est que les hommes n'ont pas envie d'être bien gouvernés. Ils ont un secret et profond besoin de drames et de catastrophes, parce qu'ils veulent pleurer afin de mieux rire ensuite. Et dans les pays où la liberté existe, comme c'est le cas chez nous, on s'invente des problèmes pour lesquels il n'y a pas de solutions. La violence est dans les fibres mêmes du cœur humain, tout comme l'amour. La politique n'y changera jamais rien. Surtout pas la politique, qui attise toujours la violence d'une manière ou d'une autre, quelle que soit l'idéologie d'où elle vient. Et c'est pour ça que l'expression consacrée «les plus hautes fonctions», employée pour désigner le travail de chef d'État, est une insulte à la dignité humaine.

Ayant dit, ma mère vida calmement son verre d'un trait. Madame Lavoie fit son petit clin d'œil en sa direction. Imperturbable, maman lui répliqua de la même manière, ce qui me fit éclater de rire. Fort heureusement, car son discours avait neutralisé l'activité de tous les neurones qui s'agitaient en temps normal dans le cerveau des deux hommes. Il en était résulté une gêne intolérable.

Il pleuvait toujours...

La conversation reprit donc le chemin de la banalité, tout naturellement. Il fut question de la viande, «l'agneau canadien est le meilleur du monde», du vin, «y a pas que le vin français: les Italiens en font aussi du bon», du dessert, «la tarte aux pommes, en automne, mais n'importe quand avec les pommes du Québec qui sont les meilleures du monde», du sucre, du diabète, «mon beau-frère n'a plus droit ni au sucre ni au sel et il a maigri, moi c'est ma sœur. Ah! Bon! Je serais pas surpris qu'il y ait du cancer là-dessous...», de la chaleur produite par le foyer, «un bon feu avec de l'érable ça sent bon, dommage qu'on vienne pas plus souvent à la campagne... Mais nous autres, on fait du ski de fond parce que les descentes merci pour moi!» disait la petite boulotte que je voyais très bien rouler au bas d'une pente en faisant des clins d'œil aux nuages. Et une fois de plus, ma mère naviguait, rayonnante, dans ces eaux comme un petit poisson en eau claire.

Il pleuvait toujours et on avait sorti les alcools...

Mais tout à coup, à la faveur d'une phrase quelconque à propos du bien-être, ma mère s'élança. Avec une aisance de prestidigitateur qui fait sortir un foulard de sa main, elle transforma cette phrase banale en principe philosophique dans un exposé personnel du sens religieux chez les Grecs de l'Antiquité:

—J'ai la déglutition heureuse comme au temps de l'Éden. Ce soir, les sucs de la viande m'inondent comme une généreuse giclée de folliculines précédant les orgasmes de tempête. Comment saisir ce moment de plaisir et le retenir au creux de sa main? Pas facile. Avant d'en arriver au *Carpe diem* d'Épicure, lui qui n'était pas un débauché mais un souffreteux, les Grecs ont peuplé le ciel de dieux qui, tout en satisfaisant leur besoin de divinité, avaient le rare mérite de les renseigner sur la géographie de l'âme humaine. Et cela, grâce à des symboles que nous commençons à peine à décoder. À mon humble avis, nous arriverons à la civilisation des loisirs quand le peuple sera capable de décoder des symboles, quand nous serons capables de faire des films comme on fabrique des rêves pendant son sommeil...

Elle s'arrêta, le temps d'avaler une gorgée d'alcool et de jeter un coup d'œil à ses hôtes qui la regardaient avec des yeux de poisson, eut un faux sourire de complicité à leur endroit, puis elle enchaîna:

— Pour nous, qui avons tous mijoté dans la grande marmite judéo-chrétienne, il est primordial de faire un retour en arrière et d'aller grapillonner dans le panier des religions plus anciennes. On se rend compte alors que l'histoire des religions n'est qu'un long chapelet de syncrétismes qui s'enfilent les uns dans les autres. Au commencement était le liquide, et non pas le verbe (petit sourire entendu, adressé aux yeux de poisson), et dans ce liquide le grand dieu Ouranos faisait des enfants à Gaia, la Terre, mais ayant peur d'être détrôné par eux, il les cachait. Révolté, son fils Kronos le castra, prit sa place mais se comporta de la même façon ou à peu près, ce qui amena le règne de Zeus, grâce à une révolte subséquente. Terrible Zeus qui ressemble beaucoup à notre Dieu le Père. Zeus lance la foudre et les éclairs. En somme, c'est la lumière, c'est-à-dire l'intelligence, et l'intelligence est toujours terrifiante pour les imbéciles. Quelles relations pouvons-nous avoir avec le feu de l'intelligence? Eh bien, des relations plus ou moins distantes: ni trop proches ni trop lointaines. Se réchauffer sans se brûler. C'est ce que les Grecs ont appris grâce à des mythes comme celui de Tantale, d'Icare et de Bellérophon. C'est ainsi qu'ils en sont venus à cet idéal de juste milieu, d'équilibre et d'harmonie qui a fait la fortune de leur âge classique. De là aussi, leur conception de la joie de vivre qui aboutit au *Carpe diem*, la vaine recherche de l'âge d'or grâce à la jouissance du moment, puisque tout se terminera par la mort. En somme, arrêter le temps en faisant de l'instant présent le meilleur de tous. À mon humble avis, il n'y a rien là de païen puisqu'on peut tout transformer, ou transcender, grâce au feu de l'intelligence. Le dieu des chrétiens n'en demande pas davantage, lui qui a donné le ton en s'incarnant dans la personne de Jésus, en imposant l'idée de la Vierge Mère.

Il pleuvait toujours et ils avaient bu plus que de coutume. J'avais moi-même avalé un cognac, profitant de la situation. Mon père cherchait désespérément un autre sujet de conversation, car il était évident que le discours de maman ne touchait pas ses invités. Madame Lavoie bâillait sans aucune retenue, tandis que son mari fixait d'un œil lourd le petit verre d'alcool qu'il tenait entre ses mains.

— Voulez-vous coucher ici? Y a de la place, dit mon père.

— Non, non. On va s'en aller, dit la petite boulotte.

Mais sans tenir compte de leurs préoccupations, regardant droit devant elle, ma mère continua:

— Non, l'incarnation de Dieu en la personne du Christ en passant par la Vierge Mère n'a pas réglé le problème fondamental de l'homme, qui est la dualité: la dualité homme-femme qui est en chacun de nous. Pourtant, l'idéal, c'est l'unité, l'un, l'unicité... Ce qui est troublant, c'est que les astrophysiciens d'aujourd'hui rejoignent les conceptions des anciens orientaux, à propos de cette unicité. Avant l'explosion originelle qui a déclenché la formation de l'univers que nous connaissons, tout était UN. Et assez curieusement, c'est par le baptême que les premiers chrétiens ont cherché à symboliser cette réunion des contraires, cette annulation de la dualité. Attendez... Oui, saint Paul dit que, grâce au baptême, «il n'y a ni esclave ni homme libre, il n'y a ni homme ni femme». En d'autres termes, la personne que l'on baptise retrouve sa condition originale d'androgyne, ce qui est l'état parfait de la nature humaine. L'harmonie totale... L'Évangile de Thomas est encore plus explicite. Il dit: «Et lorsque vous ferez du mâle et de la femme une seule chose, en sorte que le mâle ne soit pas mâle et que la femme ne soit pas femme... alors vous entrerez dans le Royaume.» Il y a une autre phrase, aussi, tirée d'un «logion», qui se lit comme suit: «Quand vous ferez de deux un, vous deviendrez fils de l'homme.» Voilà, c'est clair... C'est pas pour rien que l'eau est, entre autres choses, un symbole de purification et un symbole de bonté. Vive la pluie!

De nouveau elle vida son verre d'un trait, sortit de table et disparut dans sa chambre. Le silence tomba sur nous comme l'humidité tropicale.

— Encore un p'tit verre? Un p'tit dernier avant de partir, disait papa à ses invités, pour faire diversion.

— Une goutte seulement. C'est moi qui conduis, dit monsieur Lavoie.

— Sonia, pourquoi tu vas pas te coucher?

On m'adressait la parole pour la première fois depuis le potage. J'étais loin d'en être offusquée, éprouvant le plus vif plaisir à observer ces gens-là aussi discrètement que possible, étant là sans y être. Depuis quelques mois, je me découvrais des aptitudes sérieuses au voyeurisme... Mais avec le départ de maman, mon intérêt s'était presque envolé. J'allais me lever de table lorsque la porte de la chambre s'ouvrit, ce qui fit tourner toutes les têtes en même temps. Une seconde de silence, puis le cri de mon père:

— Marie-Hélène!

Ma mère s'avançait lentement, la tête haute, complètement nue. Elle avait l'air d'une déesse qui marche vers le trône d'où elle régnera sur ses sujets.

— Marie-Hélène, es-tu folle? Qu'est-ce que tu fais?

— J'ai besoin d'être baptisée une deuxième fois... Aphrodite est sortie de la mer, il faut qu'elle y retourne.

Vêtue, maquillée, parfumée, ma mère était charmante et gracieuse, mais avec un naturel qui laissait éclater sa sensualité de manière troublante. J'étais certaine que les hommes ne pouvaient la regarder sans éprouver le désir de la toucher, de la prendre, de se laisser entourer de ses membres. Dénudée, sans artifices, elle était belle, belle, belle à l'état pur. D'une beauté qui commandait le respect. Dans la pièce à l'éclairage tamisé, les formes encore pleines de son corps mûr éclataient dans toute leur splendeur.

Quand elle passa à la hauteur de la table, mon

père se leva, prononça son nom une fois de plus sur un ton où se mêlaient la menace et l'imploration. Elle s'arrêta pour lui jeter un regard si hautain, si plein de dignité que le pauvre homme dut se rasseoir, écrasé. Jamais je n'avais vu ma mère dans une attitude pareille. Je ne trouve qu'un mot pour dire ce qui me passa à l'esprit à ce moment-là: la grandeur. Elle marcha lentement jusqu'à la porte, puis elle se retourna pour dire:

— Ce n'est pas la culpabilité qui rend malade. C'est l'angoisse provoquée par toutes les possibilités de bonheur que renferme un corps humain.

Puis elle ouvrit la porte et disparut dans le noir de la nuit d'octobre, sous la pluie fine et têtue qui tombait toujours, poussée par un vent d'est inlassable. Évidemment, je m'étais laissée retomber sur ma chaise. Mon père retrouva tout à coup ses esprits, m'aperçut, éclata:

— Qu'est-ce que tu fais là? Au lit! Je t'ai dit d'aller te coucher!

Naturellement, il avait besoin de casser quelque chose, le pauvre. Mais comme j'étais la seule à savoir un peu ce qui se passait dans la conscience de la femme qui se promenait à ce moment-là sous la pluie glaciale, je décidai que j'avais droit au reste de la scène.

— Papa, j'suis plus une petite fille. J'ai le droit de savoir ce qui se passe chez moi, avec mes parents.

Tout en parlant, je me rendais compte que j'affirmais une chose qui ne pouvait avoir aucun poids aux yeux de mon père. En réalité, j'étais aussi désemparée que lui. Puis la tentation me vint, diabolique, de lui révéler ce que je savais. Après tout, ce secret me pesait, empoisonnait ma vie. N'étais-je pas en droit de m'en débarrasser, d'obliger mes parents à se voir tels qu'ils étaient? J'allais ouvrir la bouche pour dire: «Papa, maman te trompe et c'est ce qui la rend malade!» (ce qui n'eût été qu'une petite partie de la vérité), mais heureusement monsieur Lavoie intervint à ce moment-là:

— Écoute, au lieu de chicaner ta fille, tu devrais t'occuper de ta femme. Elle va se rendre malade...

— Ah! Oui! T'as raison...

Incohérent dans ses mouvements, il se levait, ouvrait une armoire pour prendre une lampe de poche qu'il ne trouvait pas, la refermait, demandait à ses invités d'excuser sa femme, la «pauvre Marie-Hélène qui lisait tellement de livres pleins de toutes les folies du monde qu'elle était en train d'en perdre la boule», fouillait dans le comptoir de la cuisine, déplaçait des chaises sans raison, laissait échapper des jurons de charretier, s'excusait de nouveau, et finalement enfilait une vieille veste de laine pour sortir sur le perron sans avoir trouvé la lanterne, puis appelait dans le noir:

— Marie-Hélène? Marie-Hélène? Viens-t-en, tu vas prendre froid...

Maintenant, nous étions tous sur le perron du chalet à sonder la nuit sans fond de nos yeux imparfaits, débiles en regard de cette noirceur qui avait l'absolu des premiers jours de l'humanité. Mais maman ne répondait pas.

— On va y aller tous les deux, dit monsieur Lavoie.

Et les deux hommes se mirent à marcher sous la pluie en appelant.

Or à ce moment-là, je me rendis compte que j'éprouvais la plus grande sympathie à l'égard de ma mère, que je lui pardonnais le mal qu'elle m'avait fait. Je ne comprenais pas encore le sens exact de son geste, mais la noirceur l'enveloppait, et dans cette caverne qu'elle se creusait elle-même en marchant, je me sentais reliée à elle comme à l'époque fœtale. Nous étions de la même race. Et le mot anfractuosité me revint à l'esprit... En marchant dans le noir, sous la pluie, ma mère construisait un labyrinthe dans lequel il y avait place pour tous les monstres qui l'habitaient, avec lesquels elle était obligée de vivre. Or tout à coup, j'eus la certitude que ses monstres et les miens étaient identiques. Rien de rationnel dans tout cela. Aucun raisonnement ne pouvait m'amener à cette conclusion. Pourtant, j'en avais la certitude. Une certitude instinctive, intuitive, «religieuse» en quelque sorte, puisque je me sentais reliée à l'«esprit», au sens le plus large du terme.

Cette découverte provoqua chez moi une telle émotion que je me mis à pleurer, à côté de cette idiote de petite boulotte qui passait son temps à répéter:

— C'est-y possible! Ta pauvre mère va prendre un rhume de cheval...

Entendant mes pleurs, elle s'approcha de moi et, pleine de compassion pour «cette pauvre gamine» dont la mère était à moitié folle, elle posa sa main vulgairement potelée sur mon épaule en disant:

— Pleure pas, pleure pas, ta mère va revenir et on va s'occuper d'elle.

Ma réaction fut aussi incontrôlable que rapide. Je la giflai de toutes mes forces en disant, c'est-à-dire en faisant siffler entre mes dents:

— Pauvre connasse!

D'une certaine manière, je venais de basculer dans le monde adulte.

Oui, la gifle à peine administrée, je sentis la chaleur inonder mon ventre, une chaleur aussi heureuse que celle éprouvée lorsque je m'étais caressée pour la première fois. La chaleur de la violence explosée, non retenue. Une étincelle de bonheur sensoriel! (Et en un éclair, dans un petit recoin de mon esprit, le temps de penser que toutes les explosions produisent de la chaleur, la toux, les bombes, les moteurs, les coups de poing, et que tout se tient d'une cellule à l'autre, mais qu'en plus des cellules physiques et des atomes et des neutrons et des protons qui s'entrechoquent et se multiplient, il y a peut-être aussi des cellules que l'on pourrait qualifier de psychiques ou de «psychocoques».)

Toujours est-il que dans ce face-à-face physiquement violent, je me sentais devenir femme. Plus surprenant encore, et c'est là ce qui me bouleversa au plus haut point, j'eus l'intuition que je connaîtrais un jour une grande libération, mais que cela se ferait par la violence. Je n'aurais su dire ni pourquoi ni comment, mais je sentais ce petit germe pointer au fond de moi, dans les parties les plus obscures de ma conscience.

Madame Lavoie ne pouvait comprendre, la pauvre. Grâce à la lumière chétive que laissaient filtrer les fenêtres, je pouvais voir sa main posée sur la joue agressée, de même que la stupéfaction dans ses yeux arrondis, figés sur le mystère que j'étais pour elle. À la voir dans cet état statufié de vierge offensée, je fus bien près de passer subitement des larmes au rire, ce qui l'eût déroutée davantage. Mais ma mère arriva à ce moment-là, venant de l'arrière du chalet, alors que les hommes étaient partis par le devant. Elle rentra sans dire un mot, ruisselante, la chevelure aplatie et dégoulinante. Parvenue à la table, elle se versa un grand verre de cognac qu'elle vida d'un trait, pendant que la petite boulotte s'approchait d'elle en disant:

— Marie-Hélène, j'sais pas ce qui se passe ici mais... sais-tu quoi? Ta fille m'a giflée!

Impassible, le visage ruisselant de pluie, maman la regarda un moment et laissa tomber:

— Elle devait avoir ses raisons...

Puis elle disparut dans sa chambre sans plus s'occuper d'elle. Ce qui m'incita à en faire autant, et j'abandonnai la pauvre femme à son sort, seule dans la grande pièce centrale du chalet. Alors je l'entendis courir dehors en appelant:

— Hou-hou! Hou-hou! Revenez! Marie-Hélène est au chalet... On s'en va... Hou-hou...

Les deux hommes revinrent au bout de quelques minutes, pestant contre ce «temps de chien», trempés jusqu'aux os et, de ma petite chambre douillette, j'entendis un mélange de propos incohérents parmi lesquels les excuses de mon père revinrent à plusieurs reprises. «Au revoir — Merci quand même — C'était gentil — Excusez-la...» Claquement de portières, grondement du moteur, rayon de lumière blanche, bruit de porte, silence partiel. Seulement les pas lents de mon père allant vers la cheminée pour tisonner le feu. Ensuite, silence presque total. Seulement le crépitement mouillé de la pluie contre mes vitres. La nuit. L'antre noir, l'eau pure, l'eau-bonté, l'eau porteuse de germes. Et je coulai dans le lac insondable du sommeil.

LES ÉLECTIONS ET LE GLORIA

Le lendemain matin, ma mère se leva en grande forme. Pas le moindre petit rhume. Cela tenait du miracle. Je fus effleurée par l'idée qu'elle était peut-être en contact avec un certain monde surnaturel. (Un monde auquel je ne croyais pas vraiment, en réalité.) Quant à mon père, j'imagine qu'il comptait sur une grosse grippe de sa femme pour lui reprocher sa conduite de la veille. Comme elle n'était pas malade, il n'avait plus de prétexte pour la sermonner, si bien qu'il se contenta de la regarder en silence, étonné, impuissant, gêné, embarrassé, ne sachant que faire. Il avait son monde, elle avait le sien.

Mais à partir de ce jour-là, leurs relations changèrent graduellement. Avant, ils s'en allaient tous les deux sur des routes parallèles; maintenant, ils s'éloignaient l'un de l'autre. Plus exactement, ma mère s'enfonçait... Les dents de scie se rapprochaient, devenaient plus aiguës. Elle me chicanait de plus en plus pour un rien. Pourtant, à cause de ce que j'avais senti en elle le soir où elle s'était «baptisée», je ne pouvais plus lui en vouloir. Je patientais, me faisais conciliante, ce qui l'enrageait davantage.

J'avais une peur bleue d'aborder ce sujet avec mon père. Les occasions où nous étions seuls tous les deux étaient plus que rares, et chaque fois que cela se produisait, au moment où j'allais ouvrir la bouche, les mots me restaient au fond de la gorge. Mais un soir où maman était divinement euphorique et qu'elle parlait de l'envoûtement d'une manière fascinante, j'eus le sentiment d'être emportée par le flot de ses paroles, charmée, ravie, et j'avalai une quantité formidable de vin. Pour la première fois de ma vie j'étais ivre, plus exactement saoule. Mon père dut m'aider à me mettre au lit. Le lendemain, comme j'étais en retard et dans un état lamentable, il me conduisit au collège en voiture. En cours de route, se sentant obligé d'accomplir son «devoir de père», il me fit remarquer que l'abus du vin et de l'alcool était la chose la plus dangereuse du monde, surtout à mon âge, et que, et que, et que, etc. Le discours mesuré habituel, dans la bouche d'un homme respectable et bien-pensant.

—J'espère que t'as compris et que ça se reproduira plus.

La conscience en paix, il tournait la page et continuait sa route, comme un conducteur consciencieux qui a bien fait son stop à une intersection et qui redémarre sans inquiétude. Il m'apparut soudain que le boulot de père était plutôt facile.

— C'est à cause de maman que j'ai trop bu, dis-je, acerbe. Puis je tournai les yeux vers lui. Il était rouge et ses lèvres tremblaient légèrement.

— Mêle pas ta mère à ça! C'est toi qui as bu! Tu mélanges tout...

— Papa, tu trouves pas qu'il faudrait faire quelque chose pour maman?

Enfin, c'était sorti! Et sur un ton implorant, juste ce qu'il fallait, me semblait-il, pour le toucher.

— Qu'est-ce que tu veux dire?

Sa voix était de plus en plus colérique.

— Papa, faut pas me prendre pour une idiote... J'ai des yeux et des oreilles, pis un peu de matière grise dans le crâne... Y a quelque chose qui va pas, avec maman, tu dois bien t'en rendre compte!

— Ce qui se passe entre ta mère et moi, ça te regarde pas.

C'était péremptoire, sans appel. J'étais arrivée au collège. Je descendis de voiture sans remercier, outrée, troublée, malade. À mon âge, je ne pouvais pas savoir ce que peut être une vie de couple, mais il me semblait que si deux personnes s'étaient unies pour la vie, c'était pour s'entraider. Or mon père, qui semblait aimer sa femme, la laissait aller à la dérive, comme si cela ne le touchait pas. Il devait y avoir un secret entre eux... Quelque chose de scabreux, de sale, quelque chose que seuls les adultes sont en mesure de fabriquer, de la bave de crapaud...

Au début de novembre, elle reçut une lettre qui la bouleversa. C'est moi qui la lui remis après avoir pris le courrier dans l'entrée. Elle regarda l'écriture, pâlit, puis courut s'enfermer dans sa chambre. Au bout d'une heure, marchant sur la pointe des pieds, j'allai me coller l'oreille à sa porte. Elle pleurait, reniflait, se mouchait et marmonnait. J'entendais des bouts de phrase incohérents: «Jacques... Le noir, le trou, pas possible... Un sort... Mon destin à moi...»

J'eus la certitude que notre famille courait à la catastrophe. J'étais à l'âge où les jeunes avaient tous envie de prendre le large. Depuis quelques semaines, je faisais des plans: partir, quitter ce petit monde où régnait la laideur... Mais j'étais sans argent. Quitter le collège, travailler, vivre seule dans mes propres meubles, même réduits au strict nécessaire, soit une table et un lit. Or voilà que soudain, en entendant pleurer ma mère, j'éprouvais le besoin de la soutenir, de rester près d'elle. Notre petite cellule était menacée, et cela me la rendait plus précieuse que jamais.

Mais comment venir au secours de ma mère? Je me sentais incapable d'aller la trouver et de lui dire que je savais, que je l'avais vue dans les bras de son amant. Ce qu'elle vivait, elle ne pouvait imaginer que j'étais en mesure de le comprendre. Pour elle, j'étais encore une enfant. (Même si elle avait affirmé le contraire à papa, quelques semaines plus tôt.) Lui révéler ce que je savais, c'était prendre le risque d'aggraver son mal, de la faire «culpabiliser». (J'ignorais alors que l'amour peut étouffer les plus grands cris de la conscience.)

À table ce soir-là, elle garda le silence depuis le potage jusqu'au dessert, mangeant du bout des dents, l'air absent. Elle me faisait presque peur, et je passai tout ce temps à me demander ce qui pouvait empêcher mon père de s'occuper d'elle. Tout à coup elle dit, regardant droit devant elle:

— Je suis tombée sur un œuf... À moins que l'œuf ne soit tombé sur moi... Un œuf à deux jaunes, il va sans dire.

Je me mordis les lèvres pour ne pas pleurer. Mon père s'arrêta de manger, la regarda avec compassion et tendresse, ouvrit la bouche pour dire quelque chose mais il n'eut pas le temps de parler.

— Évidemment, pour vous deux, ce que je viens de dire est incompréhensible... Il est bien possible que ce soit incompréhensible, même pour moi... Mais cela me surprendrait beaucoup. Un tel propos ne peut pas sortir de ma bouche sans raison profonde. L'œuf est un symbole trop important... Je me demande si on ne pourrait pas guérir certains malaises psychiques au moyen du langage automatique... Voyons un peu... Je suis tombée sur un œuf... Avouez que c'est drôle, comme proposition.

Et elle éclata d'un beau rire qui n'avait rien de démentiel, ce qui me surprit au plus haut point. Ce rire plein de santé était plus déconcertant que sa petite phrase insensée. Sur le ton d'un professeur qui s'adresse à une cinquantaine d'étudiants attentifs, elle poursuivit:

— Ce que nous avons dans l'inconscient est beaucoup plus riche que ce que nous pensons et disons. Quand il s'adonne à la réflexion, notre cerveau marche sur des béquilles... On pourrait même dire que toutes les connaissances que nous avons emmagasinées sont des impedimenta qui nous empêchent de courir, d'arriver au but plus rapidement. Par contre, rien ne barre la route de l'inconscient, qui est pur. L'inconscient est un terreau dans lequel les fleurs peuvent s'épanouir sans aucune retenue. Cela, vous le savez bien, mais il est bon, parfois, de rappeler certaines évidences. Nous disons donc: «Je suis tombée sur un œuf.» Et j'ai ajouté: «Un œuf à deux jaunes.» Je crois qu'il faut interpréter cela comme on tenterait d'analyser un rêve. L'œuf est un germe de vie. Je tombe dessus, donc je le casse. Je détruis la vie, ou du moins une possibilité de vie... C'est relativement simple. Mais j'ai ajouté: «Un œuf à deux jaunes»... Ça, c'est un peu plus compliqué... Je crois qu'il faut revenir en arrière... L'autre jour à la campagne, j'ai marché sous la pluie dans le but de me baptiser... Et j'ai dit, je m'en souviens très bien, que le baptême est un moyen de parvenir à l'androgynie... Voilà, voilà, l'œuf à deux jaunes est le symbole même de l'androgynie, l'unité qui comporte les deux composantes de l'être humain... Ce qui reviendrait à dire: «Je suis tombée sur moi-même...» Ou encore: «Je suis sur le point de tomber sur moi-même, ou en danger de tomber sur moi-même, donc de me détruire...» Un avertissement, autrement dit...

Alors elle nous regarda tour à tour mon père et moi, souriante, satisfaite d'avoir trouvé une explication à sa phrase apparemment absurde. J'étais atterrée. Comment pouvait-elle affirmer une chose pareille sans manifester la moindre inquiétude! Pour mon père, c'était du charabia. Les éruptions spontanées de l'inconscient n'avaient pas de sens à ses yeux. Il croyait aux choses quantifiables, vérifiables, tangibles. Paternel, il dit doucement:

— Marie-Hélène, j'ai l'impression que tu devrais te reposer un peu... Toutes ces lectures de psy...

Le rire de maman lui coupa la parole. C'était

un rire glacial, un rire si chargé de mépris que j'en eus froid dans le dos. Il me semblait que quelqu'un d'autre riait par sa bouche. Et ce quelqu'un d'autre, c'était peut-être celui qu'on appelle le diable... Elle se leva de table en disant qu'elle avait eu une dure journée et disparut dans sa chambre. Incapable de supporter un tête-à-tête avec mon père, j'en fis autant.

La campagne électorale tirait à sa fin, fébrile, hurlante, criante, entraînant le chariot du Parti québécois vers des sommets inespérés. Tous les sondages le disaient. Le peuple se préparait une belle fête. J'avais beau me sonder le fond du cœur, je ne sentais qu'indifférence à ce sujet.

Le lendemain, j'entendis ma mère parler au téléphone. Pendue au bout du fil comme une désespérée qu'on étouffe, elle implorait Jacques de ne pas la quitter:

—Jacques, je t'en prie... J'ai besoin de toi... Demande-moi ce que tu voudras, je vais le faire pour toi... Tout, tout, tout, tu m'entends...

C'était inimaginable! Maman n'avait plus de dignité. En moi se déroulait un combat qui devenait une vraie torture. L'affection que j'éprouvais pour elle faisait face à la répugnance que je ressentais à la voir s'abandonner à cette passion qui, à mes yeux, avait toutes les allures de la dégradation. Comme je m'identifiais à elle, j'avais le sentiment que sa conduite me souillait.

Au collège, j'étais devenue l'ombre de l'élève que j'avais été. Je revenais souvent à la maison au milieu de la journée pour voir ce qui se passait avec maman. Elle allait à l'université seulement trois jours par semaine. Une fois, revenant discrètement à la maison, je fus témoin d'une scène qui me bouleversa beaucoup plus que celle du divan. Postée au même endroit que la première fois, elle était à genoux devant Jacques, pleurant, suppliant, cajolant, caressant, lui entourant les cuisses de ses bras, posant la tête à la hauteur de son sexe. Droit, impitoyable, il la regardait sans broncher. Dans ses yeux, il n'y avait pas de mépris mais seulement de la froideur.

— Désolé, ma chérie, mais c'est fini. Je n'y peux rien.

Il s'arracha des bras de ma mère et disparut. Tout à coup, la maison fut pleine d'un énorme sanglot, comme si rien d'autre n'avait existé sur la terre que la douleur de cette femme abandonnée. Ce qui m'ébranlait, c'était l'absence totale de pudeur qui caractérisait cet accès de peine. Ma mère était devenue une grande rivière qui ne charriait pas de l'eau mais seulement de la souffrance, et cela dévalait en torrents, toutes vannes ouvertes, comme si on lui avait déchiré le ventre. Elle se vidait comme une outre crevée, répandant ses viscères, larmes et sang chaud s'emmêlant d'une cascade à l'autre, indéfiniment. Jamais je n'aurais cru qu'une femme pouvait avoir une telle aptitude à produire de la souffrance.

Effrayée, je m'enfermai dans ma chambre, maudissant l'amour, qui pouvait rendre fou. «Si c'est ça l'amour, c'est pas drôle...» Innocente, ou presque, je ne pouvais pas comprendre. Il y avait aussi des moments où je me disais que c'était bien fait pour elle, qu'elle était punie de sa faute. Autant elle avait joui dans les bras de son amant, autant elle se trouvait blessée dans sa chair. Et je la revoyais, ployée sur le divan, offrant sa croupe à l'homme qui la pénétrait. Qu'y avait-il donc de si enivrant dans toute cette trivialité? Pouvait-on perdre la raison parce qu'on était privé de cette chose qui vous labourait le ventre? Impossible! L'âme, le cœur, l'esprit, tout cela avait dû se mettre de la partie pour faire trébucher cette femme intelligente. Seule dans ma chambre, j'essayais d'imaginer l'amour, le grand amour. Entreprise impossible. L'amour n'avait pas de visage. C'était un monstre invisible. L'amour? Un grand trou noir dans lequel on tombait en chute libre, criant, éperdu. L'amour? Un gouffre... Tout ce que j'en connaissais, c'était les quelques manifestations physiques dont j'avais été témoin, et le résultat: ma mère à moitié folle.

Sa douleur me devenait insupportable et je décidai de revenir à la charge auprès de mon père. Mais comme il travaillait aux élections qui allaient avoir lieu dans deux jours, il rentra tellement tard que je ne pus le voir. À table, maman parla de choses et d'autres, tâchant de cacher ce qui la tourmentait. Elle mangea peu et, au moment de se lever, me dit à brûle-pourpoint:

— Sonia, la soif d'absolu contient toutes les soifs.

Debout, appuyée au dossier de sa chaise, elle me regardait avec tendresse, mais en même temps avec une telle intensité que ses lèvres tremblaient. Dans mes yeux, il y avait la lueur, le feu de la lucidité qui vient de l'âme et qui se répand pour embraser le monde. Pourtant son regard était lourd d'une tristesse insondable. Et tout cela pesait tellement sur moi que j'avais envie de pleurer. Elle ajouta:

— Tu trouves peut-être que je me conduis de

façon bizarre depuis quelque temps, mais il ne faut pas que ça t'inquiète. Chacun son lot. Toi aussi, un jour, tu auras des problèmes et tu seras seule...

— Maman, tu pourrais peut-être voir un médecin... (Je n'osais pas employer le mot psychiatre.)

— Pour quoi faire? Je suis en bonne santé!

Subitement elle avait changé d'attitude et elle souriait, jouant la femme forte qui maîtrise la situation. Je m'approchai d'elle et me jetai dans ses bras, l'étreignant de toutes mes forces. Il y avait longtemps que nous n'avions plus ces gestes de tendresse spontanés. Mais je n'étais plus sa petite fille entière. En l'embrassant, mes bras et mes mains appréhendaient la souplesse de son corps, les muscles de son dos, la fermeté de sa chair mûre, et je ne pouvais m'empêcher de penser que cette charpente harmonieuse avait été un objet de plaisir pour un homme, que cette chair brûlait de désir... en vain! Quelle tristesse que cette beauté vouée à la décrépitude! Encore quelques années et pour elle il n'y aurait plus que des souvenirs fanés: deux doigts qui s'effleurent, des lèvres qui s'ouvrent, le sang qui gonfle tous les tissus dont le sexe est fait. Pourriture... Elle m'embrassa sur le front et disparut dans sa chambre.

Puis ce fut le soir des élections, le 15 novembre 1976. Un grand jour d'espoir pour tous les Québécois, comme on l'a répété six millions de fois au cours des années suivantes.

Maman s'habilla comme pour un bal. Robe du soir savamment décolletée, collier de perles, boucles d'oreilles délicates, cheveux relevés et sourire éclatant. Mon père avait invité deux ou trois de ses collaborateurs, des hommes qui avaient travaillé désespérément pour sauver le bateau «libéral». En voyant ma mère arriver au salon dans sa robe longue, il s'exclama:

— Tu veux célébrer notre enterrement en grandes pompes!

Car il n'y avait plus un seul partisan du gouvernement au pouvoir qui croyait à la victoire. On luttait par principe, par entêtement et par habitude sinon par vice, la politique étant une maladie aussi tenace que l'alcoolisme ou la drogue. Au dîner, maman avait absorbé une quantité de vin fort respectable, et elle avait parlé des choses les plus banales avec enthousiasme, ce qui était dans la ligne de ses humeurs en dents de scie depuis quelques mois, mais que mon père se refusait à voir. Ce soir-là, cependant, il y avait quelque chose que je ne parvenais pas à définir, mais que je décrirais de la façon suivante: quand elle nous regardait, elle donnait l'impression de ne pas nous voir vraiment, elle regardait au-delà de nous. Chez moi, cela créait un malaise à peine perceptible mais toujours présent. Un malaise que j'étais incapable d'analyser. Aujourd'hui, je sais ce que j'éprouvais alors: ma mère m'avait déjà abandonnée. Elle était dans un autre monde, comme on dit vulgairement, et si elle me voyait, elle me voyait de si loin qu'elle avait de la difficulté à me reconnaître.

Nous avions pris place devant la télévision pour regarder les résultats des élections, séparés de l'appareil par une table à café généreusement garnie de bouteilles, et la voix pompeuse du speaker emplissait nos oreilles:

— Berthier, deux mille voix de majorité pour l'instant, l'Assomption, Parizeau en tête, Dorchester, mille voix de majorité, Hochelaga, quatre mille voix de majorité, etc.

Dans tous les cas il s'agissait de majorités pour le PQ, et mon père grognait, avalant une gorgée à chaque coup de massue. Ses trois collaborateurs en faisaient autant. C'était assommant pour moi, et je me préparais à me retirer lorsque j'entendis ma mère dire, essayant d'enterrer la voix du speaker:

— La plus belle occupation de l'être humain, après l'amour, c'est le voyage...

Les quatre têtes des hommes se retournèrent vers elle, incrédules, hébétées, cependant que maman continuait:

— Encore que, si on y regarde de plus près, on pourrait affirmer que les jeux de l'amour sont une activité qui se rapproche passablement du voyage...

— Marie-Hélène, je t'en prie, c'est pas le moment... (Mon père)

— Parizeau en avance de six mille voix!

— Le sens dit «obscène» de certains mots le prouve sans aucun doute.

Le visage de mon père pâlit, malgré tout le scotch qu'il avait absorbé. Ce qu'il redoutait au plus haut point dans les circonstances, c'était un geste scabreux de la part de «sa» femme, ayant à l'esprit ce qu'elle avait fait quelques semaines plus tôt au chalet.

— Marie-Hélène, je t'en supplie, laisse-nous regarder les élections en paix... On vit des heures historiques...

— Bourassa défait dans son comté, clamait la voix du speaker, élevant le ton, car il s'agissait là d'un événement pas ordinaire. En effet, un poète québécois venait de battre le chef du Parti libéral du Québec dans son comté!

— Catastrophe! répétèrent les hommes tour à tour, affichant des mines d'enterrement. Ma mère éclata de rire et ils la regardèrent, outrés, stupéfiés, congestionnés, incapables d'ouvrir la bouche pour protester. Après avoir laissé doucement mourir sa dernière cascade de rire, ma mère dit, de sa voix la plus suave:

— Vous ne prenez pas assez de recul par rapport aux événements... Qu'est-ce que ça change, dans l'histoire de l'humanité, que le PQ prenne le pouvoir? Rien du tout. Qu'est-ce que ça peut faire au reste du monde que les Québécois deviennent indépendants, s'ils le deviennent jamais? Rien du tout. Dans cent ans d'ici, qu'est-ce qu'il restera de tout ça? Des mots, de la cendre... Les forces qui infléchissent la courbe de l'histoire sont ailleurs, et elles agissent lentement, en dehors de la politique... Ces forces viennent de ce qu'on pourrait appeler, au sens le plus large du terme, la divinité... Pardonnez-moi, je ramène tout à Dieu par déformation professionnelle. Et la politique n'est que la phalangette du petit orteil de la divinité...

— Victoire du candidat péquiste dans le comté de Beauharnois...

Mon père était déjà ivre. Il avala une longue rasade, rassembla ses esprits. Le discours de maman demandait une réponse. Ces hommes, qui avaient le sens pratique, qui travaillaient sur le terrain, qui «construisaient le monde», ne pouvaient s'en laisser imposer par une femme qui noyait tout dans ses phrases creuses, sans appui sur le réel.

— C'est bien joli, tout ça, le sens de l'histoire et le recul et ce qui se passera dans cent ans d'ici, mais nous autres on vit maintenant, ici, et c'est maintenant qu'on a besoin de réaliser nos objectifs... Quand on sera morts, on s'en fout du gouvernement qui sera au pouvoir.

— Gérard D. Lévesque, réélu... Une victoire libérale!

— Enfin!

— Et le vrai pouvoir, lui, se fout totalement de vos combines. Il est ailleurs, dit maman qui se leva. Elle m'entraîna avec elle à l'autre bout du salon en disant:

— Viens t'asseoir avec moi, Sonia... Il faut que je te parle...

Pendant que la déroute du Parti libéral se poursuivait, détaillée par le speaker que nous entendions au loin, maman essayait de me dire ce qu'il y avait au fond de son âme. Mais quand elle me regardait, elle avait toujours ce regard lointain qui m'affolait parce qu'il semblait venir d'un autre univers. Et tout en me parlant elle me touchait l'épaule ou le genou, mais déjà la chaleur de sa chair me semblait irréelle.

—Je crois que je vais partir, tu sais... J'ai besoin de faire un long voyage...

— Veux-tu que je t'accompagne?

— Surtout pas!

Sa réponse avait été spontanée, pour ne pas dire violente. Craignant de m'avoir blessée, elle s'était radoucie tout de suite, me caressant la joue de sa main fébrile:

— Non, ma chérie, à ton âge, il est préférable de vivre dans ton milieu naturel, de rester en surface où il y a encore des milliers de choses à apprendre, pour toi... Moi, j'ai besoin maintenant de descendre dans la caverne, dans le labyrinthe... Je ne veux pas nécessairement que tu fasses comme moi, que tu passes toute ta vie dans l'histoire des religions, mais je souhaite que tu y mettes le nez un peu. C'est très enrichissant, tu verras... Par exemple, tu comprendras que les cavernes sont en relation avec la religion depuis très longtemps, peut-être depuis le paléolithique... Le labyrinthe est venu plus tard, mais il avait le même sens. La caverne était et est toujours naturelle, tandis que le labyrinthe était une grotte taillée dans la pierre, de mains d'hommes, pour servir à un culte initiatique... Un passage, un peu comme une mort symbolique...

Au loin, c'est-à-dire à l'autre bout de la pièce, retentissait la voix du speaker annonçant une autre victoire péquiste dans tel ou tel comté, et les exclamations douloureuses de mon père... Maman continuait:

— J'éprouve le besoin d'être initiée, comme j'ai voulu être baptisée.

— Maman, tu me fais peur...

— Écoute, il faut que tu te sépares de moi, que tu me tues, au sens figuré, pour que tu puisses bien faire ta vie, ta vie à toi, tu comprends? Il faut que tu vives, Sonia! Tu as tout devant toi, c'est merveilleux!

— Jacques Parizeau, élu!

— Le gros baveux! (Mon père)

— Sonia, je voudrais que tu adoptes la conclusion du Chant du Harpiste.

— Qu'est-ce que c'est que ça?

— Un texte religieux qui nous vient de l'ancienne Égypte et qui dit: «Poursuis ton désir, autant que tu vivras... Ne laisse pas ton cœur languir.» C'est une maxime bien dangereuse, je le sais, mais c'est avec ce principe à la clé, comme un beau bémol, que l'on peut le mieux chanter sa vie. Parce que sa vie, Sonia, il faut la chanter... Je veux dire par là que ton travail, tes loisirs, tes amours, tout cela doit être chanté, autrement tu dépériras et tu ne porteras jamais de fruits.

— Le chef du Parti libéral concède l'élection au Parti québécois...

— Maman, quand veux-tu partir?

— Très bientôt, très bientôt...

Et elle prit une longue gorgée, renversant la tête, les épaules redressées, posture d'oisillon qui se laisse nourrir, attitude de femelle offerte, image de plaisir que l'on quête de tous ses muscles. Elle avait l'air d'une statue vivante emportée dans un cortège dionysiaque, ou encore d'une danseuse aux pieds nus frappant le sol jusqu'à l'exaspération pour en faire sourdre l'eau du plaisir, ou pour écraser le serpent qui tient la mort entre ses dents.

La télévision nous montrait des images du Centre Paul-Sauvé, où plus de vingt-cinq mille personnes exultaient, criaient, chantaient, appelaient de tout cœur l'arrivée de leur nouveau roi, le grand vainqueur, le petit Moïse de ce peuple enfin promu aux grands espoirs.

Maman se tourna vers moi et me prit dans ses bras. Ce fut une étreinte fiévreuse, palpitante, au cours de laquelle je sentis son désir de me communiquer le terrifiant bonheur de vivre. Elle chuchota à mon oreille:

— N'oublie pas: la soif de l'absolu contient toutes les soifs.

Puis elle me tint à bout de bras par les épaules, me regarda avec une intensité extraordinaire (l'œil du père mourant qui reconnaît son fils à son chevet), et elle répéta:

— Poursuis ton désir, autant que tu vivras... Ne laisse pas ton cœur languir...

Ensuite elle se détacha de moi et, faisant un effort surhumain pour ne pas tituber, elle s'approcha de mon père qui avait un visage d'enterrement. Pour lui et ses amis, c'était la catastrophe du siècle.

— Alors, les hommes? On ne s'amuse pas? La voix du peuple vous fait peur? C'est pourtant ça, la démocratie...

Puis elle se pencha vers son mari et l'embrassa chaleureusement.

— Allons, mon chéri, ce n'est qu'un petit moment à passer... Tu trouveras bien le moyen de soudoyer quelques-uns de ces intellectuels au discours angélique. Le pouvoir corrompt, tu le sais bien...

Il se contenta de la foudroyer du regard. Déjà elle s'était redressée, serrait la main des autres hommes en leur souhaitant une bonne nuit de la façon la plus affable possible, et elle disparaissait dans l'escalier sans m'accorder un dernier regard.

À la télévision, je pus voir le nouveau Premier ministre faire son apparition au Centre Paul-Sauvé, entouré de ses plus proches collaborateurs, ovationné par la foule délirante. En gros plan, on pouvait voir son émotion, mais comme l'ovation ne voulait pas finir, il en vint à laisser échapper une larme. Un dieu humain venait de naître.

— Larmes de crocodile!

— Oui, un maudit hypocrite!

— Tu parles!

J'abandonnai les trois hommes à leur amertume et montai dans ma chambre, plutôt indifférente au fait qu'un parti indépendantiste venait de prendre le pouvoir. À ce propos, quoique mal informée, je partageais plus ou moins les opinions de ma mère. Ce qui me touchait cependant, c'était la passion, la joie, l'énergie, la folie heureuse que dégageait cette foule, comme si un magicien venait soudainement de la délivrer d'un long esclavage. Dans la force de cette explosion, il y avait quelque chose d'exaltant et d'effrayant à la fois, pour moi qui n'avais jamais vu de grands mouvements populaires.

Ce soir-là, il me fut très difficile de trouver le sommeil, étant bouleversée par l'attitude étrange de maman. Depuis quelques mois, son comportement maniaco-dépressif me faisait mal, mais comme je savais ou croyais savoir quelle en était la cause, il y avait un petit recoin de mon cœur qui disait: «Bien fait pour toi! Tu l'as voulu...» Adolescente, je n'en étais pas moins femme, et aujourd'hui je dois admettre que j'étais jalouse du plaisir qu'elle avait connu, de l'amour qui l'avait enflammée. Mais ce soir-là, elle avait été différente, sur toute la ligne... Ni excessivement joyeuse, ni sombre. Elle était ailleurs. Et elle m'avait parlé, m'avait prise dans ses bras comme pour me dire au revoir. Son regard ne me quittait plus, ce regard indéfinissable qu'elle faisait peser sur moi en disant: «La soif de l'absolu contient toutes les soifs.» Qu'est-ce que cela voulait dire, au juste? Cette petite phrase était comme un grain de blé. Elle était pleine, dure, pareille au noyau contenant un germe d'où pouvait sortir un monde. Cette affirmation me faisait peur, car je ne la comprenais pas vraiment. Puis il y avait cette citation qu'elle m'avait faite à deux reprises: «Poursuis ton désir, autant que tu vivras... Ne laisse pas languir ton cœur...» Un message, un programme de vie. Celle-là était plus facile. J'étais même étonnée que maman ait osé me donner un tel conseil par auteur égyptien interposé car, si on l'appliquait sans discernement, il pouvait conduire aux pires débordements. Comment pouvait-elle me dire une chose pareille, elle que j'avais souvent entendue prôner l'harmonie et le juste milieu de l'idéal grec?

J'avais envie de me lever et d'aller frapper à sa porte. Peut-être avait-elle encore quelque chose à me dire? Ou peut-être avait-elle besoin de moi? Alors il me vint à l'esprit que ma mère ne m'avait jamais rien demandé... J'étais jeune, mais tout de même... Sur qui s'appuyait-elle? Maman était seule.

Alors vint le signal annonciateur du premier sommeil: la déformation des images et l'engourdissement des muscles. Je voyais des visages trop longs, des mains trop larges, des têtes déformées, grimaçantes, des arbres aux feuilles dorées, des chiens qui riaient, et finalement une femme en longue robe blanche marchant au milieu d'un grand désert ocre, seule. C'était ma mère qui souriait au monde en faisant sa traversée...

Un peu avant l'aube, je fis un rêve bizarre. Ma mère, toujours vêtue de blanc, se tenait debout au centre d'un cercle. À quatre points équidistants, sur le cercle, se tenaient quatre hommes gigantesques, vêtus chacun d'une couleur différente: rouge, bleu, vert, jaune. Mais ce qu'il y avait de particulier, c'est que les têtes des quatre hommes se rejoignaient au centre, juste au-dessus de ma mère, et cela formait une espèce de dôme. Impassibles, ils la regardaient. Maman disait:

—J'ai construit une ville, et je suis enfermée dans cette ville, mais laissez-moi sortir. Je veux m'en aller dans la cité éternelle.

Mais les hommes ne bougeaient pas, ne disaient rien, étaient toujours impassibles. Alors elle leur dit:

—Je suis libre, fondamentalement libre. Personne ne peut me retenir prisonnière dans la ville que j'ai construite moi-même.

Elle se mit à genoux, gratta la terre de ses mains nues, creusa un trou dans lequel elle s'enfonça, puis elle ressortit de terre un peu plus loin à l'extérieur du cercle, et je la vis courir dans le vent, s'éloignant très vite, jusqu'à disparaître dans la lumière aveuglante du désert.

Alors je fus moi-même au centre du cercle, et les quatre hommes devinrent des statues de pierre, nus, asexués, cependant qu'au centre j'étais comme le jet d'eau d'une fontaine asséchée.

Alors ma solitude prit le visage même du désert.

Une solitude qui enlève même le goût de crier. Une solitude-plénitude, une intuition de divinité.

J'ouvris les yeux, et dans l'aube sale de novembre, je regardais encore vers le haut, en direction des quatre têtes pétrifiées qui se rejoignaient au-dessus de moi. La dernière pensée rattachée à mon rêve se trouvait encore collée à mon esprit: «Je ne coule pas. Je suis dans l'eau...» Le silence de la maison me fit peur. C'était un silence malade, chargé de toutes les émotions que j'avais vécues au cours des derniers mois. Je ne sais trop comment expliquer ce phénomène mais je l'ai bel et bien ressenti. Tout de suite, le nœud de l'angoisse me serra la poitrine. J'enfilai ma robe de chambre pour aller à la salle de bains, et, quand j'en ressortis, il me vint en mémoire que ma mère m'avait annoncé son intention de partir en voyage, la veille au soir. J'allai jusqu'à sa chambre et collai mon oreille à sa porte. Silence. Toujours ce même silence de plomb qui donnait des sueurs froides. J'ouvris sa porte doucement, sans frapper au préalable. Dans ce commencement de clarté qui rend les objets fantomatiques, je vis d'abord ses pieds en dehors des draps. Elle n'était pas partie! Mais mon regard tomba tout de suite sur sa tête: elle pendait hors du matelas, inerte comme son bras gauche qui pendait aussi, et elle avait le haut du corps découvert malgré la fraîcheur de la nuit. Strident, mon cri déchira l'air, tentative instinctive et désespérée pour ébranler ce silence qui rendait la maison semblable à un tombeau.

Mon père se trouva près de moi au bout de quelques secondes, appelant:

— Marie-Hélène! Marie-Hélène!

Il puait l'alcool. Il fit de la lumière et la réalité nous sauta aux yeux, toute nue: maman s'était suicidée. Idiote, je n'avais pas compris son intention quand elle m'avait parlé d'un long voyage.

Nous sommes restés un long moment silencieux, mon père et moi, à regarder ce spectacle figé, image effarante de l'éternité. En moi c'était le vide, le vide absolu. Je ne criais pas, ne pleurais pas, ne disais rien, parce que rien ne montait à mes lèvres. J'étais comme les quatre statues de mon rêve. Même pas la sournoise question: «Es-tu responsable de la mort de ta mère?» Le vide.

La journée se passa comme dans un rêve. D'abord faire venir un médecin qui allait faire le constat: overdose de barbituriques. Puis les questions: Qui? Quoi? Comment? Pourquoi? Que s'est-il passé?

Nous avons répondu tour à tour, mon père et moi, isolés l'un de l'autre. Je dis tout ce que je savais, excepté son aventure avec Jacques. Rien ne pouvait me prouver qu'il s'agissait là d'une cause première. J'avais mon instinct pour guide et je le suivis scrupuleusement.

Puis mon père trouva le testament de sa femme, c'est-à-dire ses dernières volontés. Voici donc ce qui se passa au cours des deux jours suivants.

Le croque-mort vint la chercher pour l'emporter à son «salon» où il l'embauma, puis il la rapporta à la maison où on l'exposa au salon, couchée dans un cercueil sombre, simple, sans ornements. Un vrai cercueil en bois. Le cercueil des temps où on ne trichait pas avec la mort. Et quand on ouvrit le couvercle, je vis la flaccidité de son visage, état que le maquillage sommaire ne parvenait pas à cacher. La mort, c'était cela: le dégonflement. Jamais plus le sang! Jamais plus la poussée, jamais plus la palpitation... Quatre chandeliers, deux de chaque côté du cercueil, éclairaient faiblement ce visage qui ne souriait plus, dont la beauté s'était retirée pour laisser place à l'harmonie la plus plate, celle des formes qui ne chantent plus.

Sur une table de salon traînait encore le journal du matin, dont la première page reproduisait la photo immense du nouveau Premier ministre, photo prise au moment si émouvant de la larme (de crocodile?). Mon père ne semblait pas se rendre compte de cette incongruité.

Le soir, une quinzaine de personnes arrivèrent presque toutes en même temps, vêtues de noir et parlant à voix feutrées. C'étaient des hommes et des femmes travaillant à la faculté où enseignait maman. Des gens que je ne connaissais pas vraiment, et qui nous offrirent leurs condoléances de la façon la plus convenable, mais qui me laissèrent totalement indifférente. Papa, lui, se contentait de dire merci à chacun de ceux qui lui serraient la main, mais je n'arrivais pas à deviner ce qu'il éprouvait réellement. Il avait un masque de pierre.

Quand tout le monde eut passé quelques minutes à regarder le visage de la morte, mon père leur demanda de s'asseoir, ce qu'ils firent en silence. Alors il s'approcha du système de son qu'il avait dû louer pour la circonstance, et il appuya sur un bouton. Les trompettes sonnèrent, joyeuses. C'était le Gloria de la Messe en do de Jean-Sébastien Bach, que je n'avais jamais entendu. (Probablement un souvenir de jeunesse de ma mère, puisqu'à la maison elle n'écoutait jamais de musique.) Félicité! Radieuses, les voix se mirent à la poursuite des instruments en suivant une ligne qui semblait danser dans les airs en dessinant des courbes rapides, semblables à des coups d'aile qu'un oiseau ivre de soleil et d'air pur eût lancé dans le ciel, dans le but de courir vers la divinité. Soudain, les voix et les instruments se rejoignaient, s'unissaient en prenant position sur des paliers sonores différents, puis ils semblaient se bercer, épaule contre épaule, dans une jubilation d'enfant qui a la certitude folle de ne jamais connaître le malheur. Puis les voix se taisaient, comme suspendues, en extase devant la face de Dieu, mais la musique ne s'arrêtait jamais, et bientôt les mêmes voix heureuses se remettaient à la poursuite, gambadant, excitées par le son du cor qui les aiguillonnait avec une interminable série de petites notes qui avaient l'air de sauter sur place. Et tout se rejoignait de nouveau pour faire encore une ronde à bras entrecroisés, et la pureté de l'âme, l'âme intouchée et intouchable qui est au fond de soi, cette pureté nous éclatait à la figure, nous lavait de toutes les souillures imaginables. En avant! Au-delà! La musique cherchait le point qui se trouve au-delà du dernier au-delà, inlassablement, sans répit, et elle semblait le trouver, ralentissant comme à regret, au moment où les mots de la prière disaient: «*Propter magnam gloriam tuam*», à cause de ta plus grande gloire! Et cette gloire avait le visage du soleil.

Mon père coupa le contact et ce fut le silence. Personne n'osait bouger. Chacun regardait devant soi, immobile, comme accroché à ce reflet du bonheur qui l'avait transporté dans un monde imaginaire. Alors mon père tourna la tête vers un vieux monsieur à barbiche blanche, lui faisant signe d'y aller. Le monsieur se leva, se racla la gorge et dit:

— Selon la volonté de Marie-Hélène, je dois vous lire un texte qu'elle a écrit, une espèce de testament... Voici:

> Il est bien probable qu'en décidant de quitter ce monde par ma propre volonté, je fasse de la peine à mon mari et à ma fille. Je leur en demande pardon. Pour ce qui est de mes amis, au cas où j'en aurais, je ne m'inquiète pas tellement car l'amitié, semblable à l'eau des rivières, suit les déclinaisons du terrain pour aller se perdre dans la mer, insondable matrice universelle.
>
> La fréquentation des diverses religions qui ont illuminé le monde m'a procuré les plus grandes joies... Des joies plus profondes que celles de l'amour, si c'est possible. Car l'amour est souffrance autant que bonheur... Je prends la peine d'énoncer cette évidence parce qu'il y aura toujours quelqu'un pour s'acharner à la nier. Mais mon propos n'est pas là.
>
> Dieu est le noyau global, l'infiniment petit qui contient le tout, indissoluble. Cette invention de l'esprit humain est l'une des plus belles, sinon la plus belle. Mais c'est une invention qui peut provoquer l'envoûtement. Certaines limites étant franchies, on ne s'appartient plus. C'est mon cas.
>
> Je suis devenue Osiris... Tirées du Texte des Sarcophages (Moyen Empire égyptien), voici quelques phrases attribuées à Osiris, qui disent bien le ravissement qu'il éprouvait à se regarder lui-même: «Que je vive ou que je meure, je suis Osiris. Je pénètre en toi et je réapparais à travers toi; je dépéris en toi et je crois en toi... Les dieux

vivent en moi parce que je vis et je croîs dans le blé qui les soutient. Je couvre la terre; que je vive ou que je meure, je suis l'Orge, on ne me détruit pas. J'ai pénétré l'Ordre... Je suis devenu le Maître de l'Ordre, j'émerge dans l'Ordre.

Le monsieur à petite barbiche fit une courte pause, sans doute pour nous laisser le temps d'avaler ce texte qui, venant d'une culture si éloignée de la nôtre, était difficile à comprendre pour la plupart d'entre nous. D'habitude, les homélies que nous entendons ne volent pas très haut. Sous un flot de louanges teintées de flagornerie, elles cherchent plutôt à noyer les mauvaises actions des grands personnages. Le texte de maman n'était pas de cette encre. Le bonhomme se racla la gorge de nouveau et reprit:

S'enlever la vie est un geste qui peut avoir valeur de rachat. Un rachat volontaire et délibéré. En cela, le Christ nous a donné l'exemple. S'il a été crucifié, c'est bien parce qu'il l'a voulu. Mais dans mon cas il n'en est rien, malgré la faute dont je suis coupable. Car je vous le dis, j'ai la certitude de participer à la divinité, d'être comme Osiris, d'être une Osiris moderne, donc de ne pas mourir vraiment. Je change de royaume, c'est tout. C'est la raison pour laquelle j'ai voulu vous faire entendre cette musique glorieuse, qui donne des ailes à l'âme et la fait voler vers Dieu. J'avais de grandes aptitudes pour le bonheur. Les fruits de la terre sont innombrables, et chacune de leurs saveurs respectives m'enchantait, du moins celles que j'ai eu l'occasion de goûter. J'ai connu le bonheur; le bonheur de la terre, le bonheur de l'air, le bonheur de la lumière. Mais il s'agit là d'un bonheur que je qualifierais de terrestre. Maintenant je goûte le bonheur céleste...

Le monsieur qui lisait le texte de maman s'arrêta. Il semblait embêté, gêné, comme s'il considérait que maman s'égarait. Il s'épongea le front, soupira, jeta un coup d'œil inquiet sur les quelques personnes assemblées au salon. Le silence était total, semblable à la noirceur d'une nuit lourde et sans étoiles. J'entendis une mouche voler et je la vis aller se poser sur la bouche exsangue de ma mère. À mes yeux, cet incident trivial prit des proportions énormes. La bouche de maman, hier encore si belle et vivante, était maintenant un morceau de viande desséchée, vouée à la pourriture. Commun à toute l'humanité, ce phénomène n'en est pas moins absurde, et tout à coup cette absurdité me sauta aux yeux, pour ainsi dire. J'éclatai en sanglots. Je pleurais pour la première fois depuis le matin, mais apparemment le moment était mal choisi. Assez curieusement, je sentis que la cérémonie décidée par ma mère exigeait le silence, le recueillement, la dignité, trois choses qui excluent le misérable bruit mouillé des pleurs. Je sentais tous les regards fixés sur moi, aussi chargés de reproche que de compassion. Assis près de moi, immobile jusque-là, mon père posa sa main sur mon genou, geste simple dont la retenue avait quelque chose de coercitif. J'aurais voulu me jeter dans ses bras, comme n'importe quelle enfant devenue subitement orpheline, mais il n'en était pas question. Les circonstances ne le permettaient pas. Large, puissante, la main de mon père me le disait en serrant. Il murmura:

— Sonia... Courage...

Cela sonnait comme une mauvaise réplique de théâtre, quelque chose qui ajoutait encore à l'absurdité de la situation et qui aurait pu faire déclencher le rire. Pourtant, je parvins à me ressaisir, à contracter tous les muscles qui pouvaient barrer la route au flot de peine qui montait de mon ventre.

— Excusez-moi, dis-je en levant les yeux vers l'homme qui attendait le silence pour continuer sa lecture. Je vis alors qu'il me regardait sans compassion aucune, un peu comme un professeur qui écoute une observation outrecuidante venant d'un élève infatué. Était-ce une fausse impression? Je n'en sais rien, mais c'est de cette façon que je perçus son regard, et pendant les quelques instants qui suivirent, j'eus le sentiment de vivre un moment irréel. Ma mère était-elle vraiment morte? Toute cette mise en scène était-elle un cauchemar? Alors mon imagination fit un bond fulgurant à cause du mot cauchemar, qui se dit en anglais «nightmare» et que j'avais déjà traduit en français par l'expression «jument de nuit», une jument noire sur laquelle je voyais galoper ma mère qui avait traversé sa courte vie à une vitesse folle, par tous les temps, avec ou sans clair de lune, entraînée par des démons, enivrée par le rythme saccadé des sabots, musique primitive et si proche des pulsions cardiaques. Sur sa jument noire, maman fuyait la bassesse du monde, cherchait la lumière en essayant de briser le carcan des philosophies. Il était là, son message... Et c'est là-dessus que je revins à moi, car le monsieur disait:

— Je sais que c'est très pénible, ma petite Sonia, mais il faut avoir le courage d'écouter jusqu'au bout le message ultime de ta mère.

Je jetai un coup d'œil du côté du cercueil pour m'assurer que je ne rêvais pas, et la lecture du document continua:

> Ce n'est donc pas parce que je trouve la vie absurde que je me suis suicidée. La vie n'est pas absurde. Elle est divine.

> Elle existe au-delà de notre chair. Ma carcasse est dans un cercueil sous vos yeux, mais moi je suis toujours vivante. Et je vole dans un espace lumineux. J'ai voulu quitter la terre parce que j'ai été envoûtée...

À ce moment-là, le lecteur s'arrêta une fraction de seconde et regarda mon père, comme s'il avait craint de lire la suite. Je levai les yeux sur lui et vis qu'il était couvert de sueur. Il avait l'air de vivre une «jument de nuit». L'homme continua sa lecture:

> J'ai résisté à l'un de mes étudiants, un Noir originaire d'Haïti, et il m'a jeté un sort. Je me suis moquée de lui, évidemment, mais faiblement. J'ai passé ma vie à étudier les religions et les croyances religieuses, ce qui m'a amenée à être prudente à ce sujet. Plus souvent qu'on ne le croit, il se passe dans le monde des choses merveilleuses, au sens premier du terme. Le mauvais sort, ce fut un jeune homme qui entra dans ma vie en coup de vent, mais qui en sortir presque aussitôt. C'est lui qui m'a envoûtée, qui m'a fait sortir de mon enveloppe. Je ne m'appartenais plus. Il fallait que je vive dans un autre monde. Adieu, mes amis. Je suis l'Osiris du Nouveau-Monde, je ne meurs pas. Je suis le blé qui germe éternellement, pour la plus grande gloire de Dieu. Il est interdit d'aimer médiocrement. Il faut aimer jusqu'au point où la souffrance de l'amour se change en joie. La souffrance de l'amour est comme le feu qui chauffe les métaux et les transforme en matière liquide. Au commencement était le liquide, et le liquide est devenu solide, et il redeviendra liquide, ainsi de suite jusqu'à la fin de notre soleil. La vérité première, c'est le mythe de l'éternel retour.

Le vieux monsieur s'épongea le front avant de se rasseoir. Je regardai mon père. Il était toujours impassible, malgré ce que tous les invités à la cérémonie savaient maintenant. Les hommes lui serrèrent la main et s'esquivèrent à pas feutrés. Les femmes l'embrassèrent sur les joues d'une lèvre compatissante, puis disparurent elles aussi. Dans la maison, il ne resta plus que le cercueil et nous deux. Le lendemain, les mêmes personnes se retrouvèrent au crématorium du cimetière de la Côte-des-Neiges pour assister à l'incinération.

Pendant ce temps la ville chantait. Toute la province chantait parce qu'un nouveau régime était au pouvoir. Le peuple québécois s'était mis sur des rails et se préparait à rouler jusqu'au sommet de sa montagne. L'avenir était plein de promesses. Démocratie! Bien social! Science! Justice! Fraternité! Honnêteté! Fierté! Liberté!

Une vraie belle émotion d'adolescent...

Les cendres de maman furent enfouies sous une pierre minuscule, au cimetière. Papa y déposa des fleurs, moi aussi, et de nouveau nous fûmes seuls tous les deux, en route pour la maison qui, située au cœur de Westmount, se trouvait entourée de gens qui avaient peur du nouveau régime. Plusieurs anglophones se préparaient à quitter la province. Moi, je m'en foutais.

Le vide. Mon père devait absolument aller au bureau, disait-il.

— Toi, qu'est-ce que tu fais?

Il était évident que je n'étais pas en état d'aller au collège.

— Je n'en sais rien.

— T'as pas une amie qui pourrait venir avec toi à la maison?

— Besoin de personne.

Il était là devant moi, embarrassé comme un

adolescent qui souffre d'un désir impossible à assouvir. Il n'avait pas versé une larme depuis le moment où il avait vu sa femme inerte dans son lit. Les seuls petits moments de conversation que nous avions eus avaient été à propos des cérémonies funèbres dictées par le testament de maman. On s'énerve et on s'excite quand il y a danger de mort. Quand la mort est là, bien assise dans son fauteuil, c'est elle qui a la première place au salon, et on ne fait que «fonctionner», selon une mécanique où les vrais sentiments n'ont pas de place. Comme son embarras me gênait, je posai une question idiote:

— As-tu de la peine?

Il eut un léger frémissement des lèvres, une espèce de rictus qui se changea rapidement en un sourire indescriptible, un sourire plus ou moins faux où se mêlaient la tristesse et la compassion. Une compassion qui coulait vers moi à la manière d'un vent tiède. Puis il dit:

— Elle était ma femme et je l'aimais... à ma manière... Même si j'étais pas tellement un bon mari.

Je ne sais pourquoi mais ces quelques mots, tout simples et pourtant plus humains que tout ce qu'il m'avait dit depuis deux jours, eurent un effet extraordinaire sur moi. Subitement, je ressentis un immense besoin de mâle. C'est à ce moment-là seulement que je vis le désert dans lequel ma mère me laissait. Et cela se traduisait par le désir de me trouver aux côtés d'un homme, malgré mon jeune âge. Malgré ma virginité. Je n'ai pas encore très bien compris ce qui se passait en moi à cet instant précis. Une chose est certaine: je pris conscience de ma catastrophe. Et cette catastrophe appelait le dérèglement de tous mes sens. Dans ma tête, la «jument de nuit» se mit à galoper de nouveau, avec fureur cette fois, mais, aussi étrange que cela puisse paraître, elle galopait sur place. J'étais seule! Devant moi, il y avait un homme vêtu de noir, assez élégant, ni jeune ni vieux, et cet homme était mon père. Il ne pouvait rien pour moi, du moins était-ce la certitude que j'avais à ce moment-là. Pourtant je me précipitai vers lui pour me jeter contre sa poitrine en pleurant, l'entourant de mes bras et serrant de toutes mes forces avec des convulsions qu'il devait juger hystériques. Je l'entendais répéter à voix basse:

— Pleure... Pleure... Pleure... Ça va te faire du bien.

Son corps était devenu un arbre que j'enfermais dans le cercle de mes bras pour me rattacher au ciel. Et ma peine coulait au pied de cet arbre vivant, abandonnée à son poids humide. Mes larmes étaient comme une délivrance subite. Alors, entièrement livrée à mes pleurs, je ressentis quelque chose que je pourrais définir comme un blanc nuage de bonheur: le bien-être glissait sur une mer de malheur. C'était la première fois que je goûtais ce mélange de tristesse et de joie, et il agissait sur moi comme un baume.

Je me détachai subitement du corps de mon père, même si je n'avais pas encore fini de pleurer. Soudain, j'avais le sentiment de m'adonner à quelque chose de répréhensible. Sur le moment, je ne compris rien à ce sentiment étrange, sans doute à cause des circonstances, mais tout à coup il me semblait que je n'avais plus droit au plaisir. En disparaissant de ma vie, ma mère avait-elle à ce point déréglé mon corps et mon âme?

Papa, lui, était un homme aux réactions «classiques». Pour se sortir d'un deuil, il était entendu qu'il n'y avait rien de mieux qu'un voyage. Un long voyage. Quand j'eus séché mes yeux, il se tenait encore debout au milieu du salon, désemparé, embarrassé par le pauvre être que j'étais.

— Sonia, j'en ai pour quelques jours à régler certaines affaires. Après, si tu veux, on partira en voyage... Où voudrais-tu aller?

Partir, c'est tenter vainement de se fuir soi-même. Sur le moment, sa proposition m'apparut comme une lâcheté. N'était-il pas plus juste, plus fidèle, plus humain, de rester à la maison, de baigner dans le souvenir de cette femme qui avait été son épouse et ma mère? L'idée du voyage me révolta.

— Pourquoi partir? La maison est pleine de maman. Son parfum traîne encore dans toutes les pièces...

C'était comme s'il m'avait avoué qu'il n'aimait pas sa femme, que sa mort le laissait indifférent. Il vint s'asseoir près de moi et posa une main sur mon épaule, parlant avec tendresse:

— Sonia, je sais que c'est difficile mais il va falloir te rendre à l'évidence. Marie-Hélène est morte. Rien ne peut la faire ressusciter. Absolument rien. Il faut vivre avec cette réalité. Tout simplement, il faut vivre... Tout bêtement... Et on ne peut pas vivre en traînant un cadavre dans sa tête.

Il était maladroit, le pauvre, mais il parlait bon sens...

— Va au bureau, on en reparlera ce soir.

— Heu... Sonia, j'ai peut-être pas été un bon père... Alors, je sais pas comment je vais pouvoir être une mère pour toi...

— Va au bureau, papa, laisse faire.

Il avait toujours vécu en égocentrique et, sous le choc du malheur, il essayait de montrer qu'il avait quand même du cœur, qu'il était bon, normal, honnête, généreux... J'étais sa fille, son sang, etc. Dans les grandes circonstances, les clichés tourbillonnent par millions, comme les moustiques au-dessus d'un marécage au mois de juin. Il partit sans essayer de m'embrasser.

J'avais envie de faire le ménage dans ma tête, dans mon âme, dans mon cœur, partout. Je commençai par un bain.

J'étais trop jeune pour porter les bijoux dont j'héritais de ma mère. Je les mis dans un coffret, me proposant de demander à papa de les porter à la banque. Quant à la bibliothèque, environ trois mille volumes, je n'avais pas tellement envie d'y mettre le nez. Gavée de toute cette culture religieuse et littéraire, maman avait abouti au suicide. À quoi bon tout cela? Voilà pour le côté matériel de la succession. En somme, bien peu de chose.

Mais il y avait tout le reste, qui ne se mesurait pas, que je ne pouvais même pas qualifier de sentimental, spirituel, humain ou intellectuel. Cet héritage-là était fait de regards, de soupirs, de pensées, de gestes, de phrases (comme celles qu'elle m'avait dites la veille de son suicide et celles qu'il y avait dans le texte de son testament), tout cela se fondant en une espèce de mer assez trouble, parcourue par des ondes incessantes. Et c'est dans cette mer que je baignais. Ma mère, c'était cela, cette chose dans laquelle je baignais, et c'était une attitude face à la vie. Aujourd'hui, je serais portée à dire qu'il s'agissait d'une définition de la vie, mais je ne peux aller au-delà. Je ne saurais dire: «La vie est ceci ou cela», selon ce qui me venait de ma mère. Trop complexe.

Apte à la jouissance, belle, intelligente, cultivée, ma mère avait refusé la vie. Voilà la première évidence. Mais un mystère pour moi. Le texte sur Osiris, qu'elle avait transcrit dans son testament, n'avait aucun sens à mes yeux. Pour moi, c'était une belle divagation. La mort existait bel et bien. Le «royaume des ombres», c'était une invention des poètes. Seule à la maison, je me débattais avec ces idées en parcourant les pièces où le souvenir de maman était encore présent. Je la voyais dans sa chaise au salon, assise à la table où elle avait souvent ri, parlé avec chaleur, intelligence et, au cours des derniers mois, avec un grain de folie. Mais une folie qui aujourd'hui me paraissait charmante. D'ailleurs, était-ce bien de la folie que cette façon de nous transmettre ce qu'elle ressentait? Est-ce qu'on est fou parce qu'on voit au-delà du pain quotidien, de la routine manger-dormir-travailler?

Au-delà, il y a le monde merveilleux de l'intelligence et de l'âme, un monde que les mots ordinaires ne peuvent pas traduire, et quand on tente de le faire malgré tout, on semble déréglé aux yeux des gens ordinaires. J'avais envie de pénétrer à mon tour dans ce monde. C'était cela, l'héritage de ma mère.

D'abord, revenir à la case de départ. L'anfractuosité... La caverne. C'est avec ces mots que j'avais commencé à prendre conscience du monde, pour ainsi dire. Sans m'en rendre compte, j'allai m'asseoir au salon. Au bout d'une longue rêverie dont j'ai oublié le contenu, je m'aperçus que j'étais assise exactement à l'endroit où se trouvait ma mère, quelques mois plus tôt, au moment où Jacques la prenait par derrière. Je revis la scène en entier, dans ses moindres détails, mais cette fois sans être choquée le moins du monde. J'acceptais! Être une femme, c'était parler de Dieu le soir avec son mari, et baiser au cours de l'après-midi. C'était cela, entre autres choses. Pourquoi refuser cette évidence? L'escalope au parmesan et la musique de Bach... Le foutre et la cinquième preuve de l'existence de Dieu selon saint Thomas... Se vider l'intestin et penser aux vers sublimes de Baudelaire:

«La musique souvent me prend comme une mer.»

C'était la première fois que cette évidence, la dualité corps-esprit, me frappait avec autant de force. Il fallait l'accepter ou mourir. Or j'étais bien décidée à vivre.

C'est à ce moment-là qu'eut lieu l'événement le plus important de ma vie. Plus important que le suicide de ma mère, plus important que la perte de ma virginité qui allait se produire un peu plus tard, plus important que le fait d'avoir vu maman faire l'amour avec son amant, alors que mes yeux n'étaient pas encore habitués à cette lumière éblouissante, volcanique. L'œil apparemment vide, je regardais le tapis rose du salon. Rose et sans motif pour me distraire. J'avais atteint une espèce d'état second, celui que recherchent probablement les adeptes de la méditation transcendantale, activité dont je me moquais à l'époque. J'étais apte à recevoir. Et tout à coup la chose est entrée en moi, sous la forme de trois certitudes:

«La soif de l'absolu contient toutes les soifs.» Cette petite phrase de ma mère me revenait à l'esprit, prenait tout son sens profond. Elle devenait évidente. Non pas évidente comme l'air que l'on respire, mais évidente d'une façon dramatique, d'une manière qui dérange. Car la soif de l'absolu, pour ma mère, contenait aussi la soif de mourir. Or l'absolu m'apparaissait aussi nécessaire que l'eau et le feu, l'air et le soleil. Dorénavant, j'aurais à vivre avec cette nécessité.

Ensuite, il me vint à l'esprit que je n'étais pas comme tout le monde. J'étais «choisie». Par qui? Peu m'importait à ce moment-là. Par Dieu lui-même? Dans ses moments de «délire», maman avait souvent employé le mot Dieu, mais elle l'avait mêlé à tellement de sauces que je ne pouvais en avoir une notion précise. D'ailleurs, aujourd'hui encore, j'en suis au même point vis-à-vis de cet Être dont tout le monde parle, soit pour le louer, soit pour l'anéantir par voie de raisonnements. Je me demande si Dieu n'est pas celui que l'on découvre quand on s'arrête. Quand on ne cherche plus rien. Une petite fleur qu'on n'avait jamais remarquée mais qui est là au milieu du jardin, une espèce de douceur de l'âme: la fragilité unie à la force. Un miracle qui devrait être quotidien... Choisie par le destin? Ce mot-là n'avait pas tellement de sens non plus à mes yeux. Il me paraissait évident que chacun se fabrique sa propre vie. Restait l'existence de forces cachées, mystérieuses, invisibles mais réelles. Un vrai mystère pour moi, mais la réalité était là: j'avais été choisie... (Cheminement psychologique qui relève de la foi religieuse, j'imagine...)

Enfin, troisième certitude, j'étais une caverne. Relié à cela, l'obscur besoin de mâle que je venais d'éprouver en me collant à mon père, geste qui n'avait rien d'incestueux. «Je suis une caverne choisie par...» Pour me libérer, je devais descendre au fond de cette caverne qui était moi-même. Je pouvais accomplir ce travail en restant à la maison ou en partant en voyage avec mon père. Cela m'était égal.

Le soir, dans ma chambre, je passai un moment devant ma glace, nue, comme il m'arrivait souvent de le faire depuis quelques mois, fascinée que j'étais par la transformation de mon corps en train de fleurir. Mais cette fois, me voyant si menue et fragile, je fus presque épouvantée par ce que j'avais découvert quelques heures plus tôt, à savoir le besoin d'être possédée par un homme. Nul doute que ce désir était encore imprégné de vague et d'incertitude, et que, si une main masculine s'était subitement posée sur moi avec l'intention de me prendre, je me serais enfuie. Mais qui pourrait dire si cette fuite, au fond de mon inconscient, n'aurait pas été un appel déguisé. Le désir nous fait souvent agir comme le chat qui s'amuse à abandonner sa proie et à faire semblant de ne plus en avoir envie, mais qui bondit au moindre mouvement de la petite bête convoitée.

UN CLIN D'ŒIL AUX GARGOUILLES

Depuis la mort de maman, mon père trouvait le silence de la maison insupportable. Il allumait la télévision à n'importe quelle heure, rien que pour entendre un fond sonore qui lui donnait l'illusion d'une présence, quelque chose qui ranimait les meubles, les tapis et les boiseries. Voilà comment, le jour où nous faisions nos valises pour partir en voyage de deuil, il passa quelques minutes devant l'écran pour voir le nouveau «chef de l'État québécois» présenter au peuple son cabinet de ministres «purs, intègres, pleins d'idéal, voués à la plus noble des causes: la souveraineté du Québec», etc, etc. Même si le discours angélique du nouveau gouvernement le dégoûtait, il s'attarda devant le poste de télévision, une chemise à la main (destinée au panier à linge sale), regardant, écoutant ces propos qui visaient à exalter la fierté de ce peuple québécois si longtemps réprimé, bafoué pendant des décennies par des politicailleurs qui n'avaient jamais eu qu'une chose en tête: leur propre intérêt. Derrière, le néant. En avant, la grandeur!

J'étais passablement immunisée contre le virus de l'idéologie que pouvait prôner un gouvernement, de quelque côté qu'il fût. Je dois avouer cependant que, ce jour-là, l'apparat dont la cérémonie était marquée, le ton que l'on employait (les acteurs étaient jeunes mais pleins de talent) firent vibrer une petite corde au fond de mon cœur. À l'âge que j'avais, innocente, j'étais sensible au spectacle comme n'importe qui.

Papa, lui, était rationnel. La mort de sa femme l'ayant rendu indifférent à certaines choses, dont la politique (momentanément), il éteignit l'appareil avec un soupir à peine désabusé:

—J'ai jamais vu une bande d'hypocrites pareils... Si ça peut les amuser de pelleter des nuages, tant mieux pour eux...

Il disparut dans une autre pièce et, dans le silence qui suivit, je fus subitement envahie par un sentiment étrange: je me sentais totalement apatride. J'étais une fleur sans racines qui flottait sur l'eau et qui avait la propriété de se nourrir des éléments qui composent l'élément liquide. Rien d'autre. J'étais la fille de ma mère, et mon monde était celui qu'elle avait construit, fait de sentiments, de croyances, d'amour, de passion, de désir. Le monde de l'âme et du corps humain, réalité cent mille fois plus complexe, plus riche, plus profonde, plus sainte que tous les rouages de la politique en général et de la politique du Québec en particulier. Ce qu'on appelle «les plus hautes fonctions», désignant par là le fait de gouverner, m'apparaissait tout à coup comme un travail de simple garagiste si je le comparais à celui que je devais entreprendre: chercher à savoir qui j'étais, comment j'étais faite et pourquoi j'existais. (Je ne savais pas encore que, même morte, maman allait me guider dans cette entreprise.)

Je partais sans excitation, de sorte que je faisais ma valise sans cette fièvre qui vous fait palper les vêtements après les avoir choisis pour le voyage, analysant leurs couleurs et leurs textures, vous demandant si la coupe de ce tailleur sera de mise à Venise ou à Istanbul, si ces souliers à talons bas seront convenables dans tel restaurant de Paris dont vous avez entendu parler mais où vous n'êtes jamais allée. Je ne faisais pas ma valise. J'entassais mes vêtements dans une chose qui s'appelle valise et dont la fonction est justement de contenir des vêtements pour partir en voyage. Je pensais à mes camarades de classe qui, au même instant, étaient en train d'écouter un professeur vaseux, et cela ne me procurait aucun plaisir. Au contraire, j'en venais presque à les envier, estimant qu'il valait peut-être mieux vivre une vie «ordinaire» que d'être bousculée par les événements comme je l'étais. Au fond de moi, il y avait quelque chose qui m'agaçait, qui me piquait comme un grain de sable dans un soulier, mais ce quelque chose ne parvenait pas à prendre forme. C'était comme le germe d'une maladie qui couve pendant des semaines sans éclore, mais qui vous empêche de bondir de joie si un événement heureux se produit.

Je n'avais jamais vu l'aéroport de Mirabel. On venait tout juste de le construire en expropriant les cultivateurs de plusieurs milliers d'âcres de terre. Opération du gouvernement fédéral que d'aucuns considéraient comme un scandale, mais que des experts estimaient un petit mal nécessaire si on le comparait aux «retombées économiques» qui afflueraient dans la région grâce au choix «judicieux» de l'emplacement. À les entendre, on aurait pu croire que Montréal allait devenir une ville aussi importante que New York ou Paris, grâce à Mirabel. La vanité avait épousé le béton...

Le nouvel aéroport m'apparut comme un vaste hangar où régnaient le vide, l'indifférence, le froid; en un mot, la platitude des entrepôts sur les quais désaffectés. De l'extérieur, dans cet environnement presque vierge quelques années plus tôt, il faisait penser à une grosse verrue sur la main d'une femme bien habillée. Pourtant, j'avais toujours pensé que l'endroit où l'on se rassemble pour s'envoler devait être un lieu propice à la fête. Rien de tel dans cet immense bâtiment où quelques centaines d'humains piaillaient en attendant le décollage. Rassemblement de canards affamés, ou effrayés... Je rêvais d'un aéroport construit sous terre, où des groupes de voyageurs «choisis» pourraient se réunir, ayant tous en commun le même désir de s'élever vers le ciel, vers la lumière. Une communion de pensée. Des rires, de l'allégresse sur les visages, un embarquement fraternel et, tout à coup, l'avion s'élançant dans un long couloir ascensionnel, pour déboucher au bout de quelques minutes à la surface de la terre et s'envoler. Partir du ventre pour aller vers la tête.

Je décollais pour la première fois mais c'était comme si le cercueil de ma mère avait été accroché au fuselage de l'avion. Nous étions en bout de piste, attendant le feu vert. Assis, près de moi, mon père avait l'air serein. Dans quelques instants, il allait s'arracher à la terre où il avait ses racines, des racines qui lui faisaient mal. C'est du moins l'intuition que j'en avais. Puis je le revis au cours des deux heures que nous avions passées à l'aéroport, s'occupant des billets, des bagages, des places, de tous ces détails qui constituent les embêtements d'un voyage mais qu'il faut accepter avec plaisir, sinon l'évasion est ratée. Je m'aperçus alors que, sorti de son salon, de notre salle à manger et de notre cuisine, mon père avait l'air gauche. J'imagine qu'en pareille circonstance une épouse aurait trouvé son mari amusant, mais pour moi ce petit détail se révélait chargé d'effets négatifs. Je ne l'acceptais pas tel qu'il était. À la maison, cet homme était mon père. En voyage, il devenait un homme, et cet homme ne semblait pas à l'aise. Il faisait des fausses notes à chaque instant. Alors il se passa quelque chose de bizarre. Par un cheminement tout à fait mystérieux de mon esprit et de mes sentiments, je fus amenée à me poser une question qui me causa une grande douleur: «Est-ce qu'il aimait vraiment sa femme?» Selon moi, il aurait dû avoir l'air malheureux au moment de quitter le pays où il avait vécu tant d'années avec une épouse extraordinaire. Or il n'en était rien.

Soudain, le bruit des moteurs augmenta et

l'avion fut secoué de tremblements qui semblaient l'atteindre dans les parties les plus intimes de sa charpente. (Parvenue à certaines fibres de la moelle épinière, la maladie qui ronge le corps des agonisants les ébranle de la même manière.) Écrasée dans le fond de mon siège par la poussée formidable qui propulsait toutes ces tonnes de fer et de chair humaine, je m'abandonnai à l'impuissance, devenue spectatrice, ou plutôt objet entre les mains de puissances indomptables. Je subissais l'action de cette force avec un certain plaisir. Ce qui m'amena à une espèce d'état second qui dura quelques instants seulement, mais au cours desquels une image folle me traversa l'esprit: il me manquait une dent, et quelqu'un (un homme) enfonçait une tige quelconque dans la cavité. Pourtant ce n'était pas douloureux. Cela se passait comme dans un rêve mais j'étais éveillée. Tout comme la carlingue de l'appareil, forme creuse et oblongue qui s'élançait sur la piste, je devenais la chose des quatre moteurs qui poussaient de toutes leurs forces pour nous enfoncer dans l'espace. Il y avait, me semblait-il, quelque chose de désespéré dans ce déploiement de puissance, quelque chose de désespéré et d'irréel. Et le mot cauchemar me vint à l'esprit... Dans ma tête, tout naturellement, l'avion devint une «jument de nuit» poursuivie par quatre étalons. Et au moment où la lourde machine se détacha du sol pour confier sa masse au support de l'air, ce n'est pas la sensation de voler qui fut pour moi la plus délicieuse mais plutôt, enfoncée dans mon siège par la poussée incalculable, celle d'être possédée, pénétrée par l'espace que la carlingue violait. Ce fut un beau baptême de l'air...

Mon père lisait les journaux et buvait du champagne. De temps en temps il tournait les yeux vers moi et me regardait avec un sourire qui se voulait un «bon sourire de père».

— Ça va? T'as pas peur?

J'avais envie de lui répondre que je jouissais mais il était inutile de m'aventurer sur cette piste, sachant que je serais incapable d'expliquer les sensations fort complexes que j'éprouvais. D'ailleurs, il attendait à peine ma réponse et retournait à sa lecture. Pour lui, tout allait bien. Je n'étais pas un fardeau trop lourd à emporter en voyage. Tout en sirotant mon vin, je l'observais à la dérobée, de plus en plus intriguée par son attitude, depuis le moment où j'avais découvert quelque chose de «faux» dans son comportement. À mes yeux, cette «fausseté» (vraie ou imaginaire) ne faisait pas de lui un père méprisable, mais elle contribuait à me libérer de son emprise. Elle me faisait prendre du recul par rapport à lui, me permettant de le considérer comme un homme, et cela aussi me faisait basculer dans le monde adulte. Soudain, j'avais le sentiment que, au cœur de mes organes de femelle, un liquide d'une certaine consistance avait commencé à circuler. Le liquide de la féminité, chose mystérieuse qui met du rouge aux joues, qui accélère le rythme cardiaque, qui met les ondes en mouvement, qui réchauffe le ventre, qui fait ouvrir les bras et les jambes, mais qui peut aussi alimenter la fureur de la femme offensée. Je ne trouvais pas d'autre mot que celui de «liquide» pour dire ce que je comprenais comme l'essence de la féminité. Or il s'agit d'un mot qui exprime une réalité physique, une réalité qui n'a rien de moral ni d'intellectuel. Cette contestation me troubla au plus haut point, car depuis l'âge de raison je n'avais pas passé une seule journée sans entendre maman parler de divinité, de conscience, de pensée, de psyché, de réincarnation, de mystère, bref de tout ce qui peut composer le discours d'une personne plongée dans l'étude des religions. En devenant femme, est-ce que je devais devenir banale et vulgaire? Puis je m'accrochai à une petite bouée, c'est-à-dire à une phrase de ma mère qui me revint en mémoire: «La femme, c'est un mélange de terre et de mer. Chaque femme est un mélange primordial de terre et de mer, quelque chose qui se reproduit des millions de fois depuis le début de l'humanité, mais qui est toujours primordial, comme si c'était toujours la première fois. C'est pour ça que la femme est un mystère...» Puis elle avait éclaté de rire en regardant mon père et elle avait ajouté: «Il faut dire que si la femme est un mystère, c'est aussi parce que les hommes manquent de perspicacité...» Il arrivait donc à ma mère de ramener le sexe féminin à quelque chose d'essentiellement physique, comme l'eau et la terre.

Après le repas, mon père s'endormit. Sa tête avait roulé sur le rebord du dossier, et tout son corps avait l'air abandonné, livré à la force qui le transportait. Sur lui, donc, la magie du voyage agissait à la manière d'un calmant. Il pouvait oublier ce qu'il avait vécu au cours des semaines et des jours précédents. Sur le moment, j'en éprouvai une certaine irritation. Pour moi, comme je l'ai déjà dit, le cercueil de maman était accroché à l'avion. Ce qui ne veut pas dire que j'avais envie de pleurer à tout instant.

Mais plus le temps passait, plus ma mère devenait présente à mon esprit. Dès que je fermais les yeux, je revoyais son image harmonieuse et j'entendais sa voix riche dévider ce discours qui avait si souvent des allures de délire. Or j'en venais à me demander si, dans ces moments-là, justement, elle ne disait pas les choses les plus vraies.

Je n'avais jamais vu mon père dormir. En tout cas, je ne me souvenais pas de l'avoir observé au cours de cette fonction naturelle. Et voilà que son visage était tout près du mien, nu, privé du masque des intentions, de la ruse, des sentiments, du contrôle exercé par l'intelligence. Alors apparaissaient les marques du temps: les pattes d'oie, quelques rides aux joues et une certaine flétrissure de la peau qui se relâchait à quelques endroits. Je me rendis compte alors qu'il avait les lèvres plutôt minces, car même abandonnées et entrouvertes, elles ne s'offraient pas comme une expression naturelle de sensualité. Depuis quelque temps, j'observais la bouche des hommes que je croisais, et quand elles avaient l'air d'une excroissance, d'un bourgeonnement charnel, comme c'était le cas chez ma mère, j'en éprouvais le plus grand plaisir. Mon père, lui, avait les lèvres d'un «homme qui n'a pas le temps». Une bouche d'homme qui pense. D'ailleurs, son front était marqué d'une profonde ride verticale: la volonté de l'emporter sur l'adversaire? Mon père était un calculateur... Au cours de toutes ces années, dans quelles combines avait-il trempé, mêlé aux hommes d'affaires et aux politiciens? Comme j'étais loin de ce monde! Comment avait-il pu séduire ma mère, qui en était à cent lieues elle aussi? Malgré tout, on ne pouvait pas dire qu'il était laid. Il avait même une certaine beauté, mais à mes yeux ce n'était pas suffisant pour faire chavirer une femme comme ma mère... Le mystère des relations conjugales s'épaississait.

J'en étais là de mes réflexions lorsque j'entendis des soupirs. On avait fait le noir pour la projection du film, que je ne regardais pas. À la droite de mon père, les deux sièges étaient occupés par un jeune couple d'amoureux qui s'embrassaient depuis le décollage. Je levai les yeux vers eux. Maintenant, à l'abri d'une couverture qu'ils avaient étendue sur le bas de leur corps, ils se caressaient sans se soucier des autres. Pour qualifier ce genre de gestes, la société a inventé l'expression «grossière indécence». Pourtant, je les regardais sans éprouver la moindre gêne, si bien que j'en vins à me demander si je n'étais pas une dépravée. D'où viennent les normes qui régissent nos actes? Changeant de position, je me plaçai de façon à avoir les deux amoureux dans mon champ de vision, de même que le visage de mon père mais au premier plan. Ainsi je passai de longues minutes à regarder ce spectacle pour le moins contrasté: deux amoureux qui se laissaient aller à la quête de leur plaisir, indifférents au reste du monde, à côté d'un homme endormi sur son passé, un passé qui cachait peut-être des fautes dont la gravité aurait pu me faire mourir de honte. Et ces deux moments de la conscience humaine étaient emportés dans l'espace par un appareil qui filait dans la nuit en essayant de lutter contre le temps.

Tout devenait banal.

* * *

En passant par Paris, le soleil se cogne le nez sur la grisaille, surtout en automne. Au cours des siècles, on a quand même entassé, sur ce coin de terre, un nombre considérable de choses merveilleuses, belles, bonnes, laides, moches, tout ce qui fait une grande capitale culturelle. Cet ensemble de choses qu'il est impossible d'emballer pour en faire un cadeau, mon père voulait quand même me l'offrir. Fier, empressé, souriant, souvent ému, car il était sensible à ce phénomène humain que la politique perturbait depuis quelques années, je veux parler du travail souterrain et silencieux des racines culturelles, il me guidait, m'expliquait, me montrait, et nous passions d'une cathédrale à un musée, d'un restaurant à une galerie, d'un trottoir à une chambre d'hôtel où je tombais sur un lit que je ne parvenais pas à trouver accueillant.

Dans le noir de ma chambre, j'essayais de me souvenir des œuvres d'art que j'avais admirées durant le jour, mais je ne trouvais au fond de ma mémoire que des cruches cassées, des gargouilles malveillantes, des odeurs étouffantes de gas-oil, des mots d'impatience ou de suffisance, des trottoirs interminables. Malheureusement pour moi, j'étais fermée. Une main invisible avait mis le cadenas sur mon petit réservoir destiné à recevoir la culture. Mon père, lui, redécouvrait cette ville qu'il avait déjà visitée à deux ou trois reprises, en touriste apparemment bien organisé, et il s'émerveillait.

Le voyage agissait bien sur lui. Trop bien à mon

sens. Plus je l'observais, plus je revivais mes impressions de l'aéroport et ce que j'avais éprouvé en le regardant dormir dans l'avion. Mes insomnies devenaient des «juments de nuit» éveillées, au cours desquelles je laissais mon imagination sculpter l'image du père en prenant pour modèles les gargouilles que j'avais vues durant le jour. Le diable me guettait, tirait la langue, s'assoyait à l'entrée de sa caverne et agitait sa longue queue, à la manière d'un fauve qui convoite une proie. Le diable et le père. Le diable et le bon Dieu. Le diable et moi. Voilà où j'en arrivais toujours, par un cheminement variable et imprécis: je devais livrer combat contre un ennemi terrible.

Malgré mon jeune âge, je rejetais le «père protecteur». D'ailleurs, avait-il été un père pour moi? Il me vint à l'esprit que, même s'il avait toujours été à la maison, mon père avait toujours été absent. Il était à table avec nous mais il avait le cœur et l'esprit ailleurs. Au cours d'une nuit plus longue que les autres, je partis à la chasse aux souvenirs d'enfance. Quand mon père m'avait-il tenue dans ses bras, tendrement? Quand m'avait-il caressé la joue ou la tête? Quand m'avait-il consolée parce que je pleurais un malheur d'enfant? Rien dans le placard aux beaux souvenirs.

Un matin, sans me soucier de ce qui avait été convenu la veille, c'est-à-dire prendre le petit déjeuner avec le papa à huit heures à la salle à manger, comme d'habitude, je sortis de l'hôtel vers sept heures, sans prévenir. Nous étions dans le premier arrondissement, ce qui convenait aux goûts de mon père. Le jour se levait pendant que je descendais l'avenue de l'Opéra, frissonnant dans l'humidité et la buée du matin. Dilatation des poumons, malgré la poussière qui écrasait la ville! C'était ma première vraie désobéissance, mon premier grand geste de libération. Alerte, je marchais d'un pas rapide pour lutter contre le froid, sans trop me soucier de ce qu'il y avait à voir. D'ailleurs, y avait-il quelque chose à voir à part les lampadaires? Je traversai la grande arche du Louvre, puis le jardin des Tuileries, sans trop penser à la direction que je prenais. Je me laissais porter par le vague souvenir des promenades que j'avais faites avec mon père au cours des jours précédents. En réalité, j'avais un but secret, caché au fond de mon subconscient. Parvenue à la Seine, je tournai tout naturellement à gauche, admirai au passage les animaux du quai de la Mégisserie et, au bout d'une demi-heure de marche, je me trouvai devant Notre-Dame. Elle dormait encore, lourde, figée, livrée au temps qui la ronge d'une manière imperceptible mais certaine.

Qu'est-ce qui pouvait bien m'attirer dans cette masse de pierres assemblées depuis des siècles? Je ne connaissais rien à l'architecture gothique. Le mystère, sans doute. La vieille basilique était pleine de secrets, comme un être humain. Je m'approchai le plus possible, levant la tête vers l'objet secret de ma visite: les gargouilles. Quelle idée géniale! La pluie venait du ciel, c'est-à-dire de Dieu, selon la mythologie catholique, elle tombait sur le dos de cette maison qui était la maison de Dieu mais qui pouvait aussi bien symboliser le corps de n'importe quel humain (le mien par exemple), cette eau «divine» était recueillie par des dalots puis, pour la faire tomber au loin, pour l'empêcher de pénétrer ce corps, on la faisait couler par la bouche du diable... Fascinant!

Passer par le diable! Libérer le corps en passant par la gueule du diable... Se servir de lui, donc le maîtriser... Il y avait là matière à réflexion pour ma petite tête. Je passai le reste de la matinée à flâner dans l'île de la Cité, buvant du café aux terrasses pour me réchauffer, essayant de me laisser imprégner de cette chose que les touristes appellent «l'air de Paris». Mais le charme n'opérait pas tellement. Contre un monument splendide comme la Conciergerie, il y avait deux ou trois détails insignifiants dans le comportement des Parisiens qui me cassaient les pieds. En réalité, je n'avais pas voulu ce voyage et je n'étais pas du tout prête à le faire. À part les gargouilles, rien ne pouvait me fasciner. Je laissais donc mon imagination courir: on m'enlevait et je me retrouvais dans le harem d'un magnat du pétrole, en Arabie saoudite. Je faisais le trottoir pour gagner des sous, mais la putain malheureuse au grand cœur c'était bon pour les romans. Moi, je tombais sur un monsieur très bien qui me disait:

— Mais vous avez un petit accent qui ressemble au mien!

C'était un Québécois en voyage qui voulait m'épouser... On me volait mon sac à main, on me battait, on me violait, et j'étais contente parce que cela faisait de la peine à mon père...

Comme je n'avais pas assez d'argent pour m'offrir le déjeuner, je rentrai à l'hôtel vers midi. Évidemment, mon père avait perdu la tête. Ce qui était tout à fait normal. Après avoir ébranlé les murs de l'hôtel avec ses cris d'alarme, il avait alerté la police.

— C'est une fugue, monsieur. À cet âge-là...

— Impossible! Je connais ma fille! On l'a enlevée!

Il avait dû passer deux heures au commissariat du premier arrondissement, où l'on avait autre chose à faire que d'écouter ses lamentations. Comment trouver une adolescente qui se promène sur les trottoirs de Paris, parmi des millions d'autres? Mission pratiquement impossible. Quand j'entrai dans le hall de l'hôtel, détendue, fraîche comme une rose, la tête pleine de ces merveilleuses gargouilles dont le mystère faisait mon enchantement, papa était assis dans un fauteuil et il regardait vers le bureau de réception avec toute l'anxiété du monde dans les yeux. En m'apercevant, il lança un cri qui fit sursauter tout le monde:

— SONIA!

Puis il fut debout, me regardant avec des yeux où une bonne demi-douzaine de sentiments contradictoires se chamaillaient pour avoir la première place: joie, colère, soulagement, tendresse, etc.

— Bonjour, dis-je, sur un ton que je voulais détaché.

— Qu'est-ce qui t'est arrivé?

— Rien. J'ai fait une belle promenade.

Dans ses yeux, je vis que la colère avait gagné la partie. Il s'approcha de moi d'un pas rapide, et avant que j'aie eu le temps de voir la couleur de sa chemise j'entendis le bruit qui me fit voir des étoiles. Une gifle magistrale, capable de me faire éclater la joue. Après le choc, je rouvris les yeux. Le murmure habituel de ce hall achalandé s'était arrêté. Les yeux des clients et du personnel étaient fixés sur moi. Plus personne ne bougeait. Un silence comme je les aime, si chargé qu'on n'ose même pas gratter une allumette. Et je faisais face à mon père, sans bouger. Je vis que ses lèvres tremblaient légèrement. Excédé, il n'avait pas su se maîtriser. Je compris aussi qu'il regrettait son geste. Au bout de quelques secondes, je dis d'une voix posée:

— Merci, c'est une façon comme une autre de me faire devenir femme.

Puis j'allai récupérer ma clé à la réception pendant que le va-et-vient reprenait dans le hall, accompagné de quelques toussotements exagérés. Accablé, mon père était retourné à son fauteuil. Ascenseur, couloir sombre, odeur lourde de plusieurs parfums mélangée à celle du désinfectant, chambre. En quelques minutes, la brûlure à ma joue était devenue une chaleur irradiante qui avait un petit quelque chose d'agréable. Cette chaleur se propageait dans tout mon corps, jusqu'à la racine de mon pubis. Phénomène troublant que je laissai de côté pour penser au reste: ce n'était pas la douleur qui faisait mal. C'était l'humiliation. Maintenant que j'étais seule, je pouvais pleurer pour faire passer ma rage, ce que je fis en me jetant sur mon lit. Mais je me relevai presque aussitôt. Quelque chose de bizarre venait de se produire: je me regardais agir. Je ne pouvais m'empêcher de me regarder agir. Et je me dis: «Si je pleure, je fais comme n'importe quelle jeune fille qui serait à ma place. Mais je ne suis pas n'importe qui! Je ne suis pas comme tout le monde...»

Sous-entendu, comme je l'avais découvert après la mort de ma mère: «Je suis une femme choisie...» Cette idée ne pouvait pas laver l'humiliation, mais elle me donnait la force de l'affronter.

L'eau froide sur mon visage eut l'effet escompté, ce qui était déjà beaucoup, puis le téléphone sonna. Sachant très bien que c'était mon père qui appelait, je le laissai faire. Il sonna longtemps, comme une mouche qui s'envole pour faire un tour rapide et qui revient toujours aux invisibles traces de fiente qui l'attirent.

Puis une idée bizarre me traversa l'esprit. Une idée qui me fit rire: je me conduisais avec mon père comme une femme qui s'amuse à punir son amant. Pourtant, il y avait une chose qui était certaine: cet homme, qui m'avait engendrée, ne soulevait en moi aucun trouble, aucun désir incestueux, comme cela se produit souvent avec les adolescentes. Cet homme n'était que le mari de ma mère qui s'était suicidée, et à qui j'avais envie de demander des comptes sur sa conduite. Chez moi, la puissance du père n'avait aucun charme, et j'éprouvai une grande satisfaction à me sentir, par là aussi, différente des autres.

J'appelai le service aux chambres pour me faire apporter à déjeuner, ce qui me donna l'illusion d'être une femme richement entretenue, étant donné que l'hôtel était plutôt luxueux. J'étais en train de manger losqu'on frappa à ma porte. J'attendis, cessant de mastiquer.

— Sonia?

Il y avait quelque chose d'implorant dans sa voix, quelque chose de timide et de misérable. Cela me fit du bien. Alors je me souvins de nos repas en famille, à la maison, quand maman parlait d'abondance. Et dans mon souvenir, je le vis exactement comme il était à ce moment-là: absent! Maman pouvait dire les choses les plus admirables ou les plus abominables, cela le laissait indifférent.

— Sonia?... Sonia?

Cher monsieur, y aurait-il donc quelqu'un sur terre qui présenterait quelque intérêt pour vous? Je gardais le silence. Le silence de la reine qui regarde l'un de ses sujets débiter ses compliments ou ses doléances.

— Sonia, ouvre-moi...

Je m'approchai de la porte. Maintenant, il n'y avait plus que cette mince cloison de bois qui nous séparait, et je pouvais l'entendre respirer.

— Pourquoi?

— Je veux te parler... Ouvre-moi... Excuse-moi si je t'ai frappée... J'ai eu tellement peur... Tu comprends ça, non?

Tout en l'écoutant, je me rendais compte d'un phénomène étrange. J'avais la sensation que ma conscience se gonflait, un peu comme un pain qui lève sous l'effet de la chaleur. Ma conscience était en expansion! (Comme l'univers!?) Mon père, je le sentais, je lisais en lui, je le voyais agir avec ma mère et moi, tel qu'il avait été pendant des années, et même avant mon arrivée au monde. Ce fut un beau moment de ma journée.

— J'ai envie d'être seule... Tu peux comprendre ça, non?

— Oui. À ce soir.

— C'est ça. À ce soir.

Mais il ne s'éloignait pas, semblable à l'amoureux qui espère toujours un revirement de situation. J'attendais en silence. Au bout d'un moment il demanda:

— Qu'est-ce que tu vas faire, toute seule, comme ça?

— J'ai des gargouilles à dessiner...

— Quoi? Es-tu folle?

— Peut-être, mais je suis bien... À ce soir.

Alors j'entendis le bruit de ses pas qui allait décroissant, et j'eus le sentiment qu'il venait de vieillir de plusieurs années en quelques heures. La mort de sa femme n'avait peut-être pas été une épreuve pour lui, mais moi j'en étais une. Et c'était très bien comme ça.

N'ayant pas tellement dormi la nuit précédente, je ne pus résister à la tentation de faire la sieste, sans me soucier que Paris était là, à ma portée, regorgeant de trésors plus merveilleux les uns que les autres. Mais qu'est-ce que cela pouvait faire au diable et à Dieu, une touriste de plus ou de moins dans cette ville qui en compte des millions? Mon âme était un trésor aussi important à ausculter que toutes ces Vénus en peinture et en sculpture enfermées dans les musées. C'est donc sans honte aucune que je me glissai entre les draps, légèrement alourdie par le muscadet qui avait accompagné mon déjeuner.

L'humiliation causée par la gifle de mon père se trouvait largement compensée par le fait que je pouvais lire en lui. Et au moment où je posai la tête sur l'oreiller, il me vint à l'esprit que mon père ne m'avait jamais frappée, au cours de mon enfance. De façon plus ou moins consciente, j'en venais à la conclusion qu'il ne s'était jamais soucié de faire mon éducation. Pourtant, il y avait longtemps que la mode n'était plus aux taloches dans ce domaine. Les «psy» étaient à l'œuvre depuis un bon moment quand j'étais arrivée à la maternelle. Je m'endormis en me demandant si je n'étais pas une «graine de maso».

Je me retrouvai au cœur d'un arbre creux, où il y avait une multitude de petits pains qui levaient sous l'effet de la chaleur venant du centre de la terre. L'arbre était énorme, et tous ces petits pains, que même dans mon rêve je considérais comme divers aspects de ma conscience, se gonflaient rapidement, se coloraient de façons différentes. Mais ce qu'il y avait de plus étrange, c'est que plusieurs d'entre eux étaient transparents. Je pouvais lire à travers leur texture. Puis ils se changèrent en êtres humains de petite taille que j'identifiais de noms comportant une valeur morale: bonté, luxure, colère, force, grandeur, paresse, méchanceté, etc. L'un d'entre eux prit soudain toute la place: il avait les traits de Jacques, l'homme qui avait possédé ma mère. Et son nom était «domination». Impassible, semblable à une statue de sphynx dont j'avais vu la photo, il me regardait sans sourciller. Il me faisait peur mais je ne pouvais faire autrement que de le regarder, fascinée que j'étais, comme s'il se fut agi d'un serpent. Mais, assez curieusement, la peur que j'éprouvais me stimulait comme une source de plaisir. Il ferma les yeux et je m'éveillai, prise d'un profond malaise. J'avais le sentiment que j'allais être la proie de quelqu'un.

Le soir, je retrouvai mon père dans le hall de

l'hôtel. Il ne savait trop s'il devait sourire, m'embrasser ou me faire des reproches. Il me regarda aller vers lui en se dandinant, jetant des regards furtifs au personnel de l'hôtel qui ne pouvait avoir oublié la scène du midi. Un homme, un vrai! Son attitude m'amusa au plus haut point. J'étais la seule femme dans sa vie, et il était à mes pieds. À ce moment-là, j'oubliai de me poser la seule question vraiment importante: «Que vais-je faire de lui?» Tout ce qui m'intéressait, c'était de fouiller le passé.

—J'ai trouvé un bon restaurant dans le Guide Michelin...

—N'importe où, pour moi c'est pas tellement important, dis-je en sortant. Un taxi nous emmena sur la rive gauche. Pendant le trajet, il hésita longtemps avant de me demander ce que j'avais fait de mon après-midi.

—J'ai rêvé, puis j'ai dessiné des gargouilles, comme je te l'ai dit.

Il me regarda pendant un long moment, bouche bée, immobilisé par un désarroi qui s'intensifiait de seconde en seconde. Pour lui, il était évident que j'étais en train de capoter... comme ma mère... Pas de chance avec les deux femmes de sa vie! Puis il eut un petit sourire tout à fait paternaliste et me demanda:

—Tu pourrais me les montrer, ces dessins?

—Non... Je les ai dessinés dans ma tête.

—Ah! Bon... Ça coûte moins cher de matériel...

—Tu perds pas ton sens pratique.

—Étant donné les circonstances, je pense que c'est préférable...

Il souriait encore mais je sentais chez lui une

certaine lassitude, sinon de l'exaspération. Sur le ton le plus détaché que je pus trouver, je lui demandai:

— Tu crois que je suis folle?

Il protesta avec juste assez d'empressement et de fausseté pour me prouver qu'il mentait:

— Mais non! Pourquoi tu poses une question pareille? J'ai toujours eu la conviction que tu étais une fille très intelligente... Tu as des fantaisies qui sont de ton âge, c'est tout...

— L'intelligence n'a rien à voir là-dedans... Maman était très intelligente...

— Parlons pas de ta mère, si tu veux...

— Ça fait quinze francs, dit le chauffeur de taxi.

Il venait d'arrêter sa voiture devant un restaurant du boulevard Saint-Germain. Humidité, noirceur, agitation anonyme de centaines de milliers de fourmis en quête de ces parcelles de plaisir qui disparaîtront avec le lever du jour. Je frissonnai, non pas à cause du froid mais soudainement ébranlée par un sentiment terrifiant: omniprésente, la banalité m'étreignait. Elle creusait un immense trou noir dans lequel j'allais m'enfoncer avec toutes les autres fourmis du monde.

Obséquiosité calculée des garçons vêtus de noir et protégés par leurs longs tabliers blancs, boiseries sombres, nappes immaculées, verres sur pied, menu farci de termes poético-culinaires. J'avalai un kir en quelques minutes, ce qui eut un double effet: me réchauffer les entrailles et faire froncer les sourcils de mon père.

— T'as peur que je devienne alcoolique?

— Tout le monde est menacé...

— Surtout les femmes selon toi?

— Pas spécialement...

— Tu crois que maman était alcoolique, à la fin?

— Je t'ai dit que je ne voulais pas parler d'elle.

— Mais moi j'estime qu'il faut en parler... Plus exactement, il faut parler de toi... De toi par rapport à elle.

— Vous avez choisi? demanda le garçon qui faisait semblant de ne pas entendre notre conversation.

Insensible aux charmes de la gastronomie, je commandai sans me soucier de faire la différence entre le potage Crécy, la vichyssoise, le lapin, la lotte ou le ris de veau aux morilles. Pour faire diversion, et sans doute aussi pour profiter de son passage dans une ville réputée pour sa cuisine (idée reçue qui a la vie dure), mon père prenait son temps, posait des questions au garçon qui répondait avec l'assurance d'un dentiste chevronné, ce qui me faisait rire intérieurement. Pour moi le menu du repas ne comprenait qu'un seul plat: les relations de mon père avec sa femme. Le garçon étant reparti avec la commande, je revins immédiatement à la charge.

— Quelques mois avant sa mort, il y avait des jours où maman buvait beaucoup, tu trouves pas?

— Oui, un peu trop.

— Qu'est-ce que ça te faisait?

— C'est sympathique, comme endroit, tu trouves pas?

— Papa, cesse de me traiter comme une imbécile ou un bébé! Je te parle de maman. Est-ce que ça te dérangeait de la voir s'enivrer assez souvent?

Agacé, il leva les yeux au ciel, laissa échapper un

long soupir, et dans son regard je vis qu'il aurait souhaité me voir à l'autre bout du monde.

— C'est toujours agaçant, une situation comme ça, mais qu'est-ce que tu veux qu'on y fasse? Ta mère était une adulte, une femme libre ou libérée, et si elle avait envie de boire, j'y pouvais rien.

— Évidemment que tu y pouvais rien, mais est-ce que ça te faisait de la peine de la voir comme ça? C'est ça qui m'intéresse.

— Oui, évidemment... Mais qu'est-ce que ça peut changer, pour toi? Qu'est-ce que tu veux savoir, au juste? Ce qu'on a vécu au cours des dernières semaines est assez pénible comme ça... Pourquoi revenir en arrière?

— Désolée, papa, ton voyage est une fuite, et tu voudrais que tout ce qui fait partie de ton voyage aille dans le même sens que ta fuite. Mais quand on part en voyage, même sans bagage, on emporte sa conscience...

Il eut un petit sourire de suffisance qui faillit me faire éclater. Moi, la fillette, je lui parlais comme une grande personne! Mais je continuai, le plus calmement possible:

— Ce que je veux savoir, tout simplement, c'est ce que tu éprouvais pour maman. Autrement dit (temps d'arrêt pour donner du poids à la suite), est-ce que tu l'aimais?

Il était évident que je l'emmerdais avec ma question un peu trop directe. Il prit le temps de vider son verre, se frotta le menton, s'essuya les lèvres, et pendant tout ce temps mes yeux le retenaient dans leur filet. Il finit par dire:

—J'ai toujours eu la conviction que les relations intimes d'un couple ne regardaient personne d'autre, que ni les voisins, ni les amis, ni les parents n'avaient le droit d'y mettre le nez... J'ai pas changé d'avis là-dessus. Ça ne regarde que moi.

— Papa, maman est morte... Tu sais de quelle manière. Je suis ta fille, du moins je le crois... enfin, c'est officiel... Et j'ai le droit de savoir certaines choses... Tu sais que tu es responsable de moi puisque je suis encore mineure...

— Évidemment que je suis responsable de toi! J'ai pas envie de t'abandonner... Tu vas avoir tout ce qu'il te faut...

Quand il voulait faire l'imbécile, il n'avait pas son pareil!

— Papa, ton argent c'est sans importance. Les plus démunis finissent toujours par trouver le nécessaire. C'est psychologiquement que j'ai besoin de toi, et c'est pour cette raison seulement que j'ai le droit de savoir...

Le garçon déposa les plats sur la nappe, la lotte pour mademoiselle, le ris pour monsieur, attention c'est chaud, il versa du vin dans le verre de «l'homme» et attendit qu'il exécute le rituel de la dégustation, ce qui me donna le temps de préparer une petite phrase dont l'effet était assuré. Quand le garçon fut disparu, c'est le plus naturellement du monde que je dis:

—Je présume que tu serais pas très heureux d'apprendre, un jour ou l'autre, que je suis moi-même une candidate au suicide...

C'était un coup vache mais je ne le regrettais

pas. J'avais même envie de rire en le voyant blêmir, parce que, selon mes souvenirs de lecture, le chantage au suicide était normalement une arme de maîtresse mal aimée. Depuis quelques heures je vivais une expérience qui ne manquait pas de me griser: je manipulais un homme, moi encore fillette, et cet homme était mon père. Une preuve de plus que j'étais «choisie»...

— Sonia, je peux pas croire que tu parles sérieusement! Un malheur, c'est assez... Je vais faire tout ce que tu veux pour te rendre heureuse, tu le sais bien...

J'avais envie de répliquer que le bonheur vient de soi-même et non pas des autres, mais ce n'était pas le moment de détruire l'effet produit par le coup porté. Cependant, il y avait une chose qui me troublait un peu: sa protestation avait l'air aussi fausse que ma menace. Avait-il lu dans mon jeu ou était-il un monstre d'égoïsme?

— Tout ce que je veux, pour l'instant, c'est que tu répondes à ma question: aimais-tu maman?

— Écoute, c'est compliqué... Tu verras en vieillissant (comme si on ne pouvait pas lire en soi-même à n'importe quel âge!) que les relations entre hommes et femmes sont fluctuantes, changeantes... C'est comme l'eau... En amour, y a pas de Gibraltar... J'aimais follement ma femme, au début. Elle était très belle et très intelligente, tu le sais aussi bien que moi... Nous avions des conversations merveilleuses et...

— Sexuellement, ça marchait?

Classique et pudique, il rougit, resta bouche bée

pendant quelques secondes. Ma griserie devenait ivresse.

— Sonia, tu vas quand même pas me demander des détails à ce sujet, à ton âge...

— Je suis nubile depuis plusieurs mois...

Décidément, j'étais chiante.

— Bon, sexuellement, ça marchait très bien...

— Oui, je crois que maman aimait beaucoup le sexe... Je dis ça intuitivement...

J'eus l'impression d'être en voiture et de provoquer un dérapage en dérangeant le chauffeur. Il fallait rétablir la situation.

— Excuse-moi, papa. C'est pas de l'impertinence... Je veux seulement te mettre à l'aise. Continue. Tout marchait bien entre vous deux. Alors?

— Alors il s'est passé quelque chose de bête. Comme tu le sais, ta mère lisait beaucoup pour préparer ses cours, et aussi par goût, c'est certain, et normal... Elle lisait des tas de trucs sur les religions et la philosophie, et elle avait l'habitude de m'en parler, d'en discuter avec moi. Ça m'amusait, même si j'étais assez loin de ces préoccupations. Moi, je me bâtissais une carrière dans un monde aux antipodes du sien. Toujours est-il qu'un soir elle m'est arrivée avec une théorie que j'ai trouvée ridicule et on s'est engueulé.

— Qu'est-ce que c'était, la théorie ridicule?

— Ah... Quelque chose sur la culpabilité du monde. Elle disait que, étant donné que tout se tient, ça c'était une de ses idées qui la hantaient, étant donné que tout se tient dans le monde, chaque individu est jusqu'à un certain point responsable des crimes qui sont commis sur la terre, aujourd'hui et même à une époque reculée, qu'il s'agisse de l'Antiquité, de Gilles de Rais, de l'extermination des Juifs ou du Viêt-Nam, ou de n'importe quel violeur de Montréal qui tue sa victime après le viol, etc. En somme, selon elle, nous sommes tous marqués et impliqués, dans notre conscience, par les actes des autres, parce que nous sommes des hommes et que les criminels sont des hommes...

— Il n'y a que des hommes pour être criminels... Les animaux ne sont pas coupables...

— Évidemment... Moi, j'ai jamais voulu admettre une chose pareille, parce que je suis un individualiste, parce que j'ai la conscience en paix, parce que je m'efforce de ne pas faire le mal, parce que je n'ai rien à voir avec les criminels d'aujourd'hui et encore moins avec ceux du Moyen Âge, qu'il s'agisse de l'Inquisition ou de Barbe-Bleue. Si je ne fais pas le mal, je ne me sens pas coupable...

— Et alors?

— Alors c'est comme ça que la cruche s'est fêlée... Tu vois, c'est banal, c'est même bête, ça ressemble à rien des histoires ordinaires de maîtresses qui se faufilent entre deux époux, mais c'est comme ça... Je suis loin d'être un intellectuel, mais c'est à cause d'une idée que l'harmonie a disparu entre Marie-Hélène et moi.

Mon père commençait à m'intéresser. J'estimais que sa réaction avait été idiote, mais il y avait là quelque chose qui me passionnait; il s'était braqué contre sa femme pour une notion de culpabilité en quelque sorte «universelle». Pour moi, c'était mystérieux, et à cette époque je n'avais aucune attirance pour l'eau claire.

— Tu veux dire qu'à cause de cette discussion tu as cessé d'aimer maman?

— Pas vraiment, en tout cas, pas de façon immédiate, ou directe, mais lentement, jour après jour, j'ai cessé de m'intéresser à ce qu'elle me racontait, qui venait de ses lectures ou de, comment je dirais... de son âme...

— Et aujourd'hui, penses-tu encore qu'elle avait tort, à propos du mal que les autres font ou ont fait?

— J'en sais rien... Mais je dois avouer que... le fait qu'elle se soit suicidée, ça m'a fait douter un peu de mes premières opinions.

— Tu te sens coupable?

Il hésita, prit le temps de boire une gorgée de vin, avala une bouchée de viande. Puis il me regarda, les lèvres pincées, la mâchoire ferme:

— Je refuse la culpabilité... Un individu est entièrement responsable de ses actes.

— Moi, je trouve que maman avait raison. Les crimes des autres sont reliés aux fibres de notre conscience par des fils invisibles, et ils finissent par donner une certaine couleur à notre âme.

Il me fit une moue qui semblait signifier: «Pense comme tu voudras, moi j'ai pas envie d'en discuter plus longtemps...» Autrement dit, il voulait se comporter avec moi comme il l'avait toujours fait avec maman.

— C'est quand même idiot, dis-je, d'abandonner sa femme pour une question de philosophie.

— Je ne l'ai pas abandonnée! Je suis resté à la maison!

— Tu mangeais à la maison, tu dormais à la maison, tu payais la maison, mais tu étais ailleurs...

— J'avais des tonnes de préoccupations, tu le sais... Et elle, elle était partie dans un monde qui m'était totalement étranger...

— Au cours des derniers temps, est-ce que tu faisais encore l'amour avec elle?

Papa était dans la quarantaine, ce qui me semblait alors la maturité avancée. Pourtant, au trouble que souleva chez lui ma question, je me rendis compte qu'il était encore d'une pudeur enfantine. Au même instant, j'avais envie de rire parce que je pensais à toutes les grimaces des gargouilles que j'avais vues le matin. Le diable de notre civilisation a pris naissance dans les «déchets» de la sexualité.

— Tu penses pas que cette curiosité pourrait être malsaine?

— Pourquoi donc?

— Parce que... l'intimité d'un couple, c'est important.

— Très important, oui... Ce qui se passe dans l'intimité d'un couple, ça déteint sur les enfants... Je suis le produit de ton intimité avec maman, ça me donne des droits, dont celui de savoir pourquoi je suis orpheline de mère.

Je cognais doucement, sans élever la voix, ce qui devait me rendre doublement exaspérante. Pourtant, il réussit à se contenir. Et il fut correct. En pareille circonstance, lui rappeler qu'il était un jeune veuf, c'est-à-dire fraîchement veuf, c'était une insolence. Et à sa place un homme veule en aurait profité pour pleurnicher ou s'esquiver. Mais mon père est franc, et il regardait les choses froidement, comme un homme de loi.

— Écoute, Sonia, c'est pas la peine de chercher à me faire sentir coupable. Si tu tiens absolument à tout savoir, je peux parler de mes relations sexuelles avec ta mère et de tout le reste, mais ça m'étonnerait que tu puisses trouver là-dedans les raisons de son suicide... Pour répondre à ta question plutôt directe, disons que ça nous arrivait encore de temps en temps de faire l'amour, même vers la fin.

— Intéressant, dis-je en avalant une bouchée de mon délicieux poisson.

— Pas intéressant, normal, il me semble.

— Probablement... Et ça me fait penser à une chose... Dans ce qu'on pourrait appeler son testament, le papier que le bonhomme a lu avant l'incinération, maman parle d'envoûtement... par un homme... Étais-tu au courant de cette affaire?

— Non... Ce qui se passait entre elle et ses étudiants ne m'intéressait pas tellement.

— En dehors de tes affaires, y a pas grand-chose qui t'intéresse, je le sais bien... (Sourire condescendant de sa part, minuscule acceptation de son égocentrisme.) Mais savais-tu que maman avait un amant?

Je crois que je l'avais eu à l'usure. La tension avait diminué entre nous et il commençait à me considérer comme une interlocutrice à peu près à part entière, malgré mon jeune âge. Cette question, qui me brûlait les lèvres depuis plusieurs jours et que j'avais une peur horrible de lui poser, ne le fit même pas sursauter. Mais il prit le temps de réfléchir, ce qui me parut suspect, car il savait ou il ne savait pas.

— Je ne sais pas si elle en avait un, mais c'est

possible... Je lui avais dit, depuis longtemps, que sous ce rapport elle pouvait faire ce qu'elle voulait.

— Est-ce que tu crois que maman était amoureuse de toi?

— Je ne sais pas jusqu'à quel point, mais elle l'était certainement.

— Dans ce cas-là, tu ne penses pas que le fait de lui dire de faire ce qu'elle voulait, sexuellement, c'était lui avouer que tu ne l'aimais pas?

Il eut un sourire de suffisance, et le garçon vint enlever nos assiettes pour nous offrir un dessert, ce qui lui donna le temps de réfléchir. Quand nous fûmes seuls de nouveau, il esquissa le geste de poser sa main sur la mienne, doucement, mais il le fit de façon plutôt gauche et il la retira tout de suite.

— Sonia, nos relations de mari et de femme ne se réglaient pas sur ce genre de principes. Ta mère était une femme vraiment supérieure et pour elle, comme pour moi d'ailleurs, l'amour pour l'autre ne voulait pas dire l'emprisonnement du corps. Pour elle, la liberté était quelque chose de sacré, et si j'avais exigé la fidélité comme un mari jaloux elle m'aurait envoyé promener. Tu l'as certainement entendu dire, un jour ou l'autre, cette petite phrase qu'elle affectionnait particulièrement: «Au-delà de la limite, il y a toujours quelque chose, et au-delà de ce quelque chose qui est limité, il y a quelque chose d'autre, et ce quelque chose qui donne naissance à un autre quelque chose, indéfiniment, c'est notre devoir de chercher à le connaître, même si nous devons en mourir...»

— Oui, elle disait cela...

Et je cessai de le fixer comme un inquisiteur, pour regarder les miettes de pain sur la nappe blanche. Miettes, brisures, ruptures, cassures, destruction de l'UN. L'unité... Je fus subitement envahie par une vague de mélancolie. Mon adolescence était encore une cerise intacte qui pendait à la branche, mais le vent soufflait, menaçait de l'arracher, de la jeter par terre où l'attendait la pourriture. Et tout à coup, l'image des miettes de pain, qui m'avait fait penser à l'UN, me ramena à la scène dont j'avais été témoin quelques mois plus tôt, le soir où ma mère s'était infligée un baptême assez particulier en marchant nue sous la pluie. Il me revint en mémoire qu'elle avait alors parlé d'androgynie, disant que le baptême était une façon de l'atteindre, du moins symboliquement. Était-ce à ce moment-là qu'elle avait cité une parole d'Évangile qui disait à peu près ceci: «Quand les deux seront un, et l'extérieur comme l'intérieur, et le mâle avec la femelle ni mâle ni femelle»? Tout cela était trop compliqué pour moi. Quand une petite lumière s'allumait dans mon esprit, elle ne faisait que révéler le mystère le plus profond sur les agissements de ma mère.

De la longue conversation que je venais d'avoir avec mon père, il me restait une certitude: même s'il se prétendait innocent, même s'il ne croyait pas à la culpabilité partagée par tous les humains, j'avais la conviction qu'il devait assumer une part de responsabilité dans le suicide de sa femme.

Le monde que les générations précédentes avaient fabriqué était en train de craquer. Pas seulement du point de vue moral, ou économique, ou social, à cause de l'informatique et de la bombe atomique, mais de façon plus profonde. La fissure était dans le noyau qui donne naissance aux gènes de l'univers.

Et l'homme qui était devant moi, je le trouvais moins antipathique que le matin même, mais j'avais envie de lui faire mal, de lui faire expier une faute, réelle ou imaginaire.

— Papa, je sais que maman avait un amant...

Je levai les yeux vers lui. Sur son visage, je crus voir l'expression d'une saine indifférence. Après tout, sa femme était morte, et il l'avait laissée libre d'agir à sa guise sous ce rapport. Il prit quelques secondes pour digérer mon affirmation, puis il dit:

— Après ce que je t'ai dit, je pense que je n'ai pas le droit de m'en plaindre... Et puis, en réalité, le passé ne m'intéresse pas tellement...

— J'imagine, oui, puisque pour toi rien n'a d'importance. Rien n'est rattaché à rien. Tu es logique avec toi-même... Ça veut pas dire que je te donne raison... Mais si je te dis ça, c'est parce que pour moi c'est important... (Petite pause. Je m'imagine en torero se préparant à porter le coup fatal.) Je l'ai vu en train de faire l'amour avec son amant, à la maison, l'été dernier...

Mon père croyait à l'éducation des jeunes filles par les belles images. Ne pas blesser la vue des fillettes par des choses trop ceci ou trop cela. L'incubateur jusqu'au droit de vote, le sexe féminin étant par définition le «sexe faible». Toutes ces idées reçues me semblent aujourd'hui farfelues, étant donné que la femme est d'abord un être apte à recevoir, et qu'en naissant elle a déjà, déposés au creux de son antre, tous les usages possibles et imaginables de son corps. Par ailleurs, un membre qui ne sert pas à la marche doit être automatiquement rangé dans la catégorie des impedimenta. Avec son membre en trop, le mâle se trouve donc passablement gêné dans son évolution psychologique. Il perd un temps énorme à essayer de concilier pudeur et besoin d'agir. Jusqu'au jour où il comprend qu'il peut cogner et décide qu'il n'y a rien d'autre à faire.

Mon père avait toujours vécu sur l'erre d'aller traditionnelle, et il n'était pas au fait de ces contradictions que recèle la nature humaine, elle qui s'amuse à habiller du féminin avec du masculin et vice versa. Et si je n'avais pas tout à fait compris le geste de maman se baptisant elle-même sous la pluie, à la recherche de l'unité par un symbole d'androgynie, lui, il était à cent lieues d'en avoir saisi le commencement de la signification. Apprenant que j'avais vu ma mère faire l'amour avec son amant, il commença par blêmir, puis il se prit la tête à deux mains, marmonnant «Mon Dieu! Mon Dieu!» à plusieurs reprises, un peu comme ce personnage d'Albee qui se rend compte soudainement qu'il a tenu dans sa main l'arme fatale d'un suicidaire.

Moi, je souriais. Noël s'en venait et les anges dansaient autour des bougies. Je l'avais atteint! Si l'on éprouve un réel plaisir à voir osciller une vieille baraque subissant les coups de bélier du démolisseur, il n'y a rien là de comparable à ce que l'on ressent quand on voit s'écrouler une forteresse de convictions. Surtout si cet édifice psychologique est enfermé dans la charpente de son propre père.

— Sonia! C'est pas possible! Tu me fais marcher... Comment ça se fait? T'es sûre que t'as pas rêvé ça?

— Non, papa. Je fais des rêves formidables, mais ce que j'ai vu ce jour-là, je l'ai bel et bien vu... Tu me crois pas?

— C'est pas possible!

Alors je pris un malin plaisir à tout lui raconter par le détail: le jour, l'heure, l'endroit, la position, les sécrétions, les mouvements, les mots écorchés par le plaisir, les râles, la grosseur du membre masculin. Tout! Mais j'eus l'intuition qu'il fallait cacher le nom de Jacques. Je ne savais pas pourquoi sur le moment mais j'avais la certitude que c'était capital.

Le garçon apportait le café. Un petit digestif était le bienvenu. Assommé, mon père regardait droit devant lui, et c'est machinalement qu'il commanda un vieux cognac. J'optai pour un alcool de framboise, petit délice que je venais de découvrir. Après ce qu'il venait d'entendre, mon père n'osait même plus s'en inquiéter, même si j'avais bu un peu trop de vin.

— Mais... je suppose que pour toi ç'a été horriblement traumatisant? finit-il par demander.

Comme je ne m'étais jamais posé la question, je ne sus d'abord quoi répondre. Alors je décidai de l'achever en l'amenant sur un terrain qui lui était totalement inconnu.

— La veille de sa mort, pendant que tu regardais les élections à la télévision, maman m'a dit une petite phrase que j'aime beaucoup. Elle m'a dit: «La soif d'absolu contient toutes les soifs.» C'est tout ce que je peux répondre à ta question.

L'alcool me brûla la langue et me réchauffa le

ventre d'une façon délicieuse. Il dit, sur un ton où le reproche était évident:

— Tu t'appropries les idées de ta mère!

— Pourquoi pas? Si elles me conviennent... Après tout, c'est mon héritage spirituel. Qu'est-ce que tu peux me donner, toi, dans ce domaine?

Il était au plancher mais il m'avait quand même porté un sale coup avec cette remarque. Cela me dérangeait, le fait de m'approprier les idées d'une femme qui était ma mère et que je n'avais pas bien comprise quand elle était vivante.

J'ENLÈVE MA ROBE PRÉTEXTE

— Au fait, j'ai oublié de te le demander, l'autre jour... Toi, tu as eu des maîtresses?

Nous étions dans une caravelle d'Air France, volant au-dessus des Alpes, en route pour Athènes. Il regardait par le hublot, apparemment fasciné par les montagnes aux «neiges éternelles». Il faut dire que pour nous, habitués aux courbes tendres et à la faible altitude des Laurentides, le paysage alpin a quelque chose de saisissant, avec ses pics, ses gorges, ses crevasses, ses cols et... ses cavernes sombres. J'avais l'impression que les religions avaient dû naître dans des régions comme celle-là, des lieux où la terre fait des efforts «surhumains» pour s'élancer vers le ciel, en même temps qu'elle creuse des abîmes pour faire germer le mystère. Et je pensais à la parole attribuée au Trismégiste: «Ce qui est en haut est égal à ce qui est en bas.» Sous un pic, l'équivalent de ce pic enfoncé dans la terre, ou l'équivalent de ce même espace en forme de caverne. Sans trop m'en rendre compte, je jugeais mes parents selon cette formule. Dans mon échelle de valeurs, ma mère était en haut, mon père était en bas. Alors j'avais posé cette question plutôt idiote. D'ailleurs il mettait beaucoup de temps à répondre, non pas parce qu'il avait peur (depuis notre dîner-causerie, il savait qu'il ne pouvait pas jouer à cache-cache avec moi), mais probablement parce qu'il jugeait la chose sans importance.

— Quelques-unes, des histoires très courtes, sans conséquences. D'ailleurs, j'ai jamais eu le temps de m'occuper de ça.

Le «ça», pour désigner ses relations extra-maritales, sonna comme une légère insulte à mon oreille. Dans sa conscience de mâle qui «brasse de grosses affaires», il y avait le «noble» jeu des combines qui mène à la réussite et, «malheureusement», des moments où il lâchait la bride à l'animal qui était en lui. Et ces actes «dégradants», il les accomplissait avec des femmes. Comment diable en était-on venu là?

— Et quand tu baisais avec tes maîtresses, tu te sentais coupable?

Il ne put réprimer une moue d'agacement. D'abord à cause de mon vocabulaire, mais surtout parce que je m'introduisais dans sa conscience avec la plus totale impudeur.

— J'en sais rien! Je sais pas... Je crois pas... Pourquoi je me serais senti coupable? Tout le monde le fait...

— Et c'est bon?

Il leva les yeux au ciel. Décidément, il m'arrivait de poser des questions stupides.

— C'était bon ou pas bon?

— Évidemment que c'était bon! À quoi tu veux en venir? Vraiment, Sonia, tu m'énerves!

— Alors pourquoi ne pas en parler comme d'une bonne et belle chose?

Il était désespéré. Depuis quelques jours, je sentais monter en lui une certaine angoisse, et je devinais, aux propos qui lui échappaient de temps en temps, que cette angoisse provenait du fait qu'il ne savait plus comment il allait réussir à faire mon éducation. À quarante et quelques années, mon père était comme une vieille grand-mère. J'étais d'avis que mon éducation, si éducation il devait y avoir, se ferait d'elle-même grâce aux chocs subis en cours de route. Pour faire épanouir ses facultés, rien de tel que les épreuves. Comment aboutir au cimetière dans le meilleur état possible? À ma connaissance, aucun de mes éducateurs n'avait abordé la formation du corps et de l'âme sous cet angle. Et pourtant, j'avais beau me creuser les méninges, je ne voyais pas d'autre point d'arrivée au «beau voyage de la vie».

De façon plus ou moins consciente, j'en venais à la conclusion que le mensonge, déguisé en principes moraux de toutes sortes, était à la base des relations humaines dans leur ensemble. De là, par exemple, ces phrases redondantes des adultes qui s'adressaient à moi en commençant par: «À ton âge, ma petite...» Or à mon âge, nos facultés de perception sont au maximum de leurs possibilités. Et la soif de vérité est insatiable.

Depuis que je voyageais avec mon père, les hommes me regardaient. Je crus d'abord qu'on me trouvait belle. Il est vrai que je ne suis pas vilaine, soit dit sans fausse modestie. À l'époque, j'avais déjà les formes pouvant faire conclure que le contenu de mes vêtements était une «marchandise» de bonne qualité. (J'emploie le mot à dessein, étant donné que les inconnus que l'on croise nous regardent toujours avec un œil de maquignon.) Sur mon visage, il y avait cette espèce de flamme impertinente qui fait croire à la sensualité et même à une certaine perversité. Je pensai donc être seule en cause. Mais il m'arrivait de marcher au bras de papa, malgré tout ce qui nous séparait, et de me laisser aller à une certaine nonchalance, à ce bonheur du corps qui s'élance dans l'espace, emporté par des membres juvéniles. Et c'est alors que je voyais l'ironie dans le regard des hommes qui, après m'avoir «estimée», regardaient mon père. À leurs yeux, il était un vieux salaud qui se promenait avec sa Lolita. Pourtant, Dieu sait que sous ce rapport nos relations avaient toujours été d'une pureté himalayenne. Et c'est en riant qu'un jour, marchant avec lui sur les quais de la Seine, ayant surpris l'un de ces regards abusés, je lui avais demandé:

— Papa, as-tu déjà eu envie de coucher avec moi?

Voir un lion surgir devant lui sur le ciment du trottoir ne l'eût pas effrayé davantage. Il en avait perdu la parole pour une bonne minute.

— Es-tu folle! Tu me décourages!

— Ben quoi! Ça existe, l'inceste, s'il faut en croire les psy...

— Je le sais, mais pas moi!

Très violente, sa réaction m'avait amenée à la conclusion qu'il refoulait à peu près tout au fond de son inconscient. C'était probablement à cause de ce processus psychologique qu'il avait refusé d'admettre ce qu'il éprouvait pour sa femme et qu'il avait été incapable de l'aimer vraiment. Saura-t-on jamais qui est responsable de ce désastre?

L'avion faisait une escale d'une heure à Rome. Juste le temps de se dégourdir les jambes dans l'aéroport et de respirer un peu d'air d'Italie. Suffisamment pour sentir que je changeais de pays. Pour la première fois depuis Montréal, quelque chose de vraiment nouveau. J'étais sous une autre latitude. Le dépaysement s'en venait! Dans mon sillage, j'entendis à quelques reprises les mots *bella ragazza*, mais ce n'est pas tellement cela qui me ravissait, non plus que les cris et la fameuse gesticulation des Italiens. Non, c'était quelque chose d'impossible à définir, qui était dans l'air que je respirais, qui me faisait penser à la source jaillissante. J'avais le sentiment que dans ce pays, on acceptait la vie. Pourtant nous étions enfermés dans une structure de métal et de béton. Mais à quelques kilomètres, il y avait une mer qui avait été le berceau de toute une civilisation. Assise à une table autour de laquelle il y avait des centaines de touristes qui piaillaient dans plusieurs langues, je m'enfermai dans mon petit monde intérieur et je vis un noyau qui éclatait. Est-ce que ma mère n'avait pas écrit: «Dieu est le noyau global»? Ou quelque chose de ce genre... Pour faire éclater un noyau, il faut une force divine. Mais qui donc me soufflait à l'oreille que le diable est le frère de Dieu?

La ville d'Athènes fut une déception pour mon père.

— Y a du bruit, du désordre et trop d'huile dans les plats. À part ça, comme architecture c'est moderne-insignifiant...

Prisonnier de ses études et de ses vagues souvenirs de lectures, il s'attendait probablement à trouver des hommes vêtus de robes se promenant sur l'Agora, au pied de la colline sur laquelle trônait le Parthénon. Au lieu de cela, des centaines de milliers de voitures, allemandes pour la plupart, se disputaient l'espace à coups de klaxon et à coups de freins. Au coin des rues, pas un seul sculpteur taillant la pierre pour en faire jaillir un buste de Périclès! Pour ce qui est de la bouffe, il ne jurait que par la cuisine française. Il eut presque un haut-le-cœur quand il entra pour la première fois dans une «taverna», à la vue de ce comptoir-réchaud où les poivrons, les poissons, le poulet, la moussaka, etc. baignaient dans l'huile.

— La bonne franquette érigée en système...

Sa seule consolation fut de rencontrer un vendeur de journaux qui possédait un kiosque important sur le Sindagma, un «bonhomme formidable» qui parlait français, anglais, arabe et grec. Là, à plusieurs milliers de kilomètres de Montréal, il put s'acheter Le Monde et lire un article traitant de la venue au pouvoir du Parti québécois et des conséquences que cela pouvait entraîner dans les relations entre la France et le Canada. Pas de catastrophe à l'horizon. Merci. La politique étant le sujet de conversation favori des Grecs, mon père prit l'habitude de discuter de longues minutes chaque matin avec Georges, le vendeur de journaux, ce qui lui donna l'occasion d'élargir ses horizons. En effet, son interlocuteur était un homme qui avait des siècles d'histoire derrière lui, c'est-à-dire des guerres, des meurtres politiques, des coups d'État, des luttes «fratricides», le récent régime des colonels, bref, toutes les épreuves de ce que l'on appelle démocratie, mot vidé de son sens (maman dixit).

Pendant ce temps, je sirotais un café «turc» à la terrasse voisine, copieusement déshabillée par les regards des hommes. Il serait faux de dire que je n'avais pas d'abord été choquée par cette attitude pour le moins cavalière, sinon brutale. Les yeux des hommes me bombardaient de rayons qui se voulaient mortels. On voulait ma peau! Par contre, comment ne pas avouer que j'y prenais un certain plaisir? Il est difficile de dire exactement ce que l'on ressent dans ces occasions, étant donné qu'au fond de soi tout se met à tourner, si bien que plusieurs sentiments contradictoires passent alternativement sur la plaque sensible de notre âme: indignation, plaisir, refus, désir, etc. Et cela à une vitesse qui défie l'imagination. Dans la vraie vie, affolée par cette ronde infernale, la chèvre de M. Séguin perd la tête rapidement et elle cesse de se battre.

Les premières fois, je baissai les yeux, tâchai d'éviter ces regards qui me transperçaient. Mais je m'avisai bientôt que je n'étais pas un bibelot sur une tablette, que j'étais vivante, que je ne faisais pas partie d'un musée ambulant. Et un matin, je gardai la tête haute, soutenant le regard de celui qui me scrutait. Passé le moment de malaise puis celui de la fierté, où l'on se dit que l'on a réussi, qu'on est capable, j'éprouvai un sentiment bizarre. Dans le regard de cet homme, qui était grec, il y avait quelque chose que je n'avais jamais vu ailleurs; quelque chose de profond, de sombre, de mouillé... Il venait des cavernes, de la mer, des abysses...

Alors il me revint à la mémoire une petite phrase de ma mère, entendue quelques mois plus tôt. Elle me parlait de mythologie et de l'enfant divin, du dieu Nârâyana, le dieu du tout. Étymologiquement, Nârâyana veut dire: «Celui qui a les eaux pour lieu de séjour.» Inconsciemment, j'associais les Grecs à la divinité, prise dans son sens le plus large. C'est-à-dire que je les pressentais comme des gens reliés à des époques où l'homme vivait en compagnie des dieux. Et c'est alors que, par une espèce de jeu des sonorités, j'associai le mot «étymologie» au mot «mythologie». Or il se trouve que les deux mots ont une certaine parenté, car si l'étymologie nous fait remonter, par phases successives, à la racine la plus ancienne du mot, la mythologie, elle, est essentiellement «ce qui a été avant, au commencement». Cela me troublait au plus haut point. D'autant plus qu'à ce moment-là, exactement, je buvais du café en mordant dans cette pâtisserie en forme d'anneau que les Grecs mangent en guise de croissant, dure et parfumée au sésame. Or pour moi, le sésame a toujours eu une odeur de vieux, de passé, de vieux fond de tiroir... Ainsi, grâce à l'influence de ma mère, intellectuelle, et par les sensations que j'éprouvais, sous les regards de cet homme, je me préparais à entrer de plain-pied dans une civilisation qui est à l'origine de notre culture

Comme par hasard ce matin-là, mon père vint me rejoindre après avoir acheté son journal en disant:

— Tu sais ce que Georges vient de m'apprendre?

— Que je devrais faire du cinéma...

— Sérieusement, non, il dit que pour les Grecs la vie est une sorte de jeu. C'est le plus malin qui l'emporte. Avant tout, un homme doit être retors.

— Et alors? C'est pas ce que t'as fait durant toute ta vie, avec tes combines d'avocat mêlé au jeu de coulisses d'un parti politique?

— Oui, mais c'est pas pareil...

Et il resta un long moment à regarder droit devant lui, perdu dans ses réflexions. Jusque-là, l'aspect ludique de la lutte lui avait échappé. J'imagine que c'était la même chose pour les requins qu'il fréquentait. Je ne sais trop pourquoi mais ce matin-là j'eus le sentiment que mon père n'avait plus aucune emprise sur moi. Je me sentais désormais libérée de ce pouvoir qu'il avait jusqu'alors exercé sur moi à son insu et sans le vouloir, pouvoir qui venait du seul fait qu'il était mon père. À mes yeux, il était coupable jusqu'à un certain point de la mort de sa femme, parce qu'il n'avait pas su l'aimer vraiment, mais cela faisait partie du «mal global», du lot de malédictions que l'humanité traîne derrière elle. Exit le papa, qui pour moi était devenu un homme comme les autres.

Quelques jours plus tard, un bouzouki tendait ses cordes en les faisant éclater de joie, et le port du Pirée m'ouvrait ses bras chargés de barques ondulantes et de voiliers qui attendaient le vent. Nous partions en croisière dans les îles sur un bateau à moteurs de tonnage respectable, de sorte que je pouvais m'imaginer être Iphigénie sans risquer d'être immolée, faute de vent. La veille, je m'étais promenée sur l'Acropole, parmi les vieilles pierres abandonnées autour du Parthénon, rêvant à ce siècle où le grand roi avait inventé la démocratie et, en assemblant mes maigres souvenirs de collège, j'avais vu tout cela emmêlé à des guerres, des coups de lame qu'on enfonçait dans le ventre pour une femme, pour un lopin de terre, pour apaiser la colère des dieux et que sais-je encore. Pour écrire l'histoire de ce pays, le sang avait coulé un nombre incalculable de fois, au cours de batailles qui avaient nourri l'inconscient collectif du peuple et que les poètes avaient chantées. Était-ce pour cela que je me sentais si apte à l'amour depuis que j'étais arrivée dans ces terres sèches? Le sang versé sur ces pierres roses parlait à mon ventre, le réchauffait.

Malgré le froid, car la saison était très avancée, je restai sur le pont à regarder les activités du port en attendant le départ. Un véritable tohu-bohu, provoqué par les multiples bateaux en partance ou en train d'aborder, par les vendeurs de billets qui criaient, par les Grecs qui se préparaient à rejoindre leur île avec leur goûter enveloppé dans un journal ou avec deux poules attachées par la patte, par les Turcs, les Juifs, les Allemands et les Américains qui se trouvaient là tous ensemble, comme s'ils avaient été les fils d'un même père: Zeus! Celui qui distribue la lumière! Comme j'avais besoin de voir cette terre où on se battait depuis si longtemps, contre des ennemis ou entre frères, parce que les idées sont sacrées, parce que le sol a été sanctifié par la divinité, parce que la passion tient les hommes au ventre, la passion qui donne la force de haïr avec toutes les fibres de son être! L'amour et la haine font saigner... (Mais je ne sais pas pourquoi j'étais hantée par l'idée de la violence...)

La Grèce me surprenait agréablement, me donnait l'impression de pénétrer dans un jardin parfumé dont j'aurais été propriétaire en des temps anciens. J'avais envie de me rouler par terre, prise d'un amour universel.

Sang historique, anfractuosité, caverne... C'est avec délices que je me trouvais tout à coup au pays où, il n'y avait pas si longtemps, on croyait aux oracles. Quoi de plus «caverneux» que la voix d'un oracle! Dans quelles ténébreuses anfractuosités de l'esprit se cache le sens de ses paroles? Je me sentais comme le mâle au bord de l'orifice qui l'attire et dans lequel il va basculer dans un instant, tremblant du plaisir douloureux qu'il recherche, vertigineusement emporté vers ce gouffre dans lequel il veut mourir.

Il y eut des cris, un coup de sifflet déchira l'air déjà chargé de bruits multiples, et le bateau s'inclina de quelques degrés en frémissant. Je regardais les matelots larguer les amarres, sensible, pour la première fois de ma vie, aux biceps qui se nouaient sous la peau tannée par le soleil. Les câbles tombèrent à l'eau et le bruit du treuil qui les remontait m'amusa. Sur le quai, le débardeur qui avait détaché la dernière amarre nous regardait partir... Ou plutôt, il me regardait, moi. Et comme je me sentais à l'abri, sur le bateau qui m'emportait, je soutenais son regard plein de désir avec impudence.

Partir en voyage est une expression lourde de

sens. Aujourd'hui, elle me fait penser à un beau fruit en train de mûrir, produit d'un arbre travaillé par des millénaires de culture. Et au centre de toutes les implications contenues dans cette expression, il y a la liberté, ou plus exactement la libération, le détachement, la séparation d'avec la terre qui nous a nourris jusque-là mais qui en même temps nous retenait prisonniers. Partir, c'est se rendre apte aux aventures. Si cela est vrai pour les voyages en train, en avion ou en voiture, ça l'est davantage pour les voyages en bateau, et cela pour des raisons évidentes: le tissu dont notre conscience est fabriquée est sillonné de milliards de veinules qui ont toutes leurs racines dans la mer. De sorte que, lorsque le bateau fut assez loin du quai pour que je me libère de ce regard qui cherchait désespérément à me retenir par ses ondes de désir, j'en vins tout naturellement à penser à ma mère qui était «partie» de façon définitive en mourant. Le fait de partir sur la mer fit remonter à ma mémoire un petit détail, un souvenir chétif de certains propos de maman au sujet de vieilles légendes ou de mythes à propos d'un enfant-dieu voguant sur la mer à dos de dauphin. Elle m'avait parlé de cela environ deux ans plus tôt, de sorte que je ne me souvenais plus de quel enfant-dieu il s'agissait. Mais sur un point, ma mère avait été très précise et maintenant je me souvenais de sa phrase:

— Dans toutes les mythologies qui parlent de l'enfant-dieu, cet enfant-dieu est abandonné. Il est sans défense mais en même temps il est d'une grande puissance. C'est le Sauveur...

Je crois que dans l'esprit de ma mère l'enfant-

Jésus faisait partie de cette lignée d'enfants-dieux mythiques, mais ce n'est pas cet aspect de la question qui prit de l'importance à mes yeux. Ce qui s'avéra plus important que tout le reste, c'est le fait que l'enfant mythique était abandonné. Or en se suicidant, maman m'avait volontairement abandonnée. Sans trop m'en rendre compte, je m'identifiais à ces enfants «divins», c'est-à-dire que cette certitude, datant de quelques semaines seulement et me faisant croire que j'avais été choisie, s'en trouvait doublement renforcée. Je n'y croyais pas de la même manière que je pouvais croire aux maisons blanches qui s'éloignaient de la côte, mais c'était en moi de façon latente. Or ce qui est latent est plus troublant que tout ce qui est visible à l'œil nu.

Parvenue à ce cheminement de ma pensée, cheminement qui avait duré à peine quelques instants, je levai les yeux, arrachée de ma rêverie par une force étrange: un matelot me regardait. Mais à l'instant même où je voyais l'homme qui me fixait, j'eus une fois de plus cette sensation-image-flash qui m'était venue quelques jours plus tôt: il me manquait une dent et dans le trou béant, quelqu'un enfonçait une tige rigide. Or l'effet produit en était un de surprise et non de douleur. Mais cette fois le trouble que j'éprouvai fut plus profond, car je reliais ce fantasme au viol de mon intimité. Je n'avais pas le temps d'analyser ce phénomène étrange, qui n'avait duré qu'une fraction de seconde, parce que le regard de l'homme se faisait insistant, me fouillait comme tous les doigts de Dionysos allumé par le désir. Je compris pourquoi: de l'endroit où il se tenait, il avait pu voir le débardeur me dévisager, me déshabiller, pendant que je soutenais son regard d'une façon impudique. Sans m'en rendre compte, je m'étais découverte: j'étais une proie facile.

L'homme qui me fixait n'était pas le premier maître, ni le second, ni le commissaire de bord, ni l'un ni l'autre de ces officiers à costume bleu et à casquette blanche qui mangent à la table du capitaine en compagnie des «dames» importantes qui s'ennuient en croisière et qui font mine de s'oublier à la faveur de quelques coupes de champagne. Non, c'était un homme d'équipage ordinaire, un matelot à moustache noire et à gilet rayé. Un homme qui tirait sur des câbles et qui peignait la carcasse du bateau, qui lavait les ponts et qui vérifiait les chaloupes de sauvetage. Un homme utile. Un outil. Mais un outil avec deux yeux de feu. L'enfant-dieu devenu grand, après avoir parcouru toutes les mers sur le dos d'un gros dauphin.

J'eus d'abord une réaction de «petite bourgeoise» et voulus me libérer de son filet en me rapprochant de mon père qui, par son costume et son allure, disait clairement qu'il appartenait à un autre «monde». Mais le matelot n'en cessa pas moins de me regarder, car il savait, lui, que les vêtements ne sont que des ornements. Une fois enlevés, il ne reste que le corps, un corps semblable à un autre corps, comme un poisson est semblable à un autre poisson: nu.

Nous avions acheté des billets à la dernière minute et la cabine de mon père était assez éloignée de la mienne. Le soir, après le cognac et l'interminable discours de notre guide qui avait le devoir de nous instruire sur l'histoire de toutes les îles grecques, papa vint me reconduire à ma cabine, voulant s'assurer que tout était à mon goût. Il vérifia la serrure de la porte, tâta le matelas, fit couler un robinet, tout cela avec une sollicitude qui me toucha un peu plus que je ne l'aurais cru. En réalité, je n'avais pas réussi à faire de lui un «étranger», malgré tout ce que je pensais à son sujet. Comme s'il était impossible d'arracher les racines de la paternité!

— T'inquiète pas, je vais m'endormir en touchant l'oreiller.

— Moi aussi. Je suis très fatigué.

— Bonne nuit...

Je l'embrassai, aussi tendrement que possible, ce que je n'avais pas l'habitude de faire, le soir avant d'aller me coucher. Il me serra dans ses bras avec une certaine gaucherie, sans doute à cause de tout ce qui nous séparait et, à ce moment-là, je pensai à l'expression «vivre ensemble»... Je ne sais trop pourquoi. «Est-ce que maman aurait pu vieillir avec lui?» Il me sembla que la réponse était non. Alors elle me l'avait refilé, cet homme... Cet homme qui avait refusé de la tenir par la main. Une mauvaise plaisanterie de sa part.

Il sortit de ma cabine et ce fut pour moi un soulagement, mais un soulagement teinté de nostalgie, et même de tristesse. Comme si je m'étais préparée à larguer les amarres de mon âme, alors que j'étais encore trop jeune pour le faire. Une phrase étrange me passa par la tête: «Il y a un serpent dans la maison...» Comme cela, sans raison aucune, pendant que je sortais du linge de ma valise et que je me préparais à faire ma toilette.

Une vingtaine de minutes plus tard, au moment de me mettre au lit après avoir enfilé ma belle chemise de nuit blanche, je m'aperçus que le hublot était verrouillé, ce qui m'empêchait d'entendre le chant de la mer et de respirer ses odeurs humides. Il me parut tout à fait ridicule de faire un voyage sur la Méditerranée enfermée comme une prisonnière dans une cage à poules, fût-elle propre et confortable. Je me mis au lit sans conviction, si bien que je me levai dix minutes plus tard. J'enfilai un gros pull-over et me retrouvai dans l'escalier abrupt qui nous faisait accéder au pont. Tout était calme. Je n'entendais que les voix des deux ou trois derniers buveurs qui s'attardaient au bar: de l'italien mêlé à de l'américain et du français. C'étaient des voix chaudes, rauques, joyeuses, des voix d'hommes en train de lier une amitié de voyage. Des gens qui ne se connaissaient pas la veille et qui fraternisaient.

Il n'y avait personne sur le pont. Seulement la brise fraîche qui mélangeait l'air pur de la mer aux odeurs des îles: odeurs d'orangers, de citronniers, de figuiers, de térébinthes, de cyprès, qui valsaient langoureusement entre l'eau devenue noire et le firmament où des milliards d'étoiles scintillaient allègrement, produisant un chant lumineux incessant comme celui des grillons quand les nuits sont tièdes, au mois d'août. Je marchai jusqu'à l'avant et m'appuyai au bastingage, parfaitement consciente de ressembler à un personnage pour adolescent sentimental, à un cliché: la «figure de proue», la jeune beauté qui s'en va vers l'avenir... Mais j'étais seule et je me moquais bien de l'image que je pouvais projeter. Petit à petit, je fus envahie par le sentiment bizarre que procure la profondeur de la nuit, surtout en mer, expérience que je vivais pour la première fois. Je crois que pendant un certain temps je fus littéralement ravie, emportée par la grandeur dans laquelle je me trouvais plongée. Grandeur et mystère de cette mer, matrice d'une civilisation dont j'avais partiellement hérité.

En revenant à la réalité, je pensai à l'envoûtement dont avait parlé ma mère dans son testament. Il me vint alors à l'esprit que mon père ne m'avait pas dit la vérité à ce sujet. Il savait certainement quelque chose qu'il voulait me cacher, mais je n'avais plus le goût de lui en parler. Il fallait attendre et voir...

Puis l'image de l'enfant-divin chevauchant un dauphin et parcourant les mers me revint à la mémoire. L'enfant abandonné... Et dans le mot dauphin, il y avait la racine grecque «delph» une partie du mot qui signifie «frère»... De qui donc le dauphin était-il le frère? De l'homme? Le couple enfant-poisson me faisait penser à l'hermaphrodisme, quelque chose qui avait un certain rapport avec la sexualité... Et moi, dans le rêve que j'avais fait quelques jours plus tôt, j'avais chevauché un cheval, c'est-à-dire un grand vertébré... Je rêvais comme une intellectuelle, alors que mon corps, dans la vie réelle, aspirait aux profondeurs de la mer, à ce dauphin, aux abysses, à la caverne, là où les gargouilles s'enlacent. Mystère... Le bateau sur lequel je naviguais devenait dauphin, et j'étais la divine enfant abandonnée, ce qui supposait néanmoins, pour coller à la légende, que je fusse investie d'un pouvoir extraordinaire... Lequel?

Je fus ramenée à la réalité par un bruit de pas qui venait de loin, sur le pont. Je me retournai nerveusement. Dans la faible lueur qui coulait des quelques ampoules accrochées à des câbles invisibles, je vis un homme d'équipage s'avancer vers l'avant. Je le reconnus tout de suite à sa silhouette trapue, à sa démarche lente, ce mouvement roulé de bête à qui la force donne de l'assurance. Et la phrase dénuée de sens qui m'avait traversé l'esprit une heure plus tôt émergea de nouveau à ma conscience: «Il y a un serpent dans la maison». «Mon» matelot affichait l'air résolu d'un homme qui a un travail précis à faire. Effectivement, il alla vérifier des câbles, scruta les mécanismes compliqués des chaloupes de sauvetage, puis il se tourna franchement vers moi.

Alors commença un intense dialogue sans paroles, échangé par nos yeux et les expressions de nos visages respectifs. À cause de ce qu'il avait vu le matin même, il savait que j'étais rongée par le désir. Et malgré moi je l'acceptais! Mais au bout d'un moment la pudeur eut le dessus et je détournai les yeux en frissonnant. Je n'avais qu'à retourner à ma cabine. Pourtant je ne bougeais pas. Je restais là, clouée sur place, apparemment hypnotisée, comme les petits animaux dans mes histoires d'enfant. Il parla dans sa langue, disant quelques mots qui sonnèrent comme des chuchotements, et je le regardai pour lui signifier que je ne comprenais pas. Puis je frissonnai de nouveau, de froid et de chaleur en même temps.

Je me sentais stupide, incapable de m'enfuir alors que c'était la seule chose à faire si je ne voulais pas avoir l'air d'une fille facile qui veut se payer un moment de plaisir avec un passant.

— Oraia! (J'appris plus tard que cela voulait dire «merveilleux».)

Le trouble engendré par le désir sexuel est la chose la plus belle du monde, parce qu'il vous donne l'impression que, dans ce domaine, vous pouvez arriver à la connaissance sans expérience aucune. Dans votre intimité la plus profonde, dans la partie la plus ténue de vos fibres, là où la chair devient évanescente et tend à se confondre avec l'âme, vous «savez» sans avoir jamais rien appris...

— Cold? demanda-t-il.

Et comme je ne répondais pas, il articula avec difficulté:

— Frrroid?

Je fis signe que non en détournant les yeux. J'avais les genoux en flanelle. Quelque chose avait été décidé par une force supérieure à la mienne, et je n'y pouvais rien. Armer les bras de l'enfant abandonné... Cette arme, c'était lui, cet homme d'équipage qui me désirait et que je ne refusais pas clairement, alors que j'avais rêvé d'un premier amour en dentelles, avec un garçon qui aurait su me parler, me séduire avec de belles phrases. Mort dans l'œuf, le joli rêve de pucelle...

Je décidai quand même de m'adonner à un certain jeu de hasard. J'allais lui tourner le dos sans le regarder. S'il me suivait, je ne résisterais pas. S'il ne s'occupait plus de moi, j'éviterais de me retourner...

Je me rends compte aujourd'hui que j'avais laissé une énorme chance au coureur, mais enfin... Après avoir redressé la tête comme une dame qui se rend soudainement compte qu'elle est en public et qu'elle doit paraître digne, je me mis à marcher en direction de la petite porte par laquelle j'étais arrivée sur le pont. Pendant un long moment, il n'y eut que le bruit feutré de mes sandales sur le bois dur, et le clapotis de l'eau qui se refermait après avoir été éventrée par le navire. J'eus la sensation d'avoir échappé à un grand danger, cependant qu'un peu de regret pointait à l'étage inférieur de ma conscience. Mais cela ne dura que quelques secondes. J'allais atteindre la porte lorsque j'entendis les pas précipités de l'homme qui venait derrière moi. Tout était remis en question. Au pied du petit escalier que je venais de descendre avant de m'engager dans le couloir qui conduisait à ma cabine, je croisai un autre homme d'équipage qui me fit un beau sourire tout en continuant sa route. J'estimai être sauvée une deuxième fois: ils allaient se trouver nez à nez et mon séducteur ne pourrait pas aller plus loin. Dans mon dos, j'entendis un échange de phrases dans cette langue que je ne connaissais pas, et le bruit des pas s'éloigna. Je pris une longue respiration et poursuivis lentement ma marche vers la cabine que j'occupais, soulagée et déçue à la fois. Mais il y avait quand même quelque chose d'enivrant dans ce jeu qui était un simulacre de bataille. Quelque chose d'enivrant et d'absurde, car l'enjeu était à la fois un gain et une perte pour moi. Je faisais l'apprentissage des contradictions inhérentes aux comportements sexuels des humains.

J'atteignis la porte de ma cabine en quelques secondes, l'ouvris, mais comme j'allais la refermer après l'avoir franchie, j'entendis le bruit mat du pantalon à jambes larges, et le matelot se trouva devant moi, venant d'un couloir perpendiculaire à celui que j'avais emprunté. Il posa sa main sèche et tannée sur le chambranle, et ses yeux s'enfoncèrent une fois de plus dans les miens. Il ne m'implorait pas, non. Il m'avalait longuement du regard, avec la certitude que j'éprouvais du plaisir à me laisser manger. Je n'avais qu'à tirer la porte de toutes mes forces sur ses doigts noueux, mais je n'en fis rien. Au fond, je sentais bien que si je l'avais repoussé gentiment, il serait parti. Voilà pourquoi je me laissais regarder, je me laissais désirer, flattée du plaisir que je lui permettais de prendre.

Le dauphin qui m'emportait ne nageait plus en surface. Il fonçait vers les abîmes.

Je me détournai et avançai à l'intérieur de la pièce. Face à mon lit collé au mur, j'entendis la porte se refermer et la serrure claquer. En entrant dans son trou, le pêne métallique me faisait prisonnière du serpent. Je me laissai tomber sur mon lit, incapable de tenir debout une seconde de plus. Fier, fort, il me regardait de haut, souriant avec timidité. Ce qui est bien la preuve qu'il est impossible de banaliser les actes sexuels. Immobile à quelques pas de moi, l'homme se mit à parler dans sa langue. Un discours que je ne pouvais pas comprendre mais qui me semblait enflammé, guttural mais en même temps chuchoté, qui prit l'allure d'une incantation, et bientôt je me sentis emportée par ce fleuve de mots qui roulaient en vagues rythmées, et cela produisait une musique dansante à laquelle j'avais envie de m'accorder. Lorsqu'il s'approcha de moi lentement et me tendit la main en se mettant à genoux, j'allongeai le bras sans hésiter, et ses doigts secs, durcis par les câbles, enveloppèrent mes petites phalanges. Blanche, délicate, presque transparente, ma main disparut dans la sienne devenue coupe, corolle, caverne. Ainsi, dans le travail d'approche, le mâle s'amusait inconsciemment à rendre féminine une partie de son corps... La main, coquillage qui se referme pour faire germer, puis qui s'ouvre pour laisser naître Aphrodite.

Pareillement, mon pied glacé se réfugia entre ses mains chaudes. Il me sembla qu'elles roulaient pour l'envelopper, un peu comme les vagues approchent du rivage en se refermant sur elles-mêmes pour faire jaillir leur écume en perles riantes. Prisonnière de ses mains, mon âme n'aspirait plus qu'à s'élancer. Elle tanguait sur place, heureuse de cette passivité momentanée. Quand il posa ses lèvres à la racine de mes orteils, une onde électrisante me parcourut le corps pour venir se cristalliser à la racine de mes cheveux. C'était la chose que j'attendais sans le savoir, de sorte que j'oubliai d'éclater de rire. Encore vierge, il était normal que certains gestes reliés à cette «activité» me paraissent ridicules. Puis sa langue s'insinua lentement entre mes deux premiers doigts de pied. La terre s'ouvrait sous la poussée de la germination.

Il me sembla que le temps s'était arrêté. Je ne comptais plus, ne mesurais plus, entièrement soumise au mouvement des ondes qui me traversaient, me labouraient, faisant monter à mon esprit toutes sortes d'images représentant les multiples explosions reliées à la naissance des mondes.

Il souleva ma chemise de nuit et c'est avec complaisance que je levai les bras pour la faire glisser au-dessus de ma tête et libérer mon corps de cette fragile entrave. Ma chair apparut, fraîche comme celle du fruit que l'on pèle.

— Oraia! Oraia!

Dans ses yeux je vis l'affolement, parce que sa bouche et ses mains ne pouvaient être partout à la fois quand tout était à prendre, à palper, à lécher, à sucer, à mordiller, ce qu'il entreprit de faire avec une fébrilité d'enfant à qui l'on donne la possibilité de s'adonner à un plaisir fondamental. Alors je me laissai rouler, couler, balloter, dans cette vague rugissante qu'il pétrissait de ses mains, qu'il dessinait, détruisait et recomposait sans cesse, comme un magicien ayant le pouvoir de créer des images, des sons, des étoiles.

— Oraia!

C'était moi et je m'ouvrais, coquillage débordant d'humeurs primitives, enfermant le secret du premier des commencements.

Le dauphin à peau lisse emportait l'enfant divine dans une course libre de toute entrave, laissant derrière lui un sillage qui ressemblait à la chevelure fulgurante d'une comète. D'ailleurs, j'avais souvent l'impression de sortir des océans pour m'élancer dans l'espace, comme si, passant de l'eau à l'air, j'avais voulu mêler le plaisir à la divinité.

Une vague plus puissante que les autres me fit

chavirer, et je vis qu'il était semblable au poisson, nu. C'est ainsi que je l'attendais depuis une éternité. Le voir dans cet état, libéré de ses vêtements qui l'enchaînaient à la réalité quotidienne, tout ce nécessaire qui nous salit, fut pour moi un moment de bonheur. Et pourtant, même si je lui ouvrais les bras, lorsque son membre toucha la bouche humide de mon sexe, il se produisit quelque chose de fatal. Je revis ma mère en train de faire l'amour avec Jacques, cette image claire et précise du pénis qui allait et venait en elle, puis j'entendis la phrase de mon père: «Tu t'appropries les idées de ta mère!» Je ne sais pas pourquoi mais cette remarque désobligeante, combinée à l'image qui revivait dans mon souvenir, eut pour effet de me fermer totalement. Tout à coup, mes organes refusaient l'intrusion du mâle. Mais lui, «oraia!», qui nageait sans gêne depuis longtemps vers ce but ultime, ne pouvait plus s'arrêter. Le cri de douleur que je laissai échapper, il l'interpréta sans doute comme une manifestation de plaisir, et il poussa avec une violence redoublée, aveugle, pour se frayer un chemin.

Ce qui avait commencé dans le ravissement se terminait dans la douleur. Quand il m'eut inondée de son plaisir il se rendit compte qu'il m'avait fait mal. Ne pouvant comprendre ce qu'il disait, il me restait à le regarder. Alors je m'aperçus que chez lui la satisfaction prenait le dessus sur la gêne ou la honte. Il avait quand même «réussi»... Mais comment lui en vouloir? Les entraves étaient venues de moi, et de moi seule. Aussi, quand il me quitta, de nouveau «encarcanné» dans ses vêtements de matelot, c'est avec douceur que je l'embrassai sur la joue.

Restée seule, je me retrouvai avec certains détails empreints de trivialité: un peu de sang, des traces de sperme sur les parties de mon corps qui, quelques minutes plus tôt, avaient exacerbé le désir du mâle, et le désordre de ma couchette. Devant cette banalité, j'eus envie de rire, et il me sembla que certains soirs, alors que nous étions à table, maman riait avec ce genre d'idées dans la tête.

Graduellement, la réalité devint plus claire. Je recommençai à entendre le vrombissement des moteurs et le frémissement du bateau. J'étais sur la mer et je voguais, même si je ne chevauchais plus un dauphin. À l'abri, je glissais sur l'eau, sur une mer qui avait été le berceau de ma civilisation. C'était excitant! Oui, mais dans l'instant qui suivit, j'éprouvai une douleur atroce à l'idée que ma mère n'existait plus. Comme j'avais besoin de l'entendre me parler de divinités, de croyances, de mythes, de toutes ces inventions merveilleuses qui donnent un sens «aux choses de la vie» qui nous semblent absurdes! À ce moment-là je me rendis compte que j'avais une tâche immense à accomplir: me construire un monde spirituel assez bien charpenté pour qu'il puisse supporter l'autre, le visible, le banal, le tangible, celui qui procure le plaisir et qui fait mal à la fois.

Éprouver du plaisir et de la joie à monter une pente, parvenir au sommet avec un merveilleux sentiment de plénitude, et retomber dans le vide...

Après les ablutions qui s'imposaient, je regardai mes lèvres partiellement recouvertes de poils blonds et bouclés. J'avais encore l'air vierge... Rien. Par le hublot je vis l'eau mouvante réfléchir un rayon de lune. Des plaques d'argent qui dansaient, créant un ballet aux variations infinies mais toujours semblables. L'incantation de la mer qui répondait aux astres, l'envoûtement cosmique... Alors je fus envahie par un sentiment étrange et gratifiant: j'étais reliée à ce monde en mouvement perpétuel, à cette danse de la mer qui, à la faveur de la nuit, dialoguait avec les forces divines.

Le sommeil s'empara de moi, à la manière d'une marée qui monte à l'assaut d'une plage imperceptiblement inclinée. Au ronron du moteur qui était réel, mon imagination s'amusait à mêler des chuintements de vagues qui meurent en étendant leur mousse blanche, salive du grand ventre océanique, et bientôt je coulai dans le noir absolu, le noir magnifique du repos qui neutralise, qui fait disparaître toutes les contingences. Le même effet qu'un coup de couteau bien planté entre deux épaules.

Cette nuit-là je fis un rêve interminable, beau, troublant. Je vis d'abord un troupeau de taureaux qui couraient en tous sens, meuglant, lançant des coups de cornes à droite et à gauche. Mais ils étaient mêlés à des chevaux qui couraient eux aussi, hennissant, ruant joyeusement. Puis les animaux se couchèrent dans ce champ immense et plat, où l'herbe était abondante et verte. Nue, tranquille, je marchais lentement au milieu d'eux. Ils me donnaient l'impression de me vouloir du bien. Par leur attitude, je crus comprendre qu'ils me disaient: «Tu es avec nous. Nous voulons bien te garder. Tu es belle mais il faut que tu marches jusqu'au bout du champ. Jusqu'au bout... Jusqu'au bout... Au bout du champ il y a un message pour toi...» Et je pensai: «Ah! On me demande au téléphone au bout du champ... Tu n'es pas seule sur la terre et tu dois travailler pour gagner ton repos...» Je marchai longtemps parmi les animaux couchés. Il faisait un soleil magnifique et la chaleur que je sentais sur mon dos contrastait de façon plaisante avec la fraîcheur éprouvée par mes pieds qui se posaient dans l'herbe verte, mouillée de rosée.

Subitement, je fus au bout du champ et je vis une maison en flammes dont un seul mur restait debout. Je reconnus la maison de mes parents. Les flammes montaient harmonieusement dans les airs, formant une espèce de bouquet rougeâtre que je trouvais admirable. Aucune angoisse, aucun remords, aucune peine. Je trouvais normal que la maison de mes parents fût détruite à jamais. Je fis le tour du mur qui restait debout. À travers les flammes je vis ma mère assise à une petite table, composant un numéro de téléphone. Elle faisait le numéro, attendait, raccrochait avec impatience et recommençait au bout de quelques secondes. Je m'approchai autant que je le pouvais en tenant compte des flammes, et tout à coup elle me vit. Alors elle raccrocha vivement et me dit avec agressivité:

— Enfin tu arrives! Ça fait une éternité que j'essaie de te rejoindre. D'où viens-tu?

— J'ai traversé la rivière que je devais traverser.

— Bon. Tant mieux! Maintenant habille-toi, j'ai quelque chose à te dire.

Dans un placard qui n'avait pas encore été complètement détruit par le feu, je trouvai quelques vêtements que j'avais portés à l'âge de treize ou quatorze ans. C'étaient une petite robe bleue à manches courtes et un pantalon que mon père m'avait rapportés d'un voyage. Ils étaient carbonisés mais je pouvais très bien les reconnaître. Jamais plus je ne les porterais et j'en éprouvais un certain soulagement. Dans mon rêve, je me disais que le serpent doit être heureux de changer de peau.

Mais dans le même placard, il y avait une robe de ma mère. Une longue robe blanche qu'elle portait en fin d'après-midi, quand ses amies venaient prendre l'apéritif avec elle dans le jardin. (En réalité, je n'avais jamais vu ma mère recevoir ses amies dans le jardin. Mon rêve enjolivait la vie de maman, pour ainsi dire.) Cette robe n'était pas brûlée. Il y avait même des flammes qui montaient du plancher, qui la léchaient, mais la robe résistait. (Pour la première fois de ma vie, l'expression «dévorée par le feu» me sembla riche de sens. Est-ce que l'intelligence ne détruit pas les ténèbres?) Au lieu de me précipiter pour sauver la robe, je restais là et pensais tout simplement: «Ma mère n'est pas morte réellement. En moi, elle est toujours vivante. Elle m'habille l'âme...»

Puis le décor changea et je me trouvai de nouveau en présence de maman. En sa compagnie, je descendais des escaliers successifs qui menaient à une cave profonde. En réalité, il s'agissait de plusieurs caves superposées, de plus en plus petites. Les murs de ces caves étaient de pierres sombres, symétriquement assemblées, jointes avec du mortier de couleur pâle. J'aimais beaucoup cet agencement de pierres, parce que c'était harmonieux, et aussi parce que l'ensemble donnait une impression de solidité extraordinaire. Ma mère me montrait les assises de sa vie intérieure, une construction solide comme les bases d'une cathédrale.

Lorsque nous sommes parvenues à la dernière cave, qui était toute petite, ma mère ouvrit un coffret et elle en sortit des livres, des feuillets écrits de sa main, une multitude de papiers enroulés dans de grandes feuilles blanches, puis elle me dit:

— C'est ici chez moi, il faudra que tu lises mes notes pour me découvrir.

Je m'éveillai. Le bateau venait d'accoster à Santorin.

Pendant le reste du voyage il ne se passa pas grand-chose de particulier. Il m'arriva quand même de prendre quelques notes dans le petit carnet, à la suite de mon aventure avec celui que j'allais désormais appeler «Oraia». Par exemple, en me levant le lendemain, j'écrivis: «Poursuite de maman jusque dans mon lit... Jusque dans mon sexe. Sans le vouloir et sans le savoir, elle m'a fait rater ma défloration. Oraia m'a fait mal à cause d'elle. Expérience malheureuse à cause du souvenir que je garde de ses amours adultères. Comment ai-je pu me fermer avec autant d'obstination, alors que je désirais l'avoir en moi? Mystère... Aujourd'hui, ce qui me trouble, c'est le fait d'avoir refusé Oraia à cause d'une petite phrase de papa: Tu t'appropries les idées de ta mère... Il me dérange sans le savoir, lui aussi.»

NOUS FERONS CE VOYAGE EN DES MERS AGITÉES

Dès notre retour à Montréal mon père s'était relancé corps et âme dans ses affaires, estimant sans doute qu'il avait fait son devoir à mon égard. Il m'avait payé de somptueuses vacances pour me faire avaler mon «orphelinat», maintenant il pouvait retourner à ses œuvres: faire de l'argent malgré le PQ au pouvoir, lequel PQ, avec son discours angélique, avait le vent dans les voiles et se préparait à lancer le Québec sur la voie du progrès, de la pureté, de l'idéal, de la «vraie» démocratie, celle qui est plus ou moins teintée de socialisme, celle qui est absolument immaculée en ce qui a trait à la corruption et au népotisme. Bref, le Québec était sur des rails, il allait devenir un pays à plus ou moins longue échéance et, à cause de «l'énorme potentiel de ses ressources naturelles», il serait bientôt en mesure de se joindre à l'attelage des grandes nations qui traînent la planète terre vers le vingt et unième siècle glorieux, sans guerres ni famines... L'abondance matérielle pour tous et la culture en plus!

— Le complexe des petits, disait mon père en les écoutant palabrer. Dans trois ans, ça va être la merde...

Ce fut un peu plus long, mais la merde vint... Tout cela pour dire que je me retrouvai souvent seule à la maison, sinon presque toujours, à moins que je n'y emmène des amies. Maman avait l'habitude de travailler dans une petite pièce attenante à sa chambre à coucher. C'était «son» bureau. Mon père n'y mettait jamais les pieds du vivant de maman. Comme elle m'avait légué tout ce qu'elle possédait par testament, il n'y avait aucune raison pour qu'il entreprît une fouille en règle de ses papiers après sa mort. D'ailleurs, il ne montra aucune curiosité à ce sujet, son indifférence en ce qui concernait le travail et les préoccupations de sa femme étant égale à ce qu'elle avait toujours été, si on excepte les conversations qu'ils avaient eues ensemble au début de leur mariage. Cette attitude me paraissait révoltante et inexplicable, mais d'autre part elle me convenait parfaitement: j'étais seule à retourner dans le «ventre» de ma mère, à plonger dans le monde qui l'avait habitée.

Il y avait là des centaines de livres sur l'histoire des religions, un gros dictionnaire des symboles, les œuvres complètes de Jung, de Mircea Eliade, des feuillets écrits de sa main, dont l'un portait seulement ce vers:

«Nous ferons ce voyage en des mers agitées»

Je ne pouvais savoir s'il était d'elle-même ou si elle l'avait transcrit, car il n'y avait pas de référence. Et moi je ne l'avais jamais lu nulle part. À première vue, je trouvai cet alexandrin assez joli, sans plus, et je laissai le feuillet disparaître au milieu de plusieurs autres, mais il se passa quelque chose de bizarre: la nuit suivante je m'éveillai avec ce vers dans la tête. Alors là, seule dans mon lit à trois heures du matin, il m'apparut lourd de sens. C'était sûrement elle qui l'avait écrit, et le voyage dont elle parlait, c'était la fin de sa vie... Ou encore l'aventure qu'elle commençait à vivre avec Jacques. Comme mon père me l'avait reproché, j'avais une tendance assez marquée à m'approprier les idées de maman. Dans le cas de ce vers et de son contenu, ce fut automatique. Il me tenait lieu d'avertissement ou de prémonition: le reste de ma vie allait être difficile, tourmenté, «agité»... J'eus alors un doute, accompagné de scrupules: «Je fais peut-être mal en fouillant dans les affaires de maman... C'est peut-être un viol de sa conscience... Et cela pourrait être maléfique pour moi...» Mais le dernier rêve que j'avais fait au cours de mon voyage et dans lequel j'avais vu maman me revint en mémoire. Dans ce rêve, elle me faisait descendre dans plusieurs caves successives et là, tout au fond, elle ouvrait un coffret dont elle sortait des livres et des papiers. Le message était clair: elle me disait de fouiller dans ses affaires, de la chercher et de la trouver, elle...

Plusieurs passages de ses livres étaient soulignés, et c'est ainsi que dans Histoire des croyances et des idées religieuses de Mircea Eliade, je retrouvai plusieurs phrases qu'elle nous avait citées par cœur au cours de ces repas où elle se lançait dans des monologues qui nous paraissaient brumeux, à mon père et à moi. Cela me fit plaisir mais les propos de Horus ne m'en parurent pas moins obscurs. À côté des passages soulignés, les marges étaient souvent annotées. Par exemple, dans Aïon de C. G. Jung, à la page 168, où l'auteur rappelle une ancienne définition de Dieu: «Dieu est un cercle dont le centre est partout mais la circonférence nulle part.» Dans la marge elle avait écrit: «Ce qui m'épate, c'est que l'homme ait inventé un être, Dieu en l'occurrence, si complexe qu'il faille recourir à une absurdité géométrique pour le définir... Chercher Dieu, c'est vivre le mythe de Sisyphe sans désespérer...» Un bon point pour ce «mot», mais pourquoi avait-elle désespéré, elle? À moins que, ayant trouvé Dieu, ou un état de «plein-être» total, il n'y avait plus rien qui pût avoir le moindre intérêt pour elle. D'autre part, le fait qu'elle ait été abandonnée par Jacques ne m'apparaissait plus comme la raison de son suicide. En réalité, plus je m'approchais d'elle en lisant les auteurs qu'elle avait fréquentés et les notes qu'elle avait jetées ici et là, moins je comprenais son geste. Mais je ne désespérais pas.

Dans son bureau il y avait des livres un peu partout, empilés par terre. Dans ce désordre plus ou moins organisé, le Dictionnaire des sciences occultes, de l'ésotérisme et des arts divinatoires de Hervé Masson écrasait un tout petit livre intitulé Le vaudou en Haïti. Le découvrir fut pour moi un choc, car je me rappelai un passage que j'avais pu lire dans ses papiers intimes:

> L'un de mes élèves, originaire d'Haïti, est amoureux de moi... Si je me refuse à lui, il me jettera un sort, dit-il... Drôle à mourir... Je ne crois pas à l'envoûtement. Très peu pour moi. J'ai la tête assez solide... Mais il est beau, ce grand Noir juvénile, et quand il me regarde, j'ai quand même envie de jouer une partie diabolique avec lui... Provoquer le diable qui se cache dans ses longues jambes... Ah! Mon Dieu! Tout ce qu'on pourrait faire de sa chair...

Je crois que ce soupir était accompagné d'un long éclat de rire intérieur. Elle s'amusait.

Au bout de quelques semaines, je tombai sur une citation qui venait du Banquet de Platon, une phrase attribuée à Diotime: «L'amour, cher Socrate, est un grand daïmon.» Elle avait ajouté: «Il me paraît évident que le mot daïmon doit être pris dans le sens de force extérieure, mystérieuse, divine. Platon ne pouvait voir les choses autrement... » Cette note me ramena à la réalité, car le mot daïmon m'avait tout naturellement fait penser au mot démon, ce qui était peut-être un raccourci trop brusque. Je n'en étais pas moins étonnée de constater que ma mère s'occupait de cette chose banale, commune à tous les mortels: l'amour. Je croyais qu'elle nageait dans d'autres eaux, à cause de sa profession. Naïveté et innocence de ma part, pour ne pas dire ignorance ou bêtise attribuables à la jeunesse.

Et tout à coup, au fond d'un tiroir, une petite liasse de feuillets écrits de sa main. Commentaires laconiques sur certains événements de sa vie, dont l'un avait été déterminant.

> Rencontré Jacques hier. Beauté du diable masculine de la trentaine. (Suivait le numéro de téléphone.) Il veut absolument que je l'appelle... La mer est encore calme, mais elle pourrait bien se déchaîner... Mon mari m'écoute

parler des dieux égyptiens, mais il ne comprend rien à ce que je dis. Ça m'est égal. Sonia est intuitive et un jour elle me dépassera...

Évidemment je me trouvai flattée par le fait qu'elle parlait de moi, surtout en termes élogieux, et ma curiosité en fut décuplée. Sur un autre feuillet, la note suivante:

> Revu Jacques. Frémissements intérieurs, tremblements, agitation viscérale... La nuit dernière, en rêve, vu le Noir qui me poursuit de ses avances. Il souriait et il avait une queue de dragon... Très mauvais. Dans mon rêve, il y avait aussi des eaux sombres et agitées. Doublement mauvais... J'avais pourtant la certitude que mon travail d'intellectuelle me garderait à l'abri de ces tourments qui vous rongent par l'intérieur et qui vous coupent les jambes, c'est-à-dire vous empêchent d'avancer, le pied étant le symbole de l'âme, ce par quoi on avance... À table, je bois du vin en abondance et je parle de Dieu, comme si j'éprouvais le besoin d'endormir mon mari... Mais il dort déjà, recouvert par une mer d'indifférence. Dans les yeux de Sonia, je vois de l'inquiétude...

C'est drôle, j'avais pourtant l'impression de manifester seulement de la curiosité et de la sollicitude. Elle me voyait mieux que je ne me voyais moi-même sans doute. Maintenant, la lecture de ces papiers me faisait peur autant qu'elle m'attirait. Effrayée à l'idée que je pourrais y trouver quelque chose qui aurait terni l'image que je me faisais d'elle, je passais des jours sans ouvrir le tiroir, mais j'y revenais toujours, mordue par le démon de la curiosité. Savoir ce qu'elle pensait de moi m'était devenu une drogue. Mais en même temps, voir une âme à nu me paraissait un acte aussi dangereux que de manger le fruit de l'arbre biblique. Ai-je le droit de savoir? me demandait ma conscience. Tu en as le devoir, répondait ma petite tête d'adolescente. Et je retournais au tiroir.

> Succombé hier... pour employer un terme courant, mais qui ne me paraît pas traduire la réalité. Cette façon de voir les choses vient du fait que l'on considère l'amour (physique) comme une faute. Or je l'ai voulu autant que Jacques le voulait. Tout fait ce que j'ai pu pour ne pas être seulement un trou dans lequel il s'engouffrait pour y mourir en explosant. Mais je suis un trou quand même. Faire l'amour, pour une femme, c'est essayer de résoudre la quadrature du cercle. (Ce que les bâtisseurs de ville ont réussi dans l'Antiquité, à l'époque où l'on construisait sous l'œil omniprésent de la divinité. Voir mandalas...) Oui, Diotime, l'amour est un grand daïmon! Pas seulement grand mais puissant! Au fait, je n'ai même pas eu le temps de me demander si je l'aimais. J'ai d'abord voulu obéir à un caprice de ma chair, à un besoin de tempête, me disant que le beau fixe à perpétuité devient ennuyeux. Peut-être ai-je aussi voulu piétiner l'indifférence de mon mari, ce qui en soi n'est pas une mauvaise action. Mais l'amour a éclaté au cœur de mes viscères comme un électrochoc. Maintenant je veux mourir, broyée par les bras de cet amour, me décomposer dans la chair de cet homme. Et c'est le bonheur, malgré tout.

Enfermée dans son bureau, je vivais des heures délicieuses et palpitantes à essayer de reconstituer exactement ce qui se passait à ce moment-là, au cours de l'été où elle aimait Jacques, pendant que je faisais l'apprentissage de mon corps, rêvant au sens profond du mot «anfractuosité». Car c'est en essayant de donner forme à ce mot que j'étais devenue consciente de ma réalité physique.

Mes rêveries étaient interminables et me faisaient perdre la notion du temps. Mon année d'études ayant été compromise par notre long voyage, j'allais au collège seulement de temps en temps, comme par distraction. D'ailleurs, avais-je encore envie d'étudier? Je n'en savais rien. Ce que j'avais appris du monde adulte, pour ce qui est de «faire une carrière», je le tenais de mon père. L'imiter me paraissait hors de question. J'étais arrêtée, semblable à un satellite géostationnaire qui se contente de capter des messages en tournant à la même vitesse que la terre, sans avancer par rapport aux autres.

Chose assez curieuse, je ne rêvais plus à ma mère. C'était peut-être parce que, grâce à ses notes, je vivais en symbiose constante avec sa conscience. Je vivais en elle, de sorte que mon inconscient n'avait plus besoin d'avoir recours aux symboles pour me la faire connaître.

Pendant plusieurs semaines je m'abstins de lire ses papiers, qui constituaient une espèce de journal en feuilles détachées. J'avais peur. Oui, j'avais peur de me trouver subitement en face d'une réalité intolérable, et aussi, je l'avoue franchement, j'avais peur de lire, écrites de sa main, des scènes plutôt crues. Depuis que j'avais découvert ce «journal», je me rendais compte qu'elle ne reculait devant rien. La nudité physique est une chose normale. (Encore que la nudité de certains corps n'ait rien de réjouissant, c'est le moins qu'on puisse dire!) Mais la nudité de l'âme? Surtout me rendre compte, *de visu*, que cette femme si digne, cultivée, qui avait passé sa vie à étudier le comportement des humains dans leurs relations avec la divinité sous toutes ses formes, pût se permettre de décrire ce qu'elle faisait de son corps, cela me gênait. J'avais encore besoin de la «belle image» de ma mère.

Mais si l'amour est un «grand daïmon», le temps est une puissante varlope. On se lève un bon matin et on ne sent plus telle ou telle aspérité qui grinçait jusqu'alors dans les engrenages de la conscience. De jour en jour, les tiges poussent et font changer le visage du champ d'avoine qui se nivelle graduellement et glisse inéluctablement vers la maturité. Je mûrissais au contact de mes amies et des garçons qui avaient envie de moi. C'était l'époque de la grande liberté sexuelle. On ne parlait plus tellement d'amour. *Peace and love*, c'était fini. On se «cherchait» et on se trouvait, entre la pilule et la peur du cancer. La fin de la grande vague. Car on sentait bien qu'un jour il faudrait revenir à «la vraie amour»...

Je n'en récoltais pas moins un baiser par-ci parlà, une caresse, une étreinte maladroite, toutes choses pas mauvaises en soi mais qui me laissaient sur mon appétit. De sorte que la grande question devint pour moi: c'est quoi, l'amour total? La grande passion? Cette chose dont on parle toujours comme d'une merveille mais qu'on ne voit qu'au cinéma. Et encore! Sur nos écrans, c'étaient la violence et la science-fiction qui régnaient en maître.

C'est dans cet état d'esprit que je retournai au journal de maman.

> Il (Jacques) est venu me trouver à l'université sans me prévenir. Entré dans mon bureau après le cours que je venais de donner sur les conceptions religieuses protohistoriques et leurs parallèles dans l'hindouisme, sujet qui me passionne particulièrement. Il y avait encore pas mal de va-et-vient dans les couloirs de la maison. Il a fermé la porte de mon bureau en me regardant d'une drôle de manière: du défi et du désir dans les yeux. Il sait

maintenant que je suis incapable de lui résister. Sans un mot, il m'a troussée, retournée et enfilée en m'inclinant le haut du corps sur le bureau. J'avais le visage et les cheveux dans mes notes parlant de la symbiose entre le substrat méditerranéen et les conquérants indo-européens descendus du Nord, pendant que son membre brûlant, dur, allait et venait furieusement dans les sécrétions de mon vagin, enserré dans la bouche de ma vulve dévorante. Orgasme rendu doublement voluptueux et tumultueux par le danger d'être surprise dans une position semblable, dans une si noble institution...

En sortant de mon bureau, plus tard, seule, j'ai croisé le Nègre haïtien qui me désire et qui m'a menacée d'un mauvais sort... Il souriait d'une manière étrange et il ne m'a pas adressé la parole. Il avait l'air de quelqu'un qui se sait vengé. J'en ai eu des frissons dans le dos. Mais je m'en fous. C'était trop bon. Je suis devenue la chose de cet arbre charnel qui me fleurit dans le ventre, et je découvre avec ravissement que je n'en ai pas honte... Ce soir, à table, je me suis enivrée et j'ai parlé d'abondance, comme si j'avais voulu séduire mon mari et ma fille. Peine perdue pour ce qui est de l'époux, mais Sonia me regardait avec beaucoup d'affection, comme si elle avait senti que je vivais quelque chose d'exaltant, de divin... Jusqu'où peut aller son intuition? Comment lui faire savoir que je suis arrivée au point où le bonheur de la connaissance se confond, en moi, avec l'explosion de cette pine qui me laboure le cul??? Je lui souhaite ce genre de bonheur: Dieu et le diable...

J'aurais voulu refermer le tiroir et digérer ce que je venais de lire, mais les premiers mots du feuillet suivant m'annoncèrent qu'elle allait raconter un événement de la plus haute importance pour moi.

Hier, Jacques est venu me voir à la maison, et il m'a possédée sur le divan. Une espèce de violation de ma maison, en somme. Plaisir sublime. Je ne peux plus me passer de cet amalgame: la forme de son corps, sa chair qui se gonfle,

> son regard, son esprit, ses mains. C'est l'envoûtement. Le sort du nègre, je l'ai dans le corps... Mais pendant toute cette séance d'amour au cours de laquelle je me vautrais dans le comportement de la chienne, j'avais le sentiment qu'un œil me guettait. Pourtant, Sonia n'était pas à la maison... Si par hasard elle m'avait vue, ce serait une catastrophe, une malédiction! Et pourtant, pourtant... J'avoue, à ma grande honte, que cela me laisse indifférente. Perversion? Je n'en sais rien. Quelque chose me dit que la réalité vaut mieux que les belles images. Même à son âge... Autre chose: au fond, j'éprouve le secret besoin que quelqu'un soit témoin de mon plaisir, même si ce quelqu'un doit être ma fille. Après Jacques, n'est-elle pas l'être qui me soit le plus cher au monde?

Merci maman... Tu m'as troublée, mais tu ne m'as pas scandalisée. Oui, tu m'as scandalisée au sens où on l'entend d'habitude. Tu étais révoltante d'impudeur, ce jour-là, et tu m'as fait mal parce que tu détruisais une «image», justement; celle de la fidélité conjugale. Mais tu ne m'as pas incitée à la débauche. Je n'ai pas perdu mon équilibre. Dommage que je ne puisse pas te le dire...

Le feuillet suivant n'était pas tout à fait de la même encre:

> Mais qui est-il, cet homme? Je me rends compte aujourd'hui que je ne le connais pas! Il est certainement cultivé, même s'il ne fait pas étalage de cette chose qui s'appelle la culture. Il a l'air honnête, il n'a pas l'air méchant, mais il parle peu. Il me prend. Et je suis soumise à sa force. C'est cela qui se dégage de lui: une force qui lui vient de je ne sais quelle région de l'âme... Est-il tendre? Parfois, oui. Pas en paroles mais simplement par un regard ou un petit geste de la main: ses doigts qui touchent le lobe de mon oreille, doucement, après m'avoir violentée, bousculée, renversée, labourée. Surtout, après m'avoir imposé sa façon de me prendre, la façon et le moment. Et d'où

vient que cette attitude, en soi révoltante, ne me gêne pas? «J'arrive », dit-il au téléphone, et il arrive. «Retourne-toi», et je me retourne. Parfois, il ne fait que me regarder d'une certaine manière et je devine ce qu'il désire. Alors sans hésiter je le fais. Puis il s'en va après m'avoir secouée de fond en comble, car sous sa poigne, les orgasmes se succèdent à un rythme affolant. Avec lui, on n'aborde jamais les grands sujets: la mort, Dieu, la responsabilité morale, le devoir, la justice sociale. On dirait qu'il est en dehors de tout cela, ou au-dessus... Un jour, j'ai voulu le mettre sur mon sujet favori, la mort. Il a dit simplement: «La mort, c'est ouvrir la bouche pour bâiller et ne pas être capable de la refermer. Autrement dit, c'est bâiller éternellement.» Amusant mais un peu court. Avant, je savais un peu ce qu'est l'amour, maintenant je ne le sais plus, parce que l'amour me désintègre, cellule par cellule... J'en mourrai c'est certain, mais heureuse!

Plus j'avançais dans la lecture de ce «journal», plus j'aimais ma mère, et plus je me sentais intriguée par Jacques. «Intriguée» n'est pas tout à fait le mot juste. Pour être franche, je devrais dire attirée. C'était fatal. Quelle femme ne désire pas, secrètement, être la victime d'un homme comme celui qu'elle me faisait connaître? Mais il s'agit là d'un terrain non seulement dangereux mais recouvert d'un brouillard millénaire. En effet, comment dire exactement ce qui se passe dans l'inconscient d'une femme, pour ce qui est de ses rapports avec le sexe opposé? Car c'est dans l'inconscient que se trouve la vérité. Comment faire monter la vérité au niveau du conscient? Ce sont nos actes qui nous trahissent, et après coup on comprend que le sexe «opposé» n'est pas si opposé que cela... Quel mélange!

Et tout à coup, l'apocalypse:

Il m'abandonne! Il m'abandonne! Le ciel, c'est la peau de mon ventre, et le ciel se déchire, strié d'éclairs fulgurants. Pourquoi? Impossible de le savoir avec précision. C'est comme pour le reste. J'ai droit à sa décision comme j'avais droit à son désir. Mais avant, son désir se confondait avec mon plaisir. Croisé le Nègre haïtien dans un couloir. Il riait, et ses belles dents blanches étaient comme des dards pleins de sarcasmes. Il sait, j'en ai la certitude! Si on apprenait que je crois à cette histoire de «sort», moi, une femme de ma culture, on se moquerait, on croirait que je suis folle. Et pourtant... Après tout, je suis peut-être en train de capoter... Il y a des soirs où, ayant un peu trop bu, je tiens des discours que mon mari n'écoute plus, pendant que Sonia me regarde avec des yeux pleins de crainte et de douleur. La douleur causée par l'appréhension, par l'incertitude... Est-ce que j'ai le droit de lui faire tout ce mal?

En lisant ces lignes, je revivais le temps où je l'avais entendue pleurer au téléphone, pleurer et supplier. Je me souvenais aussi de nos repas au cours desquels elle parlait, parlait sans arrêt, comme si elle venait d'un autre monde. Et je pleurais en pensant que je l'avais méprisée en l'entendant supplier son amant au téléphone, et maintenant j'avais honte même si j'étais alors excusable, ne pouvant pas comprendre ce qu'elle vivait.

Hier soir à la campagne, je me suis baptisée moi-même en marchant sous la pluie glaciale, et je n'ai pas eu froid! Ne parlons pas de miracle: mon cœur conditionnait mon corps. Naturellement, ce geste en apparence loufoque a scandalisé nos invités et plongé mon mari dans l'embarras, c'est le moins qu'on puisse dire. Grâce à son intuition et à quelques bribes de connaissances que je lui ai communiquées, Sonia est peut-être la seule à ne pas croire que je suis folle. Le sens du baptême est assez difficile à saisir, si on va chercher plus loin que le primaire symbole de purification. Il peut être aussi considéré comme un geste par lequel on cherche à atteindre l'androgynie, c'est-à-dire un état de perfection, l'UN, la réunion totale du masculin et du féminin. Voilà ce que je recherchais: me libérer de mon «féminin» qui était la proie de cette passion folle pour Jacques. Mais mon amant était là, en moi, et il s'opposait de toutes ses forces à cette mutation. J'ai échoué. Le monstre est encore en moi. Je n'ai pas parlé de cela à mon mari, non pas parce que je veux lui cacher mon aventure avec Jacques, mais parce que je veux le punir de son indifférence à mon égard. Il ne mérite pas de savoir ce que je vis, ce que j'ai vécu, ce que je sais de mon corps, des pulsions profondes de l'être humain. Quelle merveille! Quelle splendeur! Moi, je sais que je suis reliée à la divinité. Le plus grand malheur de l'être humain, c'est la déréliction. Les grandes maladies viennent de là... Maintenant, mon seul problème, c'est ma fille. Elle sera bientôt femme, si elle ne l'est déjà, et je lui souhaite d'entrer à l'intérieur d'elle-même. Je lui parlerai... Après ma mort, elle lira ces feuillets et elle saura.

Enfin, il restait un petit bout de papier sur lequel elle avait écrit d'une main tremblante:

L'été dernier, avons fait l'amour dans la vase au bord d'une rivière. J'en avais eu moi-même l'idée et Jacques avait acquiescé, à ma grande surprise. Il comprend ce genre de choses: se mêler au limon de la terre au moment où l'on cherche à se propulser vers le ciel au moyen de l'amour. Maintenant je dois retourner à la terre, cette nuit, le 16 novembre 1976...

Et je me souvins que la veille de son suicide elle m'avait dit: «La soif d'absolu contient toutes les soifs.» Était-ce cela qu'elle avait en tête quand elle avait écrit: «Je lui parlerai»? Pouvait-elle considérer que c'était suffisant, comme ultime message? Quoiqu'il en soit, il me restait quelques certitudes. D'abord, j'avais maintenant la conviction qu'à la fin de ses jours, maman n'était pas folle. Elle vivait avec plus d'intensité que deux cents personnes réunies, voilà tout. Deuxièmement, elle n'avait rien perdu de son prestige à mes yeux. Troisièmement, son témoignage écrit confirmait ce que j'avais deviné à propos de mon père: son indifférence à l'égard de maman était une chose dont elle avait souffert, et qui avait probablement contribué à la pousser dans les bras de Jacques. Mais à ce sujet, on peut affirmer que le jeu du hasard et la magie de l'attraction sont plus déterminants que tout le reste. Enfin, enfin, le plus important: la lecture de son «journal» m'avait donné le goût de voir Jacques. Il m'attirait d'autant plus qu'elle le décrivait comme un être dangereux, celui dont elle avait été la proie facile, la chose, la femme-objet, ce qu'il y a de plus répugnant pour une femme d'aujourd'hui, mais en même temps il avait été sa passion dévorante. Pour lui, elle s'était consumée, détruite, et cela, elle semblait l'avoir fait avec bonheur. N'était-ce pas une belle destinée, malgré tout?

LA BÊTE AU SOUS-SOL

Avec le temps, voir Jacques allait devenir une obsession. Évidemment j'avais conservé le bout de papier sur lequel était écrit son numéro de téléphone, mais je ne pouvais me résigner à l'appeler malgré le désir que j'en avais. Le temps passait, semaines, mois, et je continuais à potasser les livres de ma mère, tombant souvent sur des passages soulignés, sur des pages annotées, et parfois sur des bouts de papier griffonnés de sa main, laissés là en guise de signets. Elle semblait avoir pris un malin plaisir à juxtaposer des propos scatologiques aux idées les plus élevées des auteurs. Ainsi, dans Histoire de la philosophie occulte d'Alexandrian, je trouvai un bout de papier sur lequel elle avait écrit:

> Avalé mon déjeuner sans me laver les mains, pour respirer encore l'odeur de son pénis et de son anus... Sur mes lèvres il y avait des traces de sperme qui devaient donner

une drôle de contraction à mon sourire. Jacques est mon «antimimon». Je ne suis pas responsable. Délices!!!

Ce billet marquait une page du chapitre consacré à la «grande tradition de la Gnose», et le passage souligné était le suivant:

> Pourtant, la Gnose croit à la non-responsabilité humaine, en raison de son fatalisme astrologique. «Qui force l'homme à pécher?» demande Marie-Madeleine. «Les Archontes du destin, ce sont eux qui forcent l'homme à pécher», lui répond Jésus. En effet, les sept Archontes des planètes créent avec leur souffle une anti-âme, l'antimimon ou esprit de contrefaçon, qu'ils scellent à l'âme véritable et qui lui reste unie jusqu'à la mort. L'antimimon, capable de prendre toutes les formes, de faire passer des erreurs pour des vérités ou des vices pour des vertus, entraîne l'âme aux pires égarements.

Intellectuellement, je n'étais pas assez outillée pour décider si telle ou telle affirmation des gnostiques ou des alchimistes était vraie ou fausse. Ce qui m'en restait, c'était une image de ma mère. L'image d'une femme qui s'amusait, planant au-dessus de ces débats qui deviennent vite stériles quand les philosophes se désincarnent. Apparemment, maman boulangeait son pain, gardant toujours la main à la pâte. Pour fournir du travail à Dieu (le four qui fait lever le pain), il faut commencer par boulanger, les pieds sur terre et la paume au gland. J'admets cependant que parfois son sens de l'humour aurait pu paraître douteux à ses collègues, s'ils avaient su... Ainsi par exemple, ce petit papier griffonné d'une plume alerte:

> Enculée hier à trois heures précises, le Vendredi saint! Autant d'étoiles que d'épines à la couronne du Christ.

> Poisson, symbole du Christ, nourriture... ce qui doit être mangé. L'être aimé doit être avalé. Crucifixion, geste gratuit par excellence. Manger Dieu qui est amour, qui est sacrifié. Au bout, la lumière des étoiles. Parvenue à son intensité maximale, la lumière égalise tout.

Ce petit billet était inséré à la page 199 de Aïon (C. G. Jung), où elle avait souligné le passage suivant:

> J'ai essayé de démontrer, dans ce qui précède, dans quelle sorte de matrice psychique la figure du Christ a été reçue au cours des siècles. S'il n'existait pas d'affinité («d'aimant») entre la figure du Sauveur et certains contenus de l'inconscient, jamais un esprit humain n'aurait pu voir la lumière «dans le Christ» et la saisir avec ferveur. Le lien entre les deux est l'archétype de l'homme-dieu qui, d'une part, fut une réalité historique «dans le Christ» et, d'autre part, en tant qu'existant «éternellement», gouverne l'âme comme totalité supérieure, c'est-à-dire Soi. Il est, tel le prêtre dans la vision de Zozime, un *kyrios ton pneuvmaton,* ce qui n'est pas seulement un«Seigneur des esprits», mais aussi un «Seigneur maîtrisant les (mauvais) esprits», ce qui est une signification essentielle du kyrios chrétien.

Voilà pourquoi j'étais muette... Muette mais drôlement travaillée par les feux qu'elle allumait en moi, avec ces allusions aux débordements qu'elle se permettait, auxquels elle avait droit, devrais-je dire, grâce à son amant. À ce moment-là, je n'arrivais pas à comprendre pourquoi elle mêlait ses expériences sexuelles avec ses connaissances scientifiques. Peut-être était-elle parvenue à un point où tout se confondait avec un égal bonheur dans son esprit? C'était probablement ce qu'elle voulait dire en notant: «Parvenue à son intensité maximale, la lumière égalise tout.»

Autre petit signet:

> Le Dieu de la Bible a un grand défaut: il ne rit pas. C'est sans doute pour cette raison qu'il y a eu des gens pour croire que son frère était le diable, son double, celui qui rit, ou du moins qui ricane... Étant donné que les Églises avancent sur des rails comme des locomotives, elles ne peuvent se permettre le luxe de telles croyances. Et pourtant, ces deux êtres (Dieu et le diable), étant des inventions de la conscience humaine, il n'y a rien là d'incompatible... ou de scandaleux...

Au verso du même papier, la note suivante: «Don Juan est en enfer non pas parce qu'il fut un baiseur mais parce qu'il était un lâche!»

Quelques jours après avoir lu ces «petits papiers» qui me laissaient perplexe, je fis un rêve étrange. Dans un vaste décor vallonné, on descendait le Christ de la croix. La lumière était incertaine comme une aube malade, et tout était silencieux, à part le bruit que faisaient des hommes porteurs de chaînes. Vêtue de blanc, ma mère s'approcha et le Christ était devenu un dragon. Elle s'attabla puis se mit à manger le dragon.

À ce moment-là, nous étions revenus de voyage depuis plus de deux ans, mon père et moi. J'avais obtenu mon bac et je me préparais à entrer à l'université, sans grand enthousiasme il faut bien l'avouer. D'une part, le chômage avait commencé à frapper les diplômés et, d'autre part, j'avais le sentiment que j'apprenais davantage en m'enfermant dans le bureau de maman et en fouillant dans ses livres.

— Qu'est-ce que tu veux faire dans la vie? m'avait demandé mon père, qui de temps en temps éprouvait le besoin de faire sentir sa présence, de montrer qu'il prenait ses responsabilités.

— Être heureuse...

Bouche bée, regard amusé qui signifiait: «Ah! Les jeunes d'aujourd'hui, rien à faire avec ça...»

— Le droit, ça ne t'intéresse pas? Grâce aux gens que je connais, tu pourrais faire une carrière facilement.

Dans son esprit, le bonheur se confondait avec l'argent.

— Le droit, j'en ai rien à foutre.

— Fais ce que tu voudras mais fais quelque chose... J'ai les moyens de te faire vivre, bien entendu, mais pour ta propre satisfaction...

Ma propre satisfaction, c'était de comprendre, de connaître, de savoir pourquoi j'étais au monde, à quoi pouvait servir mon corps... Me connaître moi-même. Si chaque étoile avait sa place dans le cosmos, il devait bien y avoir un petit quelque chose au fond de mon âme qui donnait un sens à mon existence parmi ces milliards d'humains qui se débattaient, criaient, tuaient, aimaient, crevaient de faim, inventaient, roulaient vers la mort comme d'immenses vagues qui viennent se fracasser sur le rivage l'une derrière l'autre, éternellement. En réalité j'avais le tournis, à la suite de ce que j'avais vécu et lu. Je n'arrivais pas à accepter l'idée de la fleur poussant sur le fumier, et je rêvais bêtement d'une puissance occulte qui aurait pu arrêter le temps.

Toujours est-il que ce dernier rêve, dans lequel j'avais vu ma mère manger le Christ-dragon, fut déterminant pour moi. Le lendemain, j'étais décidée à retrouver Jacques, à le connaître, à me mesurer à lui. Pourquoi et comment ce rêve avait-il eu un pareil effet, je n'en sais rien. Tout ce qui est certain c'est qu'en me réveillant le lendemain matin, ma décision était prise: «Il faut que je le voie!»

J'avais quand même une peur atroce de passer à l'action. Pendant des semaines, je lorgnai le petit bout de papier sur lequel maman avait écrit son numéro de téléphone, sans parvenir à décrocher le récepteur. D'ailleurs je me comportais d'une façon étrange. Chaque fois que je me préparais à composer le numéro, je sortais du bureau de maman et je courais dans ma chambre. Là, j'enlevais mes vêtements et je me plaçais devant la glace. Je voyais une belle jeune femme: lignes harmonieuses, seins fiers, hanches généreuses, pubis fleuri, jambes droites et fines, visage ouvert, lèvres fraîches. Et je me disais: «Je suis un beau labyrinthe habité par quelqu'un que je ne connais pas. Ce quelqu'un dort en moi et j'ai peur de le réveiller. Celui qui dort est toujours un serpent. Quand il se réveille, c'est pour avaler...» J'avais l'air saine et pure mais, en réalité, je me sentais comme un mensonge ambulant, c'est-à-dire capable de n'importe quel crime.

Un jour je me rendis compte que si j'avais peur d'entrer en contact avec Jacques, c'était pour une raison très simple: je prenais pour acquis que j'allais le séduire. Fatalement! Une fois de plus, je m'étais mise dans la peau de maman. L'imagination enflammée par ce que j'avais lu de leurs relations, je me construisais chaque jour un roman nouveau, plus compliqué et plus noir que le précédent. Il m'apparut tout à coup évident que Jacques pourrait très bien m'envoyer paître. Alors il ne resta plus en moi que la saine curiosité, et je composai le numéro, en me disant d'ailleurs que le numéro en question n'était probablement plus le bon.

C'était de nouveau le printemps. Sous ma fenêtre il y avait le lilas blanc qui était en train de fleurir et son odeur montait jusqu'à moi pendant que j'entendais la sonnerie du téléphone à l'autre bout du fil. Un coup, deux coups, trois coups... «Je rappellerai demain...»

— Allô?

À cet instant précis, j'eus la certitude que j'entendais les premières notes d'une musique inspirée par le diable en personne, une symphonie qui allait éclater aux quatre coins du ciel, qui allait me secouer de fond en comble. Je le laissai répéter son «allô» à deux ou trois reprises, pendant que ma jugulaire faisait un bruit d'enfer dans le récepteur.

— Jacques?

— Oui...

— Ici Sonia. Je suis la fille de Marie-Hélène et je voudrais vous voir, dis-je d'une traite.

— Sonia!

Par le ton de sa voix, impossible de savoir si la surprise l'emportait sur l'embarras. Il y eut un long silence au bout du fil, puis il m'offrit d'aller le rencontrer le lendemain à son bureau, fixant l'heure et me donnant l'adresse d'une voix apparemment neutre. Quand je raccrochai, je tremblais comme une feuille. Dans mes fibres les plus intimes, je savais que je venais de franchir un petit Rubicon. Rien ne serait plus pareil désormais.

À onze heures le lendemain, au douzième étage d'un édifice, une secrétaire sans âge mais amène poussa la porte en chêne d'un bureau pour me laisser passer. Jacques se leva, fit le tour de son large pupitre et je marchai vers lui, lentement, sur le tapis épais. C'était bien lui! Oui, mais d'abord chasser l'image à tout prix! Je ne l'avais vu qu'une fois, mais dans quelle posture! Élancé, droit, il souriait en me regardant avancer. Il me sembla que la distance à parcourir était immense. Sa main tendue reçut la mienne et la pressa délicatement. Il aurait pu m'embrasser, et son geste ne m'eût pas semblé déplacé.

— Très heureux de vous connaître... Assoyez-vous...

Je me laissai tomber dans un fauteuil en cuir mou, de la même couleur que les boiseries.

— Vous êtes gentil de me recevoir...

— Mais je suis ravi... Qu'est-ce que je peux faire pour vous?

La question me parut fort embarrassante et même idiote. Tout simplement parce que je n'y avais pas pensé. Pour moi, c'était évident. Mais qu'est-ce qui était évident, au juste? Pendant que je rougissais et que je souriais, un peu bébête, il y avait une réponse à sa question qui apparaissait à la lumière d'un faible clignotant au deuxième niveau de ma conscience: «Mourir pour moi.» Pour mon esprit agité à ce moment-là, cette réponse était folle et je la refoulai sans trop de difficulté. (Ce qui ne l'empêcha pas de refaire surface un peu plus tard.)

Ce qui se passait, c'est que ma mère, par sa conduite avant sa mort et par son «journal», m'avait donné le goût de connaître cet homme. Et pour arriver jusqu'à lui, dans son bureau, j'avais accompli tout un cheminement que, dans mon incohérence sentimentale, je supposais avoir été le même chez lui. Évidemment, il n'en était rien. Jacques était un adulte, un mâle qui vivait à deux mille lieues de mes préoccupations. Savait-il seulement que maman était morte.

Et maintenant il me souriait, l'œil interrogateur, calme, mais chargé d'ondes qui me dardaient sans arrêt. C'étaient comme des sondes invisibles que tout son être m'envoyait pour me tâter. Le maquignon de l'âme. Je faiblissais, remerciant le ciel d'être assise. Et pendant que je cherchais une façon de répondre à sa question, je me demandais si mon chemisier était convenable, si mon pantalon était assez serré, pas trop, etc. À ma grande honte, j'avais envie qu'il me trouve belle, désirable, mais l'instant suivant je n'avais pas honte du tout, car je devais admettre qu'il était follement séduisant. D'ailleurs, «séduisant» n'est pas tellement le mot juste. Jacques me tenait déjà dans un filet invisible, et il me regardait me débattre, petit poisson dont il scrutait attentivement la vigueur des coups de nageoires et le miroitement des écailles.

— Voulez-vous boire quelque chose? demanda-t-il, et cette obligeance était aussi une sonde qui m'entrait doucement dans la peau.

— J'ai pas l'habitude de boire à cette heure-là...

Comme j'avais répondu mollement, il se leva dans un mouvement lent de bête paisible et ouvrit un meuble d'où il sortit un whisky de première qualité.

— Ça vous va?

Je fis un petit signe de tête affirmatif, ayant pris

la décision d'avaler cet alcool et de déguerpir. Je n'étais pas de taille. Soudain, l'idée de me mesurer à cet être qui avait fait trébucher ma mère me paraissait absolument folle.

— Vous avez bien fait de m'appeler... Je suis content de vous connaître, dit-il en me tendant un verre.

— À votre santé.

Nos deux verres se touchaient doucement, et il me regardait avec intensité. Mais j'étais incapable de savoir ce qu'il y avait dans ses yeux. Pourtant je savais déjà lire dans un regard d'homme et y détecter le désir. Mais avec lui, c'était différent. Tout ce que je parvenais à voir dans ses yeux, c'était une force tranquille. Une force d'animal qui se sent supérieur à ses congénères.

— Si je comprends bien, vous savez que j'ai eu une aventure avec Marie-Hélène.

— Oui.

— Est-ce que ça vous choque?

Encore une question qui me parut incongrue, pour ne pas dire plus. Me prenait-il pour une oie blanche?

— Non pas du tout. Est-ce que vous savez que maman est morte?

— Bien sûr! Je vous offre mes condoléances.

— Merci.

Le temps mort qui suivit fut meublé par la lente déglutition d'une gorgée d'alcool qui se fit de part et d'autre, pendant que les questions se bousculaient dans ma tête. L'avait-elle mis au courant de son projet? Lui avait-elle fait le jeu du chantage? «Reviens-moi ou je me suicide!» Et pourquoi parlait-il de cette affaire sur un ton aussi détaché? Il n'avait pas de cœur?

— Vous savez qu'elle s'est suicidée?

— Oui, bien sûr... Un malheur... J'imagine que pour vous, ç'a dû être un choc terrible. J'espère que vous avez surmonté cette épreuve?

— Oui, maintenant ça va...

— Bien, bien... Il faut vivre à tout prix!

Alors il se passa quelque chose d'affreux. Soudain, j'eus l'impression que par nos propos conventionnels échangés sur le ton le plus poli, nous étions en train d'enterrer maman pour de vrai! La terre n'avait pas recouvert ses cendres! C'étaient nos paroles qui la faisaient disparaître complètement. Or cet enterrement moral était plus déchirant que l'autre, qui d'ailleurs m'avait laissée froide.

— Excusez-moi...

Je me levai d'un bond et sortis en sanglotant. Je ne sais pas s'il essaya de me retenir par des gestes ou des paroles. Je n'entendis rien, ne vis rien. Je fuyais, sourde et aveugle.

Je me retrouvai sur le trottoir de la rue Sainte-Catherine, au centre-ville, déboussolée, pleurant, allant nulle part au milieu de tous ces gens qui s'énervaient sous le soleil de juin. On approchait du solstice d'été et l'atmosphère était à l'éclatement. Formidable, la poussée vitale qui empoignait le monde le rendait insensible à la peine d'une jeune fille anonyme. Apparemment, personne ne vit mes larmes. Heureusement...

Mais la crise passa, comme toutes les crises. Le

soir, énervée par la chaleur et par le soleil qui n'en finissait plus de se coucher, je m'enfermai dans ma chambre. Mon corps me commandait de sortir, de courir, d'aller voir des amies, de rencontrer des garçons et de me donner. C'était «l'heure exquise» où la poussée du sang se fait violente. Mais moi je me voulais seule, fenêtre ouverte, à me contenter de respirer les odeurs qui montaient du jardin. Marguerite était à sa fenêtre, Faust et Méphisto étant en vacances quelque part dans un autre monde. Je n'en éprouvais pas moins cet indicible besoin qui, à cette heure et à cet âge-là, transforment les humains en fauves qui sillonnent la jungle en lançant leurs appels aux quatre coins du ciel.

C'est peut-être la raison pour laquelle j'éprouvais tant de haine pour Jacques à ce moment-là. Il m'avait abandonnée avant même de m'avoir prise, le salaud! En réalité si je restais à la maison, c'était parce que j'attendais un coup de téléphone. Normalement, il aurait dû s'inquiéter de mon état, et en homme civilisé qu'il devait être... Mais non, le téléphone restait désespérément muet. Non seulement un macho de la pire espèce mais un goujat! Voilà ce qu'il était! Pendant ce temps, avec la plénitude d'un dieu, le soleil se couchait sur la terre bienheureuse, gorgée de sucs, laissant sortir de son ventre ces innombrables tiges que la germination propulsait vers la lumière. La vie éclatait partout comme un chant libérateur. Et moi j'étais une terre stérile! Évidemment je n'aurais pas voulu coucher avec lui, comme ça, de but en blanc, mais j'aurais aimé être appréciée, désirée, reconnue comme une femme, un cœur, une âme... Le manteau de la dignité dont je me parais était si long qu'il traînait par terre et finissait par m'empêcher d'avancer.

J'avais quand même un refuge: le bureau de maman. Continuant mes «fouilles», je tombai sur un autre signet:

> Je l'ai pris, moi. Joué à l'homme... Pris possession de son corps par une longue série de touchers et de caresses sur la totalité de son corps, en l'obligeant à rester entièrement passif. Puis je l'ai vidé de sa semence à pleine bouche, après avoir simulé sur son ventre les gestes du mâle qui «cogne»... Il a joué le jeu de bonne grâce en y prenant un plaisir évident. Le mien fut d'un ordre supérieur, impossible à quantifier, mais que je qualifierais de divin...

Cette note se trouvait dans Introduction à l'essence de la mythologie de Jung et Kérényi, à côté d'un passage qu'elle avait souligné en rouge: «Il est un fait à noter: que peut-être la majeure partie des dieux créateurs du monde sont bisexués. L'hermaphrodisme ne signifie rien d'autre que la réunion des contrastes les plus forts et les plus marquants.»

Il m'apparaissait de plus en plus clair que maman ne s'était pas livrée en aveugle à une passion banale, qu'elle avait plutôt voulu être lucide, qu'elle avait pour ainsi dire «construit» son amour en y apportant toutes les connaissances qu'elle possédait sur l'évolution de la conscience humaine. Elle avait atteint des sommets dont j'étais jalouse. Et cet idiot de Jacques l'avait plaquée! Pour moi, c'était un mystère de plus à élucider.

Chaque jour je trouvais un ou deux petits «signets» qui fouettaient mon imagination de jeune femme à l'expérience limitée, qui me mettaient en transes, avec pour résultat que j'éprouvais de plus en plus le besoin de connaître cet homme. Mais il s'était écoulé plusieurs jours depuis ma visite et j'étais toujours sans nouvelles de l'affreux personnage. J'en vins à déformer la réalité au point où je me trouvais dans l'obligation de lui téléphoner moi-même: c'était moi qui l'avais dérangé, et je l'avais quitté brusquement, sans explication, de façon très impolie. C'était mon devoir de lui téléphoner pour... peut-être pas pour m'excuser mais au moins pour lui expliquer que ce jour-là je n'étais pas dans mon état normal, etc. Et un soir je composai son numéro. Pas de réponse. Soulagement et explication: il avait dû s'absenter le jour même de ma visite, ou il était en vacances, et voilà pourquoi il n'avait pas donné signe de vie! C'était simple! J'aurais dû y penser avant! Je recommençai le lendemain.

— Allô?

C'était lui! La voix posée, calme, assurée. La voix du bonheur tranquille. Cette voix me désarmait.

— Allô... C'est moi, Sonia.

— Ah! Sonia! C'est gentil de me téléphoner. Comment allez-vous? Je me faisais un peu de souci à votre sujet. Ça va mieux?

— Oui... Justement, je voulais m'excuser de vous avoir quitté si brusquement l'autre jour. C'était pas très poli de ma part...

— Mais non! Mais non! Justement, on pourrait peut-être continuer cette conversation, si vous en avez envie, bien entendu...

— Si vous voulez...

En quelques secondes j'étais redevenue le poisson qui gigote dans le filet.

— Si vous êtes libre, voulez-vous déjeuner avec moi demain?

— Moi, vous savez, je suis plutôt libre...

Prisonnière, j'acceptai le rendez-vous pour le lendemain à midi trente, dans un bon restaurant de la rue Crescent. Et l'été battait son plein, et je me sentais pleine de sève. La nuit était tiède et je me traitais d'idiote parce que j'avais eu un comportement inexplicable: «Pourquoi l'avoir rappelé puisque je le déteste?» À première vue, pas de réponse. Je ne pouvais me contenter de la vieille explication selon laquelle il y a autant d'amour que de haine dans la répulsion. Cela n'expliquait pas tout, j'en étais sûre. Étendue sur mon lit, à l'aube de ma vie, écoutant la respiration de la nuit chaude et gorgée de forces viscérales, consciente du fait que je portais en puissance une charge de bonheur formidable, j'en venais à la conclusion qu'en disparaissant ma mère m'avait reliée à cet homme. Pourquoi? Je n'en savais rien. Mais depuis que j'avais vu Jacques pour la première fois dans le salon avec maman (et cette scène était toujours présente à mon esprit), il s'était passé des choses bizarres. «Tout se tient!» affirmait-elle avec chaleur. Je partageais cette opinion, ce qui me portait à croire que, même en rêve, elle pouvait exercer un certain pouvoir sur moi. Et puis, n'était-ce pas à mon intention qu'elle avait laissé toutes ces notes plus ou moins choquantes entre les pages de ses livres? Il m'arrivait de penser, même si cela me semblait outrecuidant, qu'elle avait été incapable d'accorder les exigences de son corps à celles de son esprit, et qu'elle me suggérait de le faire à sa place. De prendre la relève, pour ainsi dire. Drôle d'héritage, si c'était le cas...

Lorsqu'il me tendit la main, au restaurant, j'eus l'impression de couler dans ses yeux comme dans une mer sans fond. Deux trous noirs qui avaient l'air de s'ouvrir pour m'absorber. Et je me sentis toute petite.

— Je suis très content de vous voir!

— Moi aussi...

La conversation allait-elle repartir sur le mode conventionnel qui enterre les vraies questions? Apparemment, Jacques avait une façon de vous aborder qui annihilait tout ce qu'il y avait d'agressif ou de positif en vous. C'était révoltant mais sa puissance tranquille gommait aussi votre révolte. Une fois réglées les banalités du menu, le garçon étant reparti, il fallut bien en venir au fait, c'est-à-dire pourquoi j'étais en sa compagnie. Mais je ne disais rien, me contentant de subir son regard qui m'enveloppait, s'enroulait, semblable à une caméra qui tourne autour d'un personnage pour l'enfermer dans un cercle.

— On devrait peut-être se tutoyer? demanda-t-il avec un beau sourire.

— Bien sûr.

— Écoute, je voulais te dire que ta mère était une femme extraordinaire... Si tu permets que je te parle d'elle un peu, sans que ce soit trop pénible pour toi.

— Au contraire! Maintenant j'ai accepté sa mort.

— Bien... J'espère qu'elle a eu l'occasion de te donner beaucoup d'elle-même.

—Je l'espère aussi. On verra, avec le temps...

— Oui, je suis sûr qu'il y a beaucoup d'elle en toi... Ça se sent.

— Tu l'aimais beaucoup, ou pour toi c'était seulement une histoire de sexe?

C'était une question plutôt directe mais comme je connaissais certains détails de leurs relations, je ne pouvais m'empêcher de la poser. Prudent comme un chat qui arrive en terrain inconnu, Jacques prit le temps de réfléchir. Ce qui me donna à penser qu'il ne l'avait pas aimée vraiment.

— Tu sais, j'ai eu quelques aventures dans ma vie; pas tellement (!) mais quelques-unes. Et jamais je suis arrivé à me dire: «Oui, ça c'est vraiment de l'amour. De l'amour vrai, profond...» Parce que je n'arrive pas à définir exactement ce que c'est, cette chose-là. Tout ce que je sais, c'est qu'il vient un moment où on a envie d'une femme, d'être avec elle, de la posséder, de lui donner ce qu'il y a de plus secret en nous. Toutes sortes de choses de ce genre-là. Mais est-ce que c'est ça, l'amour? Est-ce que c'est seulement ça?

J'étais encore trop jeune pour pouvoir répondre à cette question, mais j'étais d'avis que tout ce qu'il y avait de positif dans son discours, c'était justement le fait qu'il se posait la question. Pour le reste, j'avais la certitude qu'il parlait comme un mâle assez séduisant pour avoir la vie facile avec les femmes. Et dans ma petite tête, les clignotants rouges s'allumaient.

— Pourquoi l'as-tu laissé tomber, si je peux me permettre?

Ses yeux se rétrécirent subitement, pendant qu'une belle ride se creusait sur son front.

— Elle te l'a dit?

— Pas directement, mais je le sais.

— Bon... C'est vrai. Pour quelle raison? C'est plus difficile à expliquer.

Bon prince, je laissai tomber:

— T'es pas obligé, tu sais. Je suis consciente du fait que, venant de moi, il s'agit peut-être là d'une curiosité malsaine.

Alors il ouvrit une porte qui donnait sur une pente douce, une pente toute naturelle qui m'appelait et sur laquelle je me laissai glisser car, au fond, c'était tout ce que j'attendais. Il tendit sa main sur la nappe et la posa sur la mienne en l'enveloppant avec chaleur. Et c'était bon!

— Écoute, à toi, je voudrais tâcher de dire la vérité... J'éprouve le besoin de te dire exactement ce qui s'est passé en moi. Pas seulement parce que je te le dois, mais parce que j'ai l'impression que toi aussi, comme ta mère, tu es une femme exceptionnelle.

— C'est pas de la flatterie, ça?

— Non, je te le jure...

Puis il retira subitement sa main, comme s'il avait tout à coup senti une brûlure à mon contact. Était-ce un jeu? Impossible de le savoir, mais le résultat était là: en se retirant, il m'appelait. C'est-à-dire que sa main ayant abandonné la mienne alors que je la trouvais bonne, j'éprouvais maintenant le désir d'aller vers lui. Du moins, j'étais apte à recevoir son discours.

— Je pense qu'il y a plusieurs raisons pour lesquelles j'ai rompu avec ta mère, mais le plus curieux, c'est qu'il y en a aucune qui soit évidente. D'abord j'étais passablement plus jeune qu'elle. Mais physiquement c'était pas un problème. J'espère que ça te choquera pas mais... le moins qu'on puisse dire, c'est qu'elle était terriblement désirable. (Il ne prit pas la peine d'ajouter: «Comme toi d'ailleurs», ce qui me déçut un peu.) Mais sur un autre plan, plus rationnel disons, ça me dérangeait. Même si elle était trop jeune pour être ma mère, je trouvais qu'il y avait là quelque chose de malsain. Plus tard j'ai découvert que c'était surtout mon orgueil de mâle qui en souffrait. J'avais peur d'être dominé, intellectuellement. Pourtant, je le répète, sur le plan physique, les choses se passaient merveilleusement bien. (J'aurais pu lui donner des détails, en effet, mais je gardai le silence. Lui dire que je les avais vus faire l'amour aurait certainement mis fin à sa «confession».) Physiquement, je crois que nous nous possédions mutuellement. L'amour de ta mère était absolu, total, ce qui revient à dire destructeur. C'était un ouragan. Pour le vivre normalement, cela supposait, sur le plan pratique, le divorce et le démembrement d'une famille, chose courante de nos jours mais qui me faisait peur, même s'il ne s'agissait pas de ma famille à moi. Mais le plus déterminant, pour moi, ç'a été de me rendre compte que son amour était un véritable volcan, qu'il allait fatalement m'entraîner vers quelque chose de tragique... Étant donné que j'étais l'objet de cet amour, tu pourrais penser que c'est par fatuité que je dis ça, mais c'est pas vrai, je te le jure. Je le dis en toute simplicité (formule un peu fade en l'occurrence!). J'ai été incapable de la suivre. J'ai eu la trouille et j'ai sauté en bas du train.

Tout en l'écoutant, je mangeais un délicieux filet de sole et, à petites gorgées, je dégustais un bon chablis. Ce qu'il disait avait du sens mais il n'en restait pas moins que, à mes yeux, il était responsable d'un suicide... Responsable involontaire, peut-être, mais responsable quand même. Et ce qui me chiffonnait, par ailleurs, c'est qu'il en parlait sur ce ton presque détaché, comme s'il avait été en dehors de la question.

— Est-ce que tu t'es senti coupable quand tu as appris qu'elle s'était suicidée?

— Ça m'a fait beaucoup de peine et pendant quelques jours, oui, je me suis senti coupable, jusqu'à un certain point... Mais en y réfléchissant à tête reposée, j'en suis venu à la conclusion que je n'étais pas en cause. Je savais qu'elle avait beaucoup souffert de la rupture, mais ta mère était trop intelligente pour plonger dans l'autre monde à cause d'une peine d'amour.

Je déposai ma fourchette. Dans ses propos, il y avait quelque chose qui ressemblait à une contradiction: l'amour de maman était selon lui «volcanique», mais en même temps elle avait la tête assez froide pour perdre cet amour sans faire un coup d'éclat? Je le regardai attentivement, fascinée une fois de plus par le ton sur lequel il parlait de cet événement. À l'entendre, on avait l'impression qu'il s'agissait de quelqu'un d'autre.

— Tu crois que maman s'est suicidée pour des raisons... philosophiques, si je peux employer un mot pompeux?

— J'en suis sûr... Amoureuse déçue ou pas, elle aurait fini par le faire.

— Qu'est-ce qui te fait croire ça?

L'eau calme de ses yeux sembla se brouiller un peu et, par l'une de ces contradictions dont la nature est souvent capable, révéler un peu plus de son âge que la limpidité habituelle de son regard.

— Au cours des quelques mois où je l'ai fréquentée, j'ai cru déceler chez elle un profond besoin de vivre ce que j'appellerais un ultime déchirement, et de le vivre à un moment de sa vie où elle serait encore en pleine possession de ses moyens, afin que cet événement ait plus de portée. Cet «ultime déchirement», à mes yeux, serait la contrepartie toute naturelle de la naissance, du don de la vie, chose que la femme peut faire mais pas l'homme. Pour exprimer cette idée, elle avait trouvé une petite phrase que je n'ai pas oubliée: «La soif d'absolu contient toutes les soifs».

— Mon Dieu!

En une fraction de seconde, toute l'atmosphère de ce 15 novembre me revint en mémoire, avec sa charge d'émotions multiples sculptées par le temps, rendues plus aptes à troubler le paysage de l'âme.

— Qu'est-ce qu'il y a? demanda-t-il, et pour la première fois je sentis chez lui une chaleur qui me réconforta. Cet homme était donc un être humain!

— Rien, rien... Seulement, cette petite phrase, elle me l'a glissée à l'oreille la veille de sa mort. Et moi non plus je ne l'ai pas oubliée... Dans les jours qui ont suivi, je me suis même sentie coupable de ne pas l'avoir interprétée comme il le fallait, de sorte que je n'avais rien fait pour éviter la catastrophe...

— Pauvre enfant...

Pendant quelques instants nous sommes restés suspendus à ce fil invisible que maman avait tendu entre nous deux, cet homme qu'elle aimait et moi, sa fille, sa chair. Alors j'eus l'intuition que je venais de trébucher ou du moins de m'engager sur une route difficile, parce qu'à ce moment-là le flash-image-rêve éveillé que j'avais eu en m'embarquant à Athènes me revint à l'esprit: j'avais perdu une dent et on m'enfonçait une tige rigide dans le trou laissé béant.

Le reste du repas fut chaleureux. Il eut même quelques regards qui semblaient trahir un véritable intérêt pour ma petite personne, mais toujours enrobés de cette prudence dont il semblait incapable de se départir. Après le café il offrit de me raccompagner à la maison, ce que j'acceptai avec plaisir. Je me retrouvai donc sur la banquette avant de sa voiture, une «machine» qui correspondait à la situation financière qui semblait être la sienne. Pendant le trajet, je ne pus m'empêcher d'imaginer certaines scènes qui avaient dû se dérouler à l'endroit même où je me trouvais assise. D'après ce que j'avais lu dans le «journal» de maman, je savais bien que mes élucubrations sexo-ludiques pouvaient à peine approcher la réalité.

— Depuis quand as-tu cette voiture?

— Quatre ans... Pourquoi?

— Comme ça, pour rien. Je la trouve très confortable.

Et dans son œil trouble, l'espace d'un instant, je vis les mêmes images qui se bousculaient dans ma tête. L'explosion de la chair, la merveilleuse et sombre recherche du plaisir. J'avais la tête en feu. Devant la maison, au moment de descendre, je lui offris de venir prendre un digestif, histoire de pousser un peu plus loin le petit jeu de la conversation-inquisition, mais il refusa poliment.

— Ça ne m'empêche pas d'être très content d'avoir eu cette conversation avec toi.

— Moi aussi je suis contente.

Un merle chanta, lançant à plusieurs reprises ses trois notes semi-circulaires aussi aiguës que joyeuses. Il y avait aussi un bourdonnement d'abeilles venant des plates-bandes. L'atmosphère était calme, mais en même temps on sentait que l'air était plein à craquer de tout ce qui montait de la terre, véritable explosion de vie animale et végétale. Ce n'était plus de l'air que je respirais mais du vin. Nous nous regardions, secoués tous les deux par le maelström de toute cette turgescence mais, en même temps, immobilisés par la même question qui se posait à chacun de nous: «Qui suis-je pour toi?» Car cette question était sans réponse. Et à ce moment précis, aucun de nous deux ne voulait laisser croire qu'il était disposé à ouvrir les portes et se laisser visiter. Tout cela rendait l'instant délicieux, capiteux, lourd comme une pêche sur le point d'éclater pour laisser couler son jus. C'est peut-être à cause de cela que tout à coup je me penchai vers lui en tendant ma joue à embrasser. (Je découvris plus tard que mon geste était aussi provoqué par le fait que je me trouvais assise à la place autrefois occupée par ma mère.) Il s'exécuta avec une gentillesse qui me parut calculée: sans réticence ni empressement. Mais il me regardait avec intensité et il dit:

— Décidément, t'es pas une jeune fille ordinaire.

— Je ne suis pas une jeune fille. Je suis une jeune femme.

— Veux-tu qu'on se revoie? demanda-t-il avec une indifférence qui me parut plus ou moins fausse.

— Devine...

Et je descendis de voiture rapidement, avec toute ma sveltesse juvénile, genou délié et mollet ferme sous le soleil. Le bruit du moteur couvrit momentanément le chant des oiseaux et le bourdonnement des insectes, puis je me retrouvai seule avec le souvenir de ses lèvres sur ma joue mais, en même temps, tenaillée par le regret d'avoir agi comme une coquette, pour ne pas dire plus. Un trouble nouveau venait d'entrer en moi.

UNE FAUSSE ENTRÉE

Donc c'était l'été, et les fontaines chantaient. Le cœur de la terre pompait avec vigueur, l'humus éclatait pour laisser passer la vie sous les formes les plus diverses. Par tous ses pores l'écorce terrestre dégorgeait. Naturellement, mon corps était à l'image de la terre elle-même. Pour dépenser mon énergie il y avait le tennis avec Huguette, ma seule amie, et quelques jeunes garçons qui fréquentaient le court de Westmount. J'aimais beaucoup le tennis pour diverses raisons, dont l'une était qu'il satisfaisait mon petit penchant au narcissisme. Je me «voyais» bien dans ce costume blanc à jupe courte qui abandonnait mes cuisses et mes jambes à l'air libre, leur permettant de dessiner tous ces mouvements spontanés qui exprimait ma jeunesse, ma grâce, ma vigueur, mais surtout l'épanouissement de ma chair. Moi aussi j'éclatais! Et si j'avais pu me dédoubler, être à la fois sur le court en train de lever le bras pour faire le service et assise sur le banc à me regarder, nul doute que je me serais trouvée fort appétissante.

D'ailleurs ce que je pensais en secret, je le voyais confirmé dans les yeux des hommes qui se trouvaient là. Avec le résultat que je jouais très mal, étant plus attentive à détecter ces regards pleins de désir qu'à guetter les mouvements capricieux de la balle adverse.

Pourtant je tournais à vide. On me reconduisait à la maison, on m'invitait au cinéma, ce que j'acceptais parfois, on m'invitait à dîner, etc., mais je me retrouvais toujours seule entre mes draps pour la nuit, après avoir enduré quelques baisers plus ou moins audacieux. J'étais ailleurs, inatteignable, dans un monde que personne autour de moi ne fréquentait.

J'attendais. J'avais entrouvert la porte du labyrinthe mais personne ne se présentait. Du moins, pas celui que je voulais secrètement y faire entrer. Silencieux, le feu couvait, exacerbant mes nerfs, gonflant mes muscles qui perdaient patience. C'est ainsi qu'au cours d'un voyage à la mer, au mois d'août, alors que l'été perdait graduellement son éclat argenté pour épouser les couleurs du blé mûrissant, je sortis de l'eau en m'imaginant être la femme déifiée des premiers âges, et je fermai les yeux en disant «oui» au premier venu. Une jolie petite affaire banale, sans histoire et sans lendemain, qui m'apporta la même satisfaction qu'une séance de massage ou à peu près. Quelques jours plus tard, il ne me restait plus que le souvenir plus ou moins amer d'avoir subi une caresse maladroite. Pourtant, ce n'était pas la morale de «nos mères» qui m'étouffait, la liberté sexuelle n'étant déjà plus cet étendard que l'ancienne nouvelle génération portait à bout de bras. Les braves du *peace and love* avaient commencé à se marier et se jetaient dans les bras des «psy» pour adoucir le «vécu» de leur progéniture. Ce qui m'amenait à penser que l'amour, même quand on le déshabille des contingences imposées par les mœurs, ne se retrouve jamais nu. Enlevez-lui sa culotte, il se couvre aussitôt des brumes générées par le mystère. Et s'il en était autrement, ce serait l'apocalypse à cœur de jour.

Cependant, je continuais à fouiner dans les livres de ma mère, à la recherche des signets sur lesquels elle avait griffonné ces notes qui enflammaient mon imagination. L'été était en train de basculer comme un gros érable qui amorce son mouvement de chute, lorsque je tombai sur celui-ci:

> Prendre son pied, à lui... Ai joui grâce à son gros orteil. Dans son bureau, lui assis, la jambe tendue, le pied posé sur un tabouret. Je n'avais qu'à m'asseoir dessus et faire les mouvements, tout en le regardant dans les yeux. Et pendant que l'orgasme violent me secouait, je pensai à cette idée exprimée par le Bambara: la tête ne peut rien sans le pied...

Ce signet avait été chiffonné puis redéployé, et placé dans un petit livre qui s'intitule Le symbolisme dans la mythologie grecque, de Paul Diel, au chapitre consacré à Œdipe. Évidemment, ce n'est pas par hasard que le signet se trouvait là. En lisant l'article en question, j'appris que pour Diel le pied est le symbole de l'âme. Le pied est la force qui nous fait avancer, monter, accéder à la grandeur spirituelle. Attention au mot lui-même: Œdipe, Œ, œdème, pied enflé, donc tête enflée, infatué, donc handicapé spirituellement, est condamné à finir sa vie de façon tragique. Merci pour le renseignement.

Cette interprétation du mythe d'Œdipe me parut singulièrement intéressante, même si elle n'est probablement pas la seule possible.

Malheureusement, je fus incapable d'y réfléchir plus de quelques minutes. Fouettée par la description concise du geste de ma mère, mon imagination se mit à cavaler. Qu'est-ce qu'elle s'était payé comme exercice érotique! Et pas n'importe quelle cochonnerie, non! Tout ça rattaché à des symboles qui vous ramènent à l'âme, au divin! C'était incroyable! Elle avait réussi à se fourrer Dieu dans le vagin! (Puisqu'il est partout!)

De nombreuses questions m'assaillaient à propos de détails pratiques: la robe qu'elle portait ce jour-là, les souliers, était-ce en été ou en hiver? Était-elle arrivée au bureau de Jacques avec ou sans culotte? (Cette dernière question était pour moi particulièrement chargée de contenu lubrique.) Qui en avait eu l'idée, elle ou lui? Et comme la description de son geste était sèche, presque clinique, je travaillais comme une damnée à recomposer le tableau dans ma tête: elle avait souri en s'avançant, ironique (dans ces circonstances, j'avais la certitude que maman souriait toujours avec l'air de dire : «Je fais un pied de nez au monde entier»), puis elle avait écarté les jambes de chaque côté du tabouret, sans lever sa robe parce que cela donnait une touche plus secrète à l'opération, puis elle s'était accroupie lentement, jusqu'à ce que le bout de l'orteil touche le poil de ses lèvres et là, là, doucement ils avaient trouvé la fente en faisant de petits mouvements de côté, puis elle s'était laissée glisser sur la pointe de ce membre auréolé de divinité mais pour l'instant assujetti à l'orifice vaginal, ensuite elle s'était penchée pour prendre appui des deux mains sur la jambe de Jacques et alors elle s'était mise en mouvement, allant et venant de la croupe, chevauchant dans la nuit de sa recherche infernale, devenant cavalière et «jument de nuit» à la fois, cauchemar vivant, hurlant, chienne délirante mais sanctifiée par sa soif d'éternité.

Épuisée par cet exercice imaginaire, je m'allongeai sur mon lit, jambes ouvertes, les yeux au plafond. La passion de ma mère pour Jacques me rendait folle... d'une certaine jalousie. Cela me parut évident tout à coup, car j'eus un autre de ces rêves-éveillés-flashes-images, mais à la différence des autres qui avaient duré une fraction de seconde, celui-là sembla s'éterniser, c'est-à-dire durer le temps réel de l'action. Étendue sur le dos, je vis un pied prendre forme, les orteils étant ses racines enfoncées dans mon sexe, puis grandir, produire une jambe d'homme qui se dressait vers le plafond, droite, musclée, longue comme un arbre, et au bout de cet arbre-jambe, une tête prit forme lentement: celle de Jacques. Elle me regardait en souriant, et ce sourire était un appel douloureux, comme s'il m'avait invitée à partager avec lui une quête interminable, à l'issue pratiquement impossible. Il me vint alors à l'esprit que la vie était peut-être une condamnation, au sens le plus large du terme. Chercher sans même savoir ce qu'il faut chercher... Dans ces conditions, savoir que le pied est le symbole de l'âme m'apparaissait comme une mince consolation.

D'autant plus que dans la vraie vie, loin de ces phantasmes dans lesquels je naviguais tantôt avec douleur, tantôt avec ravissement, dans la vraie vie, Jacques ne me téléphonait pas. L'adorable salaud! C'était là sa force, je le compris plus tard.

Comme diversion il y avait les études. Mon père sortit des limbes lorsqu'il fut question de la faculté à laquelle je devais m'inscrire. Il faillit faire une crise de nerfs lorsque je lui dis, pour le taquiner, que je voulais me lancer dans l'étude des religions.

— Quoi? Comme ta mère!

— Ben quoi! C'est passionnant, les religions...

— C'est peut-être passionnant mais ta mère en est morte...

Sur ce sujet, il débitait des bêtises à pleins tubes. Ce qui me confirmait dans l'idée qu'il se sentait coupable de quelque chose, malgré son attitude. Il revint à la charge avec le droit. Rien que d'y penser, j'en avais la nausée.

— Je vais faire ma licence en Lettres.

Silence. Un temps de réflexion, puis:

— C'est ça, va rejoindre le peloton des crève-la-faim, des rêvasseux... Avec le parti qui est au pouvoir, t'as une chance de devenir ministre de la Littérature engagée...

La saute d'humeur passée, il redevint, sinon «le père tendre», du moins «le père responsable» qui ne veut pas être accusé un jour d'avoir acculé son enfant au désespoir, à la prostitution, à la drogue et autres dépravations de la jeunesse actuelle.

— Écoute, fais ce que tu voudras mais fais quelque chose. Et si tu as besoin de moi, je serai toujours là, financièrement...

Je l'ai regardé un moment, sans laisser tomber le «merci» qu'il attendait sans doute. Avec son «financièrement», il dégageait sa conscience de toute responsabilité. Pour lui, le reste ne semblait pas exister. C'est-à-dire l'essentiel: être heureuse avec l'âme et le corps dont j'avais hérité de mes parents, parvenir à la lumière de la connaissance. Il disparut dans ses affaires d'avocats et de contrats, de lutte contre le gouvernement au pouvoir. On avait commencé à parler du référendum et les discussions allaient bon train dans les deux camps.

J'allais donc à la faculté des Lettres pour préparer ma licence, et éventuellement mon doctorat. Un jour, je serais professeur de littérature. Il y a mieux comme carrière pour une femme intelligente mais il y a pire, ou moins drôle. À l'université c'était l'effervescence, non pas intellectuelle mais politique. Il n'y en avait que pour le PQ et son programme. Gonflés à bloc, les étudiants rêvaient du grand jour où, sans même avoir passé par les barricades, le «peuple québécois» s'élancerait vers l'avenir, fort, indépendant, libre!

Libre de quoi? Moi tout ce que je voyais, comme chaînes, c'étaient celles de la conscience, de la bêtise, de l'idéologie, de l'ignorance. Et pour s'en libérer, il était inutile d'avoir recours à un gouvernement, quel qu'il fût. En réalité, mon père avait raison, on pelletait des nuages. Des nuages enivrants mais des nuages quand même. Ce qui d'ailleurs me laissait absolument froide. À ce niveau, j'étais irrécupérable.

Viscéralement. Par égoïsme ou par lucidité intuitive? Probablement les deux à la fois.

— Tout est politique, ma petite fille!

— Mon âme aussi?

— L'âme n'a rien à voir là-dedans.

— Excuse-moi, on n'est pas sur la même planète.

Grâce aux études classiques que j'avais faites dans un collège privé et au bagage intellectuel hérité de ma mère, je m'aperçus bientôt que je volais à une altitude supérieure à celle de tous mes condisciples. (Haro sur la bourgeoisie!) Je pris donc assez rapidement l'habitude de sécher des cours sans le moindre remords.

J'avais tout ce que je voulais, excepté la satisfaction d'un désir qui devenait obsessionnel: l'appel téléphonique de Jacques. Il me paraissait certain que nous devions nous retrouver un jour ou l'autre. C'était inscrit dans ma destinée, j'en avais la conviction. Pourtant je ne pouvais me résoudre à faire le premier pas... pour la troisième fois! Il m'arrivait parfois de m'approcher du téléphone et de décrocher le récepteur, mais ma dignité de femme se manifestait sur-le-champ et se dressait devant moi, forçait ma main à déposer le combiné. C'était l'impasse.

Je n'en continuais pas moins de fouiner dans les livres de maman, à la recherche de ces signets qui étaient devenus pour moi une espèce de drogue, c'est-à-dire une chose qui m'enivrait tout en me faisant mal. Plus les notes étaient laconiques, plus elles enflammaient mon imagination, plus elles me torturaient. Celle-ci, par exemple: «Phallus... enfant. Garder l'enfant au chaud, entre ses seins, lui faire rendre l'âme...» Peu expérimentée, je n'avais jamais procédé à ce genre d'exercice, mais j'avais assez d'instinct pour comprendre ce que cela voulait dire, et je passai des heures à faire ce scénario, puis à le visionner dans ma tête, avec toutes les variantes imaginables: par-dessus, par en dessous, sur le côté, etc., jusqu'à ce que «l'enfant» dégorge dans mon cou... La fièvre montait et le temps passait...

Un soir, je découvris la note suivante dans le Dictionnaire des symboles, à l'article consacré au serpent: «Avaler le monstre ou être avalée par lui, voilà la question. Comment se libérer vraiment de l'être qui est dans la caverne? Voir Alexandrian, Histoire de la philosophie occulte, p. 95.» Ce que je fis sans tarder. À la page indiquée, je pus lire l'article suivant:

> Gafarel publia néanmoins, en 1635, à Venise, un opuscule métaphysique, *Nihil, fere nihil, minus nihilo* (Rien, presque rien, pas moins que rien), série de vingt-six propositions sur les rapports de l'être et du non-être. Il fit paraître aussi le plan d'un grand ouvrage, Le monde souterrain ou description historique et philosophique de tous les plus beaux antres et de toutes les plus belles grottes de la terre (1654), où il parlait des «cavernes du corps humain» (végétatives, sensitives, nutritives, luxurieuses). Bien qu'il n'ait pu, à cause de sa position officielle, donner toute l'extension voulue à ses capacités, Jacques Gafarel reste donc le meilleur représentant de la Kabbale philosophique du XVIIe siècle.

En réalité, ce Gafarel ne me disait rien. Et de la «Kabbale philosophique» en général, je savais bien peu de chose, si ce n'est quelques phrases prononcées par ma mère au cours de ces dîners où elle m'éblouissait. Mais cette référence aux «cavernes du corps humain» me frappa comme l'éclair. Depuis plus de trois ans, c'est-à-dire depuis le jour où j'avais vu maman faire l'amour avec Jacques, je me débattais avec cette notion «d'anfractuosité», et j'avais le sentiment d'être seule à me coltiner ce genre de problème. Je me considérais comme une rêveuse à l'intuition maladive, voyant des fleurs là où il n'y avait que des cailloux. Or il y avait des philosophes qui parlaient de ces choses depuis des siècles! Je n'étais pas folle!

La découverte de ce paragraphe, grâce au renvoi de maman, aurait pu me lancer dans des recherches littéraires profondes et prolongées (ce qui n'est pas exclu pour le futur) mais, à ce moment-là, j'étais une femme «de terrain». Je voulais du concret. Et le concret, c'était Jacques. Je mis le pied sur mon orgueil et décidai de lui téléphoner, le salaud! Il restait à trouver un prétexte. Si fertile quand elle prenait feu à la petite flamme des notes de ma mère, mon imagination était d'une stérilité désespérante maintenant qu'il s'agissait d'inventer quelque chose de plausible. Un problème d'étudiante? Aucun rapport. Mon père? Il était inexistant dans ce monde souterrain. Ma mère? Eh bien, là, il y avait peut-être quelque chose de plus facile à tricoter. Je pourrais avoir découvert un «testament» quelconque en rapport avec son suicide, quelque chose qui l'impliquait, lui... J'aurais pu lui dire que subitement je souffrais d'être orpheline, ou que je voulais des détails sur cette affaire du Haïtien qui lui avait jeté un sort, etc. Mais je ne trouvais rien de précis. En réalité, je me rendis bientôt compte que je ne voulais rien trouver: je ne voulais plus que ma mère fût en cause. C'était «moi» qui voulais être en scène, seule. Il ne me restait qu'une solution, lui téléphoner pour lui dire que je voulais le voir, ce qui était la vérité, et merde pour le reste.

— Allô?

— Jacques?

— Oui, c'est moi...

Je l'avais fort bien reconnu, mais j'avais besoin de prendre ma respiration.

— Ici Sonia...

— Sonia! Quelle belle surprise! Comment vas-tu?

Je ne m'étais pas préparée à cette conversation, ayant choisi de me fier à l'inspiration du moment, selon ce qu'il me dirait. Or l'inspiration du moment fut quelque chose de foudroyant. J'éclatai sans trop m'en rendre compte:

— Je vais très bien mais je voulais te dire que tu es un beau salaud! Un macho de la pire espèce! Un mufle! Une ordure! Pourquoi? Tu sais très bien pourquoi. La simple politesse te commandait de prendre de mes nouvelles après notre dernière conversation. Rien! Monsieur est assis sur son trône comme Dieu le Père et il attend que les anges viennent se prosterner à ses pieds. Mon cul! Pour qui te prends-tu? T'as profité du corps de ma mère, tu pourrais au moins avoir du respect pour sa fille!

Il n'avait pas eu le temps de placer un mot. Au bout de ma bobine, il ne me restait plus qu'une chose à faire: raccrocher, mais je ne le fis pas. J'attendais, haletante, écoutant le silence, savourant la surprise que mon discours devait provoquer chez lui. La pause fut terriblement longue. Puis j'entendis:

— Ça va mieux?

L'ironie qu'il y avait dans sa voix me fit comprendre que je m'étais mis un fil à la patte. C'était lui qui savourait le plus.

Au lieu d'éclater en sanglots, bonne pouliche, j'éclatai de rire. Et nous avons pris rendez-vous pour le lendemain. Ce soir-là, je m'endormis en me disant qu'il est doux de vivre sans principes, à part celui qui nous pousse à suivre notre instinct. On dit aux jeunes: «À ton âge il est dangereux de faire des bêtises. Tu peux le regretter toute ta vie.» Moi je me disais: «À mon âge, je peux faire une bêtise, j'ai toute ma vie pour la réparer...» Comment acquérir de l'expérience si on traîne au pied le boulet de la prudence?

À partir de ce moment-là, mes rencontres avec Jacques se succédèrent à un rythme plus ou moins accéléré. Une fois tous les quinze jours pendant un mois et demi, une fois par semaine, puis deux fois la semaine. Même si je l'avais vu à deux reprises auparavant, il était évident que nos relations prenaient une tournure nouvelle. Pourtant, que ce fût pour l'apéritif, le déjeuner, le dîner ou une soirée au cinéma, toutes ces rencontres étaient essentiellement composées de la même chose: le regard que Jacques posait sur moi, le souffle qu'il m'envoyait dans les narines, et mon envoûtement progressif, réel ou imaginaire. Peu importaient le baiser-bonjour, le baiser-au revoir, la conversation qu'il y avait entre les deux et les attouchements occasionnels, tendres mais pudiques. Tout ce qui me restait en mémoire quand je le quittais, c'était un dialogue sans paroles qui se situait au niveau du subconscient, par lequel il cherchait à savoir «qui» j'étais et par quelle porte il pourrait entrer dans mon âme. Pendant ce temps, vaincue d'avance, pieds et poings liés, j'attendais, et plus le temps passait plus mon impatience grandissait.

Cela ressemblait à une danse interminable exécutée sur une musique au rythme élastique, au cours de laquelle le personnage vainqueur tourne autour de sa victime, l'effleure, s'éloigne, revient inlassablement pour simuler un coup mortel mais repart de nouveau en exécutant une pirouette qui fait diversion, mais se remet à tourner en reprenant le masque du dieu vengeur. Car justement, il ne s'agissait pas d'une danse de séduction. C'était plutôt un rituel par lequel on simulait une future prise de possession, le tissage d'une toile d'araignée. (Ce qui m'étonne aujourd'hui, c'est que pendant toute cette période préparatoire je n'ai pas pensé à ce vieil archétype qui a donné naissance à un mythe vieux comme le monde.) Toujours est-il que Jacques n'agissait pas du tout comme un homme qui cherche à séduire. Il «agissait» sur moi comme quelqu'un qui «est» et se contente «d'être». Le chat met la patte sur une souris et, sachant très bien qu'elle est faite, prend le temps de regarder autour de lui, s'attarde à jouir du paysage avant de donner le premier coup de dent.

Pendant ce temps, l'inévitable se produisait: je le désirais de plus en plus, aiguillonnée, gonflée par la chaudière qui brûlait en moi, alimentée par toutes ces notes que ma mère avait laissées traîner dans ses livres. Je l'avais toujours trouvé beau. Froid mais beau. Il me fascinait mais d'une manière que je ne comprenais pas à l'époque. Aujourd'hui je sais que cette fascination venait surtout du fait qu'il était l'autre face de moi-même, mon frère, ma contrepartie masculine, ou plus exactement, le côté négatif de mon âme. Cette vérité était aveuglante, si bien que je ne la voyais pas. D'autant plus que j'étais un peu jeune pour me démêler dans les subtilités de papa Jung, malgré le «butinage» que je faisais dans la bibliothèque de maman.

N'était-ce pas justement cela qui l'empêchait de me prendre alors que j'étais prête? L'un de ses gestes me revint en mémoire, qui me donne à penser que c'était le cas. Un soir, avant de nous séparer après une soirée aussi platonique que les autres, il s'approcha de moi et, au lieu de m'embrasser sur les joues comme il le faisait d'habitude, il m'attira à lui et me pressa contre son corps, les deux mains sur mes fesses pour bien me coller à lui. Puis il me repoussa délicatement et dit:

— C'est drôle, j'avais l'impression que nous avions exactement la même taille tous les deux. Il te manque quelques centimètres.

— Qu'est-ce que ça change?

— Rien de particulier.

Ensuite j'eus droit à la bise habituelle et je me retrouvai seule une fois de plus, frustrée par cet attouchement qui avait été sans suite, mais que mon corps avait pris pour une caresse en appelant une autre. Jacques avait compris que nos deux âmes étaient sœurs et cela, pour une raison mystérieuse, l'empêchait d'agir comme un homme normal. Rien ne m'empêchait de l'envoyer paître et de sortir avec des hommes «ordinaires», plus près de mon âge. Rien si ce n'est que je ne voulais voir personne d'autre, et l'attente me rendait folle.

Il y eut tout de même un point tournant, car il y en a toujours un, étant donné que tout est raccordé au grand pendule qui oscille avec la même régularité que le mouvement des astres. Un soir, le printemps venait de faire éclore le magnolia près de la maison, il m'invita à prendre le digestif chez lui, ce qu'il n'avait jamais fait jusque-là. Il habitait l'un de ces appartements du centre-ville où le luxe et le confort donnent l'illusion de la chaleur que procure naturellement une vraie maison. Mais en entrant chez lui, je ne vis pas la beauté des meubles et le bon goût de la décoration. Je ne voyais rien, aveuglée que j'étais par ce qui devait normalement se produire dans les prochaines minutes. Ce scénario, je l'avais imaginé des centaines de fois. J'étais assise sur un divan moelleux, il enlevait ses souliers parce que c'était l'heure de la détente. Il m'invitait à faire de même et je me libérais les pieds sans hésiter. Alors il me tendait un verre d'alcool, on trinquait, puis il s'assoyait sur le tapis, à mes genoux, et il me disait:

— Sonia, tu es beaucoup plus jeune que moi, mais tu es déjà une femme... Je n'ai jamais osé te le dire mais maintenant je ne peux plus m'en empêcher... J'ai envie de toi. Je pense à toi tous les jours, sans arrêt, et je voudrais te caresser. Bien sûr il y a eu d'autres femmes dans ma vie mais si tu voulais de moi, je suis prêt à me garder entièrement pour toi. Si tu ne me repousses pas, tu me rendras très heureux, etc.

Dans mon scénario, Jacques parlait comme dans

les livres, une espèce de langue écrite qui n'avait rien de vulgaire. Or, à part le divan moelleux sur lequel j'avais pris place, il en fut autrement. Il me tendit un verre de cognac et se mit à parler tout de suite, sur un ton à peine affligé, d'une voix calme, égale. Pendant qu'il me parlait, il me vint à l'esprit que son discours était lisse, comme sa peau devait l'être. Le corps de Jacques devait être comme cela, me disais-je, lisse comme la perfection, et ma mère, avec sa manie de l'absolu, avait dû être fascinée par cette particularité de sa personne. Il me fallut faire un effort pour bien écouter ce qu'il me disait:

— Sonia, j'suis très content de te connaître et j'ai toujours beaucoup de plaisir à te voir... (une petite gorgée). Mais je me demande si ce genre de relation que nous avons peut t'apporter quelque chose de bon... On peut pas se le cacher, j'suis beaucoup plus âgé que toi, et tu pourrais certainement trouver avantage à fréquenter des garçons qui, eux aussi, font leur début dans la vie, et fonder un foyer, normalement, comme tout le monde. Tu es déjà presque une femme, et moi j'suis un homme qui a les mêmes désirs que tous les autres... Alors avant qu'on s'embarque dans quelque chose de plus sérieux, tu vois bien ce que je veux dire, j'pense qu'il faudrait cesser de se voir. Tu penses pas?

Ainsi, m'inviter à prendre le digestif chez lui, c'était la montre en or que l'on donne en cadeau de séparation! Ce discours, lisse mais tranchant comme une lame de rasoir, me coupa le souffle. Il me restait deux possibilités: faire une scène de larmes ou m'en aller tout de suite, sanglée dans mon orgueil blessé.

Esclave de l'instinct et du désir, j'optai pour une troisième. J'enlevai mes souliers, puis je ramassai celui du pied gauche et je m'approchai de lui. Je pris sa main droite, rassemblai ses doigts et les fis entrer dans mon soulier. Tout cela très lentement, en le regardant droit dans les yeux. Décontenancé par mon geste et par le peu d'effet de son discours (c'était du moins ce que je croyais à ce moment-là mais j'allais devoir changer d'avis), il me regardait sans dire un mot. Je lui demandai:

— C'est bon?

Sans répondre, l'air profondément embarrassé, il se détourna et marcha jusqu'à la fenêtre pour regarder la ville du haut de son douzième étage. Je poursuivis:

— De quoi as-tu peur? Tu sais très bien que la différence d'âge entre nous n'a aucune importance pour moi, et tu dois me connaître assez pour savoir que je n'ai pas envie, pour l'instant du moins, de devenir la «bonne femme» d'un jeune prétentieux qui sort de la faculté avec son diplôme en guise d'intelligence et qui va me demander des enfants, des repas, du ménage, un support moral et physique que je suis pas prête à donner pour l'instant. Ce que je suis prête à vivre, c'est avec toi que j'ai envie de le vivre.

Quand il se retourna, ce fut pour me découvrir complètement nue. Le soulier dans lequel sa main était enfouie vola dans les airs et ce fut le commencement de l'orage. Un orage sans paroles, rythmé par le battement des artères affolées. Au fond de la caverne, les fauves rugissaient, ivres de la puissance déployée par leurs griffes et par leurs crocs. Cela produisait un grondement sourd qui devenait impossible à transcrire, car il avait la profondeur des volcans en gestation. Le lit se défaisait, roulait, tanguait, devenait rivière puis chute majestueuse, fière de l'écume qu'elle lançait dans les airs, au ralenti. Il était en moi!

Oui, c'était là toute la différence entre lui et les quelques autres hommes que j'avais connus jusque-là: toute mon exaltation venait du fait que je le tenais enfermé en moi, et ce «bonheur» décuplait mon plaisir, sans toutefois me faire perdre la tête. Jusqu'à un certain point, je restais consciente.

Au grand étonnement de Jacques, je voulus rentrer à la maison pour le reste de la nuit.

— Qu'est-ce qui t'empêche de dormir ici?

— J'aime mieux rentrer... Papa...

C'était un prétexte parce que mon père, même si je n'avais jamais découché, n'eût pas montré la moindre surprise si j'avais commencé à le faire. Il vivait dans son monde et moi dans le mien. C'est seulement en ouvrant la porte de la maison que je compris la véritable raison de ma rentrée au bercail: je voulais me sentir dans la même situation que ma mère, maîtresse illicite se trouvant dans l'obligation de vivre son aventure en cachette. Le pourquoi de ce besoin se trouve imbriqué dans le tissu complexe qui compose la tapisserie de tous mes agissements depuis le jour où je l'avais vue faire l'amour avec Jacques. Il fait partie de ces odeurs mélangées qui se dégagent d'une cuisine lorsqu'un chef a fini de préparer un repas comprenant plusieurs plats différemment épicés.

Je retournai à mon petit carnet de voyage pour y jeter quelques notes de temps en temps, puisque d'une certaine manière je venais de commencer un «trip» assez particulier. Le lendemain de ma première expérience sexuelle avec Jacques, j'écrivis ce qui suit: «Sur un point au moins, il en est exactement des hommes comme des femmes. Les plus belles et les plus beaux, on ne les a jamais vus. On les imagine. Jacques est l'exception qui confirme la règle.»

Était-ce emballement de jeune fille éblouie par une première «vraie nuit d'amour»? Je ne crois pas. La beauté physique n'est certainement pas une nécessité absolue aux jeux compliqués de l'érotisme. Autrement, la terre se dépeuplerait. Personnellement, je n'avais pas repoussé le corps plus ou moins harmonieux d'Oraia, mon matelot grec, ni la main calleuse d'un certain muletier à Santorin... Le désir a les doigts aussi capricieux que ceux du destin.

Mais je dois dire que Jacques échappait à cette fatalité qui pèse normalement sur l'ensemble des humains, elle qui distribue aveuglément les genoux cagneux, les fronts étroits, les nez crochus, les yeux bigles, les ventres bedonnants, les cuisses trop maigres, les fesses basses, les poitrines creuses, etc. En fabriquant son corps, la nature avait exécuté à la perfection des plans parfaits. Malgré sa maturité, Jacques avait encore la beauté du diable, ce qui, selon les règles de l'évolution normale, FAISAIT DE LUI UN MONSTRE. Et c'était justement ce qui me fascinait. Or je me livrais en aveugle à cette fascination, guidée par le même besoin obscur qui avait présidé à chacun de mes actes depuis le jour où je m'étais mise à réfléchir au sens profond du mot «anfractuosité». Rien ne pouvait faire dévier le grand pendule de la trajectoire.

Vers la fin du printemps, quand tous les nids furent achevés et pleins d'oisillons qui piaillaient joyeusement, mon petit nid à moi débordait de folliculine et de semence. Je voyais Jacques deux ou trois fois par semaine à raison de deux ou trois «sommets» par rencontre. Il s'agit là de considérations plutôt banales, pour ne pas dire triviales, sinon vulgaires. Et pourtant, pourtant... Parfois je m'éveillais avec un beau vers dans la tête, comme par exemple:

«Rendez-moi le Pausilipe et la mer d'Italie.»

J'avais toujours trouvé ça joli. Un beau cri poétique, une belle aspiration romantique, un bel élan que personne parmi les intellectuels ne pouvait rejeter pour cause de vulgarité. Or pour moi à ce moment-là, «la mer d'Italie» c'était retrouver Jacques le plus tôt possible, lui donner mes quatre lobes charnus à manger, lui ouvrir tous mes orifices, m'agenouiller entre ses jambes et, la bouche dans son humus, fouiller les racines de son arbre à pleine langue, mouiller mes lèvres aux larmes transparentes de son gland, m'accorder aux pulsations saccadées de ses glandes séminales, bref, me rouler dans ce qu'on appelle le stupre comme dans une vague incessante, et finalement m'arrimer au mât de son corps, navire emporté par la mer du plaisir. Trompette marine à l'unique cordeau, ce mâle était devenu mon seul instrument.

Le 10 juillet, alors que l'été flambait de tous ses feux, faisant de moi une chaudière qui menaçait d'éclater, je notai dans mon carnet: «Coupé le cuir mou du divan avec mes dents...Genoux par terre, postérieur offert... Pas de Vendredi saint, pas d'épines, comme pour ma mère...» L'éventail des jeux sexuels étant plutôt restreint, il m'était vite apparu, malgré mon jeune âge, qu'il était ridicule de déclarer certaines parties de mon corps forteresses imprenables. D'autant plus que je naviguais en compagnie d'un capitaine qui ne demandait pas de permissions. C'était lui qui avait le sextant en main et qui décidait de la route à suivre pour arriver aux îles où le vin coule.

— Qu'est-ce que tu veux?

— Tout.

Je l'avais. En ce 10 juillet, donc, j'étais à genoux sur le tapis, le visage enfoui dans le cuir mou du divan, pendant qu'il me sodomisait avec application, méthode et rythme calculé, lorsque tout à coup la nuit tourna de l'œil en laissant filtrer la barre du jour. Lentement, mais graduellement et sans retour, la douleur se changea en plaisir, en une espèce de fondu enchaîné interminable comme on le voit au cinéma, quand les deux images n'en finissent plus de se superposer. C'est d'ailleurs ce moment de l'action dont je me souviens avec le plus de délices. Les couleurs de l'aube, comme celles du crépuscule, sont plus mystérieuses que celles du midi. Éros ne se promène pas au grand soleil. Bouche ouverte, je laissais échapper ma salive, ayant perdu le contrôle de mes muscles et voguant à la dérive. Mais tout à coup le soleil du jour nouveau apparut et nous transperça en même temps de son rayon. L'explosion du plaisir me ferma la bouche et je coupai le cuir du divan.

D'habitude, après nos accouplements, il n'y avait pas de commentaires. Nous étions satisfaits l'un de l'autre, ce qui était formidable, et je n'étais pas tellement portée à l'analyse. Lui encore moins. Mais ce jour-là je lui dis:

— C'est merveilleux! Jacques, on dirait que tu as touché mon intimité pour la première fois.

J'eus l'impression qu'il réprimait une envie de rire, et à ma grande surprise il répondit:

— L'intimité n'a rien à voir avec la sexualité... L'intimité c'est une chose qui se vit à l'aube, en général, chez des couples assez âgés. L'un des deux se réveille, se tourne vers l'autre qui dort encore, tout chaud, il l'entoure de son bras et il se dit: «À cause de tout le mal et de tout le bien qu'on s'est fait mutuellement, on peut vieillir ensemble, on peut mourir ensemble...» L'intimité, c'est ça; c'est ce qui vient après la guerre.

— Mais t'as jamais été marié! T'as jamais vécu ce genre de situation!

— Non, mais j'ai une intuition du diable...

Je ne sais trop pourquoi, mais ce petit bout de conversation fut un point tournant dans nos relations. Un petit clignotant rouge venait de s'allumer au fond de ma conscience. Peut-être à cause de l'expression «une intuition du diable»... Jusque-là j'avais été plus que soumise. J'avais désiré être soumise, sans doute parce que j'avais voulu revivre ce que ma mère avait vécu avant moi: un envoûtement. Une forme de jalousie un peu bizarre, il faut l'avouer: me jeter dans les bras d'un homme qui avait conduit maman au suicide...

C'est ainsi que je commençai à «voir» comment je vivais mon aventure avec cet homme. Par un beau matin du mois d'août, seule dans mon lit, j'écoutais le chant des oiseaux qui entrait par ma fenêtre ouverte, et je notai qu'il se faisait moins nourri. La migration d'automne avait déjà commencé. Pour la première fois de ma vie je sentis la morsure de la nostalgie provoquée par la fuite du temps. Jusque-là, aucun événement ne m'avait amenée à mesurer le temps. Surtout en commençant par la fin, par le point de chute.

Ce matin-là, donc, pareille à toutes les amoureuses qui considèrent leurs souvenirs comme un trésor qu'il est doux de caresser du regard, j'ouvris le coffret de ma mémoire pour visionner le film de notre «première nuit». Voilà des mois que nous nous voyons deux fois par semaine et que nous parlons de choses et d'autres. Il me regarde et j'ai l'impression qu'il me désire. Mais jamais il ne le dit clairement. Il ne m'embrasse que du bout des lèvres. Quelque chose le retient mais je ne sais pas ce que c'est. Il n'en parle jamais. Moi, je me meurs de me donner à lui mais j'attends. Et cette attente, comme tout le reste, alimente la fascination qu'il exerce sur moi. Un soir, il m'invite chez lui pour le digestif, ce que j'attends depuis une éternité. Enfin, il s'est décidé! Non. Il me déclare que notre relation est malsaine, qu'il vaut mieux cesser de nous voir. Je réagis comme une femme «libérée», saine d'esprit, impulsive, sans pudeur. J'enlève mes vêtements. Il me prend avec fougue, nous sommes heureux.

Ainsi, grâce au petit clignotant rouge, je compris que Jacques avait joué, qu'il m'avait manipulée: il n'avait pas du tout envie de m'abandonner. Il voulait tout simplement que je fasse le premier pas, comme il avait attendu à trois reprises que je lui téléphone au lieu de le faire lui-même, alors que la simple politesse lui commandait de le faire. Pourquoi ce calcul? Sans doute voulait-il se mettre à l'abri des tempêtes futures et pouvoir me dire, advenant quelque problème: «C'est toi qui l'as voulu...» Ou encore: «Tu me veux? Prends-moi tel que je suis.»

Mais il y a différents degrés dans ce qu'il est convenu d'appeler le «machisme». Jacques était macho au suprême degré. Il se considérait comme CELUI QUI EST, c'est-à-dire celui qui ne bouge pas. Dieu ou son frère, le diable. Deux êtres suprêmes.

Maintenant j'étais consciente mais je n'en étais pas moins soumise, heureuse d'être devenue entre ses mains une machine à baiser. La fascination qu'il exerçait sur moi allait jusque-là. Il y avait une certaine magie qui naissait de nos rapports, un peu comme dans les expériences alchimiques, lorsque le «vil métal» se change en or. Ainsi, grâce à la force mystérieuse dont il était le dépositaire quand j'étais entre ses bras, le plaisir se changeait en bonheur, en joie profonde, pour ne pas dire divine, et je comprenais qu'autrefois certaines sectes religieuses aient pu diviniser le phallus. Un jour, au moment où, assise sur lui afin d'être empalée de la façon la plus absolue, sentant venir la vague délirante du plaisir, je me trouvai emportée par un mouvement d'exaltation formidable, et je criai:

— Mon amour! Mon amour! Je t'aime tellement que j'ai peur de mourir!

Le cri du cœur, toutes vannes ouvertes, qui normalement devrait combler l'amant le plus endurci. À ma grande surprise, Jacques eut une réaction très négative.

—Je t'aime, répétai-je, «après», en enfouissant ma tête dans son aisselle.

— Tu dis des bêtises...

—Jacques!

— Tu parles comme une bonne femme... À ton âge, tu devrais savoir que l'amour, ça n'existe pas.

— Et toi tu parles comme un bonhomme qui joue au matador, au fanfaron qui se prétend au-dessus de tout le monde.

— L'amour, c'est une illusion, une illusion qui permet aux humains de s'endurer pendant un certain temps, d'avoir du plaisir et de se reproduire... Est-ce que tu m'as déjà entendu dire une chose pareille: «Je t'aime»?

J'étais en train de m'échauffer. Sa question me refroidit et dans l'enchaînement de nos relations, je cherchai les moments d'abandon où il aurait pu laisser échapper ces mots qui vous«prouvent» que vous êtes payé de retour. Effectivement, je n'en trouvai pas. Et le plus extraordinaire c'est que par la même occasion je découvris que je venais de lui dire «je t'aime» pour la première fois. Alors je lui demandai:

— Mais, qu'est-ce que tu éprouves pour moi?

Les questions l'embêtaient, je l'avais compris instinctivement, et je ne lui en posais jamais. D'ailleurs, il ne parlait jamais de lui-même, de son travail, des hommes qu'il connaissait, ou d'autres femmes.

Que faisait-il, au juste? Des affaires. Oui, mais il pouvait très bien diriger un réseau de drogue ou de prostitution, faire partie d'une mafia quelconque, importer des souliers ou des chemises, rien de ses activités professionnelles n'était apparent. Il était seul au monde, apparemment, comme le Christ... ou le diable.

Ma question le prit de court, puis l'agaça.

— Qu'est-ce que j'éprouve pour toi? C'est difficile à dire.

— Parce que c'est pas clair, en toi?

— Non, c'est pas clair... Et ça fait partie des choses qui ne sont jamais claires, parce que ça met en cause des sentiments et deux corps, le tien et le mien, en l'occurrence. Et tout ça est conditionné par une espèce de chimie dont les formules n'ont jamais été trouvées. Elles existent certainement mais personne ne peut les mettre sur papier. En ce qui me concerne, tout ce que je sais c'est que tu m'excites. Quand tu me touches, mon sang se met à cogner, et je te donne du plaisir, et le plaisir que je te donne est pour moi une source de plaisir plus grande encore. C'est tout ce que j'ai à dire sur le sujet.

Fin de la conversation. Jamais nous n'avions autant «communiqué». Je n'en restais pas moins sur mon appétit. Ce qui fait à la fois le charme et la malédiction de l'amour, c'est qu'avec lui rien n'est jamais définitif. La montagne que Sisyphe remonte le plus souvent, c'est le mont de Vénus.

Le fait de m'être réveillée, d'être devenue consciente, ne réglait pas mon problème, au contraire. Je voyais, mais je ne voyais qu'une chose: Jacques était pour moi un mystère.

Cependant, la vie continuait son petit train-train ordinaire. À la maison, il y avait une femme qui venait faire le ménage une fois par semaine, et une autre qui venait faire la cuisine tous les jours, mais qui rentrait chez elle le soir. Je soupçonnais mon père de la remercier d'une façon particulière pour les sauces qu'elle savait mijoter, car elle avait le derrière appétissant comme une belle miche de pain. Je n'étais pas dans la situation de trouver la chose «vulgaire»...

Quand je dînais en compagnie de papa, il me parlait maintenant du fameux référendum constitutionnel. Sortir ou ne pas sortir de la constitution canadienne? Tel était le dilemme pour le peuple québécois. La souveraineté était au programme du PQ qui était maintenant au pouvoir, mais il s'agissait là d'une décision trop importante pour passer à l'action sans consulter le peuple. Une solution: le référendum. Mais il fallait formuler une question à laquelle on pourrait répondre, et les «grosses bols» du gouvernement n'y arrivaient pas. Ce qui faisait rire et enrager mon père à la fois.

— Une bande de ti-culs... Tu vas voir, ils ne voudront même pas poser la question carrément: «Voulez-vous la souveraineté, oui ou non?»

Le débat n'était pas encore vraiment engagé mais on s'échauffait déjà. Habitués au ronron de leurs institutions, les Québécois n'avaient jamais eu de Rubicon à franchir, et ils s'inquiétaient. La majorité des étudiants étaient favorables au programme du PQ. On allait se «libérer!» Comme d'habitude, cette exaltation me laissait froide. Politiquement, j'avais hérité des opinions de ma mère, qui considérait les hommes politiques comme de mauvais acteurs interprétant toujours la même vieille pièce de théâtre, et jamais je ne participais aux assemblées politiques. D'ailleurs, je ne participais à aucune assemblée d'étudiants. Instinctivement, j'avais toujours éprouvé une profonde méfiance à l'égard des troupeaux, humains ou animaux. Le troupeau ne réfléchit pas, il fonce.

J'allais à mes cours et je disparaissais, l'esprit et le corps travaillés par d'autres démons. Ou plutôt, par un seul démon. Le 10 octobre, j'avais écrit dans mon carnet: «Impossible de prendre son pied... à lui. Notre première brouille. Une blessure qui va saigner longtemps.»

Pour des raisons que j'ignore, le signet de ma mère qui avait le plus enflammé mon imagination était celui où elle faisait allusion, en termes plus ou moins clairs, au plaisir particulier qu'elle avait éprouvé en se servant de l'orteil de son amant comme d'un phallus. Dans ce domaine comme dans bien d'autres, maman ne faisait rien sans se laisser guider par le sens des symboles. N'ayant pas sa formation ni sa culture, j'étais incapable de saisir la portée exacte de ses actes, d'en sentir le sens profond. Bien sûr, en laissant ses notes entre deux pages traitant d'un sujet qui avait un rapport direct avec ce qu'elle avait fait, elle me mettait sur une piste, mais il y a toujours une marge énorme entre la notion d'une chose et la chose elle-même. La marge de l'expérience. Je restais donc souvent sur mon appétit.

C'était particulièrement vrai pour cette histoire de pied, qui ne laissait pas de me tourmenter, ou plutôt de me troubler. À propos de cette partie du corps humain, je possédais certaines connaissances littéraires: La Gradiva de Jensen, les pieds enflés d'Œdipe, le talon d'Achille, le soulier de Cendrillon, et une phrase d'un personnage de Musset qui dit à une comtesse quelconque: «Il est certain que vous avec le pied petit...» Je savais aussi que les mères chinoises bandaient les pieds de leurs filles pour qu'ils restent minuscules. (Le font-elles encore?) C'était tout. Le reste était dans mon inconscient, et c'est sans doute cette partie-là de mes connaissances qui me travaillait le plus, qui me poussait à faire la même expérience que ma mère.

Cette obsession devenait un phantasme et pour cette raison je voulais le réaliser exactement dans les mêmes circonstances que maman, c'est-à-dire au bureau de Jacques. L'occasion se présenta le 10 octobre, lorsqu'il me proposa de le rejoindre au bureau avant d'aller déjeuner. Tout était calme comme d'habitude, sa secrétaire n'étant même pas dans la pièce adjacente. Je m'approchai de lui en souriant, l'embrassai avec gourmandise et lui dis:

—J'ai envie de quelque chose. Tu veux me le donner?

—Ça dépend...

—Dis oui tout de suite.

—Jamais... C'est pas prudent.

Je faillis répondre: «Si tu m'aimais, tu poserais pas de conditions...» Mais avec lui il était défendu de parler d'amour.

—Qu'est-ce que tu veux? demanda-t-il avec méfiance.

—Ton pied.

Interdit, il me regarda comme si je délirais. Alors je plaçai le tabouret devant lui, m'agenouillai devant et lui enlevai son soulier droit, puis sa chaussette.

— Qu'est-ce que tu fais?

— Attends une minute.

Je posai son pied sur le tabouret, le caressai avec douceur, allant même jusqu'à effleurer le bout de son gros orteil avec mes lèvres, ce qui lui enleva un peu de sa réticence, puis d'un seul mouvement je fis glisser ma culotte et voulus m'asseoir à califourchon sur l'objet de mon désir. Il retira son pied rapidement.

— Non! Pas ça!

Il était au comble de l'irritation.

— Pourquoi? Tu peux tout de même pas avoir peur que je te fasse mal! Qu'est-ce qui te répugne?

— Remets-moi ma chaussette et mon soulier, puis enfile ta culotte!

De nouveau je me trouvais à ses pieds, mais cette fois en esclave et non pas en femme qui s'active à provoquer un plaisir commun aux deux partenaires. Doublement humiliée! Je levai les yeux vers lui, trouvai qu'il avait le visage fermé, pour ne pas dire méprisant. Sur le moment, il n'y avait qu'une chose qui m'importait, c'était de savoir pourquoi il me refusait ce «caprice». Les fantaisies sexuelles étant aussi limitées que les façons de torturer un être humain, il est certain qu'il avait fait avec moi tout ce qu'il avait fait auparavant avec ma mère. Excepté le truc du pied. Un vrai mystère.

L'éventail des questions demeurées sans réponses, au cours de l'histoire universelle, est plutôt vaste. On en conviendra facilement. Cela va des jolis motifs sur les ailes des papillons, en passant par les cathédrales, les menhirs, les pyramides d'Égypte, les «guerres fratricides», les grottes de Lascaux, les civilisations disparues, l'incapacité des peuples à se bien gouverner, jusqu'à l'expansion de l'univers. On aboutit au «big bang» originel et, là, le scientifique nous dit, comme Hubert Reeves: «Si ce n'était pas comme ça, nous ne serions pas là pour en parler.» (Je cite de mémoire.) De quoi réfléchir pendant plusieurs vies et écrire de beaux livres qui, pour les gens sérieux, sont le fin du fin, c'est-à-dire le pied du pied. Mais pour moi à ce moment-là, la question capitale était: pourquoi me refuse-t-il le truc du pied?

Pudeur? Oui, malgré certains débordements, malgré certaines «folies», Jacques était pudique. Il s'agissait là d'une contradiction normale pour un mâle de son espèce, dans la mesure où je pouvais le connaître. En réalité, à part le fait qu'il me «possédait», que j'étais sa chose, je ne savais rien de lui. Une banalité, si l'on considère l'histoire des relations hommes-femmes depuis que le monde est monde, mais c'était moi qui étais en cause. Et je me réveillais! Innocemment je lui demandai:

— Est-ce que tu as déjà fait ça avec quelqu'un d'autre?

— Non.

Réponse ferme, ne portant aucune marque d'hésitation. Il mentait avec aplomb, mais je savais qu'il mentait.

— Je suis sûre que tu l'as déjà fait avec maman.

J'allais enchaîner en lui demandant pourquoi il me le refusait, mais le regard qu'il posa sur moi était si lourd de colère froide que j'en restai interdite.

Jacques ne m'avait jamais frappée, mais je crois qu'à ce moment-là il aurait pu le faire. J'aurais dû le quitter ce jour-là et ne plus jamais le revoir. Il finit par dire:

— Laisse-moi. Le déjeuner est annulé. Reviens demain à la même heure.

Moi, trop heureuse de m'en tirer avec cette rebuffade, je partis sans dire un mot. Idiote, le lendemain je retournai à son bureau sans prendre la peine de lui téléphoner auparavant, ayant sans doute peur d'essuyer une humiliation verbale. Sa secrétaire n'était pas là, lui non plus. Or je n'essayais même pas de qualifier sa conduite. Par exemple je ne me disais pas: «Le chameau! Le salaud!» Non! Je pensais: «Il n'est pas là... Je ne le verrai pas... Je ne pourrai pas l'embrasser, et ça me fait mal...» Et c'est ainsi que, au lieu de l'envoyer paître, de chercher à l'oublier, le soir même c'est moi qui décrochai le téléphone pour l'appeler. À l'autre bout du fil, sa voix calme et sereine, au lieu de soulever la colère en moi, me fit du bien. Il était là! Il me parlait! Et quelque chose m'empêchait de lui dire que j'étais allée à son bureau pour le rejoindre, tel qu'il me l'avait demandé. De son côté, rien sur le sujet. Il m'invita pour la soirée, comme si de rien n'était. Et j'y allai, le cœur battant, le ventre travaillé par le désir.

Jacques se laissa embrasser sur la bouche, un baiser que je m'abstins de rendre trop avide, sachant qu'il avait l'habitude des préludes plutôt discrets, puis il me dit:

— Déshabille-toi.

— Tout de suite? Ici?

Nous étions dans le salon. J'obéis et m'allongeai sur le fameux divan en cuir mou, pendant qu'il disparaissait dans sa chambre. Il revint au bout de quelques minutes, nu lui aussi, splendide, l'arbre dressé, et il se plaça debout près du divan où j'étais allongée sur le dos. Je tendis la main vers lui mais il recula, silencieux. Il souriait mais d'un sourire dans lequel je cherchais en vain la moindre trace de tendresse. Pourtant, ce n'était pas la méchanceté ni le sarcasme qui le caractérisait. Non, c'était un sourire qui exprimait le superbe bonheur de l'existence, mais d'une existence invulnérable. L'UTOPIE réalisée! Et là pendant qu'il se taisait et que le besoin de l'avoir en moi s'exacerbait, je me souvins de cette petite phrase qui se trouvait dans le testament de ma mère: «J'ai été envoûtée.» Puis je revis tout le cérémonial qui avait précédé son incinération, avec le Gloria de la Messe de Bach que j'entendais encore, divinement beau. «Gloire à Dieu au plus haut des cieux et paix sur la terre aux hommes de bonne volonté. Nous te rendons grâce pour ta grande gloire...»

La gorge nouée par le désir et la crainte, car l'un ne va pas sans l'autre, je le regardais me regarder, et j'attendais qu'il me rejoigne, qu'il me prenne, qu'il se perde en moi. Mais il disparut dans sa chambre au bout de quelques minutes sans avoir ouvert la bouche, sans avoir eu le moindre geste à mon égard. Il ne me restait plus qu'à me rhabiller, ce que je fis. Je voulais m'en aller avant qu'il sorte de la chambre mais je n'en eus pas le temps. L'automne était avancé et il fallait déjà mettre des bottes, s'emmitoufler. Il revint en disant:

— Tu veux un alcool? Un cognac, quelque chose?

Depuis quelques semaines, j'avais noté qu'il buvait plus que de coutume.

— Si c'est tout ce que t'as à offrir, c'est pas la peine.

Ma rancœur s'évapora dans l'air, ne rencontrant pas l'objet contre lequel elle était projetée. Imperturbable, ouvrant la bouteille, il dit:

— Tu sais que tu es très belle... Est-ce que je te l'ai déjà dit?

— Non.

— Eh bien! Tu es très belle.

— Merci.

Brèves réponses que je voulais sèches comme des cailloux, mais ça ne portait pas. Jacques me tendait déjà un verre et je le prenais d'un geste automatique pour l'avaler d'un trait. Peu habituée à l'alcool, sa chaleur m'inonda d'une vague immédiate et violente. Je me dirigeai vers la porte, espérant en secret qu'il allait me rappeler par un mot quelconque, mais selon son habitude en pareilles circonstances, il ne dit rien. Et c'est moi qui, au moment d'ouvrir, la gorge pleine de mon impuissance et de toutes mes contradictions, me retournai pour lui demander:

— Jacques, pourquoi fais-tu ça?

— Viens ici.

Quelle saloperie! Ce n'était pas un ordre mais un appel. (C'est du moins comme cela que je le perçus!) Et j'allai vers lui une fois de plus, le cœur plein d'espérance, le ventre frémissant de son éternel et bestial besoin de s'ouvrir pour envelopper. Mais au même instant, révoltée, il y avait au fond de moi une voix qui me criait: «Les femmes révolutionnaires devraient commencer par boucher tous les trous!» Or j'étais déjà tout près de lui et je répétais ma question:

— Pourquoi fais-tu ça?

— Pour savoir si je suis capable de te résister.

Je savais bien que c'était un autre mensonge, même si son visage exprimait la plus grande sincérité, mais je ne pus m'empêcher de saisir l'illusion au passage. Dix minutes plus tard j'étais dans ses bras, cognant comme une déchaînée, d'autant plus effrénée que, par mon attitude «active», j'avais plus ou moins le sentiment que je pourrais me libérer de lui.

«MAIS IL OUVRIT UN ŒIL.»

Thésée. André Gide

L'hiver descendit sur nous graduellement, suivant le rythme des jours qui raccourcissaient à vue d'œil. Plus souvent à la maison, je recommençai à potasser les livres de maman, à la recherche d'un signe, sinon d'un message. De plus en plus je devenais la chose de Jacques, mais je n'en étais pas moins consciente. Je tombai sur un livre de Jung que j'avais déjà passablement feuilleté mais que je n'avais pas lu au complet, Aïon. À la page 129 de mon édition, je pus lire une note que ma mère avait écrite dans la marge: «Pour nous, les femmes, poisson, Christ ou Antéchrist, Léviathan et compagnie, c'est tout un. Il faut s'en débarrasser en les mangeant. C'est mon dernier mot.»

Elle avait réagi de façon violente à certains passages du livre, comme par exemple: «Le poisson a également une signification messianique. Selon l'Apocalypse de Baruch syrienne, le Léviathan sort de la mer lors de l'avènement du Messie.» Là, renvoi à une note qui dit: «Le Bhémoth se manifestera aussi en même temps que ce dernier et tous deux "seront alors donnés en mets à ceux qui restent".»

Un peu plus loin je pus lire, toujours sous la plume de grand-père Jung: «Quoique, dans le colloque cité, le mythe de Marie soit transféré sur Héra, le symbole du poisson ne correspond pourtant pas au symbole chrétien, car, selon ce dernier, le crucifié est l'hameçon ou l'appât avec lequel Dieu attrape le Léviathan. Celui-ci est dans le christianisme la mort ou le diable (le vieux serpent), et en aucun cas le Messie.»

Je ne sais pas pourquoi mais la lecture de ces quelques phrases, qui pour moi étaient pleines de «chinoiseries», me plongea dans une longue et profonde rêverie. Une fois de plus, les principaux événements qui avaient marqué ma vie depuis près de quatre ans me revinrent en mémoire, non pas avec la définition de clichés techniquement réussis, mais dans cette espèce de flou que le temps produit, gommant les détails sans intérêt pour ne laisser paraître que le point focal, accordant à ce dernier toute l'importance qu'il mérite. Dédoublée, j'étais une autre marchant dans un long couloir sur le mur duquel je pouvais voir un certain produit, moi-même, fruit de ce que j'avais vécu depuis un certain jour d'été. Cette fresque avait quelque chose de lumineux et de tragique à la fois, car elle mettait en évidence ma condition d'être humain et de femme, illustrant cette dualité chair et esprit que ma mère ne semblait pas avoir acceptée de plein gré. Elle en était morte.

Donc, sur cette paroi inventée par ma mémoire et mon imagination, je voyais d'abord le postérieur de maman offert au membre de Jacques. Un peu plus loin, une grande plaine lumineuse, riante, dans laquelle je déambulais en écoutant ma mère me parler de la divinité, mais graduellement le paysage changeait, et mon ventre apparaissait, fermé, lisse, pudique, dormant sur des langues de feu. Je devenais désir, cependant que ma mère délirait, se changeant en rivière tumultueuse. Dans ce torrent de plasma, je me confondais avec elle, devenant terre-mère-mer-feu-sang, liquide amniotique se déversant sur le monde en un flot ininterrompu pour donner la vie et, à ma grande stupéfaction, la vie sortait de ces immondices, pendant que j'entendais ma mère dire: «La soif de l'absolu contient toutes les soifs.» Ensuite j'étais à la campagne et je m'identifiais à maman qui marchait sous la pluie dans le but de se baptiser une seconde fois, espérant par là atteindre l'état parfait de l'androgyne. L'eau était envahissante, devenait mer intérieure, caverne utérine, et sur ces eaux noires, moi, fille abandonnée, enfant divine, je voguais à dos de dauphin, lancée à la poursuite du plus beau rêve: sauver le monde. Ma mère se trouvait ensuite dans son cercueil, calme et belle, libérée de son corps pourtant aimable. Maintenant elle volait vers Dieu sur les notes radieuses d'une musique qui chantait la gloire du Créateur. De nouveau mon corps jeune torturé par le feu, et l'homme qui se penche sur moi, m'ouvre le ventre mais il doit me violenter parce que maman est là et obstrue le passage, comme si elle voulait m'éviter cette difficulté inhérente à l'amour pour toutes les femmes: prendre et recevoir à la fois. Subitement, la fresque devient lumineuse. Une montagne sacrée me ravit, me lance dans le ciel bleu. Là-haut, il y a la lumière-dieu. Mais je retombe dans le labyrinthe, dans mon propre ventre, prisonnière du Léviathan qui s'appelle Jacques. Je suis enchaînée à ses bras, à ses jambes, à son sexe. Cercle vicieux du bonheur confondu au plaisir attaché à l'esclavage. Il ne me reste plus qu'à me libérer.

Voilà qui me ramenait à la note de maman griffonnée en marge du livre intitulé Aïon: «Pour nous, les femmes, poisson, Christ ou Antéchrist, Léviathan et compagnie, c'est tout un. Il faut s'en débarrasser en les mangeant. C'est mon dernier mot.»

* * *

On ne crie plus après Noël pour le faire venir. Il nous tombe dessus, tout nu. Le pauvre, il n'a plus que sa petite culotte sur le dos, celle du solstice. La fête a disparu, c'est-à-dire l'idée naïve mais combien profonde que, ce jour-là, quelqu'un vient au monde pour nous sauver, nous libérer de notre mal en nous apportant la joie de la pureté. Par quoi remplacer ce frémissement de l'âme? On ne trouve pas...

À l'université, je passai mes examens tant bien que mal, distribuai quelques baisers et au revoir, puis je me retrouvai à la maison, devant mon père qui surgit tout à coup, hébété, sorti de sa routine par cet événement qui n'a plus de sens, «les Fêtes».

— Qu'est-ce qu'on fait?

Il m'offrit le sud en sa compagnie. Merci bien.

Il partit après m'avoir fait jurer que cela ne m'ennuyait pas de rester seule à la maison.

—J'ai des amis et des amies.

— Mais on les voit jamais.

— Tu ne vois personne, de toute façon.

Inutile de rouvrir le dossier de son égocentrisme. Il se soûla et prit la direction de l'aéroport. Avec sa discrétion habituelle, Jacques était disparu depuis quelques jours sans me dire où ses «affaires» l'appelaient. «Tu reviens quand? Sais pas. Bye...» Au cours des dernières semaines, il avait trouvé toutes sortes de prétextes pour m'engueuler, même à jeun...

Comme d'habitude il y avait des sapins, des boules multicolores et des lumières scintillantes. Une surabondance de tout qui traduisait bien ce vide innommable que nous avons acquis à force d'argent et de technologie. Une réussite totale!

Le 24 décembre, je m'achetai une paire de raquettes. Le lendemain après-midi, alors que la ville somnolait, digérait laborieusement sa bouffe de la veille, je montai dans un autobus qui m'emmena jusqu'à Saint-Jean d'Iberville. Là, je sortis du village à pied et me retrouvai au commencement d'un champ immense, plat, infiniment blanc, infiniment nu. Une splendeur. Je me remis en marche après avoir chaussé mes raquettes. À mesure que je m'éloignais, seule sur cette neige qui annulait tout par son omniprésence, la plénitude de mon être se révélait à moi-même de plus en plus, s'imposait comme la totalité d'un cercle, comme le centre d'un noyau incassable. Dieu! «Un cercle dont le centre est partout et la circonférence nulle part.» Et à ce propos, me revint en mémoire la réflexion de maman: «Il est étrange de penser que pour définir un être qu'il a inventé, l'homme doive recourir à une notion absurde de géométrie.»

Maman s'était baptisée sous la pluie, moi je me baptisais sur la neige. Quand je fus loin de tout, invisible au reste du monde, petit point bleu sur la blancheur impassible, j'éprouvai une sensation merveilleuse: la perfection!

Vint la tentation du suicide. Impossible de lui échapper dans de telles conditions. «Je ne peux pas aller plus loin sur la voie de l'accomplissement.» J'enlevai mes raquettes et m'allongeai sur le dos dans la neige. Je n'avais qu'à attendre quelques heures sur ce lit qui allait devenir de plus en plus doux, et le merveilleux engourdissement de la mort allait m'emporter en douceur. Au-dessus de moi, la coupe renversée du ciel m'invitait à plonger dans son néant, infiniment vide. Un vertige d'autant plus envoûtant qu'il s'exerçait à l'envers. («J'ai été envoûtée», avait dit maman.) Mon vertige se changea en rêverie, et par association de mots, la voûte céleste devint la représentation du visage divin: l'infini. Un rêve que j'avais fait deux ou trois ans plus tôt me revint en mémoire. Un rêve au cours duquel, après des efforts physiques surhumains, je parvenais au sommet d'une montagne, à la suite de quoi je m'élançais dans les airs pour voler au-dessus d'un grand champ de blé, glorieuse dans le ciel bleu, montant vers le soleil dans une lumière ravissante. Orgueil ou besoin profond de parvenir à la connaissance? Plusieurs interprétations étaient possibles. Mais là, dans la neige, sous ce ciel qui était aussi pur que celui de mon rêve, je me demandai si le fait de me libérer n'était pas aussi une façon d'arriver à la connaissance. C'en était peut-être le premier pas.

Mais le soleil du 25 décembre tombait rapidement, et sa course limitée me ramena à la réalité. Je n'avais pas envie de mourir! Debout! Je rechaussai mes raquettes et me mis en route vers le village, la peau du visage mordue par le froid, éprouvant avec plaisir la résistance de la neige, l'appréhendant comme un jeu entre elle et moi. La neige me supportait! Et le crissement des cristaux que je broyais devenait une musique accordée au rythme de mon cœur. Ne jamais perdre le contact avec les choses...

Mon père revint du sud avec la cargaison complète du touriste moyen: une provision de rhum, un beau bronzage, une maladie tropicale et une blennorragie. Cette épreuve lui ayant fait perdre un peu de sa superbe et beaucoup de sa pudeur, il me révéla son état de santé, riant jaune. Quelques semaines plus tard il ricanait, ayant pris connaissance de la fameuse question que René Lévesque avait mijotée pour le non moins fameux référendum, dont la date avait été fixée au 20 mai.

— T'as vu? Il demande la permission d'aller demander la séparation! Une vraie farce!

— Oui papa...

Il disparut, partant en campagne avec ses amis et ses associés, ennemis jurés de ces «intellectuels qui menaient la province au désastre». Son activité professionnelle et ces «agitations» politiques lui prenant tout son temps, il n'avait pas une minute pour penser à moi et s'inquiéter de mon sort. Ce qui était une bonne chose. D'ailleurs, j'étais «une grande fille, n'est-ce pas?»

À la faculté, j'avais Céline au programme, plus quelques poètes québécois comme Roland Giguère et Nicole Brossard. On s'échauffait bien un peu dans les coins pour la souveraineté du Québec et le sort réservé à la question du référendum, mais dans notre petit groupe c'était la parole des femmes qui avait la priorité. Liberté! Fidèle à mon instinct, je me tenais à l'écart. En politique, j'étais aussi indifférente qu'en 76, et pour ce qui est du féminisme, j'estimais que mon premier devoir en tant que femme était de me réaliser moi-même, par moi-même. J'entendais bien ce qu'on disait autour de moi, mais jamais je n'eus envie de lever le poing en criant: «Nous vaincrons!» Les êtres vraiment grands ne se battent pas. Ils sont! Pour le peu de temps que je passais à la faculté, je restais dans mon coin, absorbée par deux pôles opposés qui cherchaient à se rejoindre: je suivais l'adolescent du Voyage au bout de la nuit dans son tunnel sombre et fangeux, et je m'enfonçais dans la jungle de Cent ans de solitude, non sans m'accrocher aux pieds de Remedios-la-belle qui s'envolait au ciel. Deux délires qui se rejoignaient, deux fusées lancées désespérément vers la lumière.

Mais une étudiante en Lettres ne vit pas seulement de littérature. Il y avait mon âme et ma caverne, cette dernière toujours habitée par le même Jacques, lui que je n'avais pas vu depuis une éternité. J'avais décidé de le «punir» en ne lui donnant pas signe de vie, me disant que je finirais par l'oublier. Lui, fidèle à sa muflerie congénitale, était aussi invisible qu'une rose au pôle Nord. À partir du 6 janvier, fin des vacances des Fêtes, je me mis à regarder le téléphone. «Pourtant, il va sonner...» Il était rose, mon téléphone, relié à la prise par un fil assez long pour me permettre de l'apporter avec moi dans la salle de bains, sur mon lit, dans le bureau de maman, partout. Et pour être sûre de l'entendre, je le traînais là où m'appelait chacune de mes occupations: ma toilette, mon pipi, ma couche, mon dodo, ma lecture, mes repas. Je ne passais que trente secondes sous la douche, au cas où... Quand je me séchais les cheveux, j'arrêtais le séchoir toutes les quinze secondes, croyant avoir entendu la sonnerie. Mais non. Silence. Une goutte d'eau attardée qui tombait d'un robinet, et le martellement de mes jugulaires. Parfois, exaspérée, esclave de ma chair qui brûlait, révoltée par son attitude, je décrochais le combiné et composais les premiers chiffres de son numéro, mais l'orgueil m'écrasait le bras et je n'allais pas plus loin. Silence. Seulement le bruit duveteux de mes pantoufles sur le tapis, et le bourdonnement à peine perceptible de la colère qui bouillait en moi.

En pareilles circonstances, la solution classique à la disposition de n'importe quelle femme normale est la suivante: oublier le bonhomme dans les bras d'un autre. Le problème, et il est de taille, c'est qu'une femme cesse d'être normale dès qu'elle tombe amoureuse. Quand elle est «possédée» comme je l'étais, elle devient totalement impuissante, aveugle, débile, muette, etc. Autour de moi, il y avait sans doute des centaines (j'exagère un peu!) de jeunes gens intéressants qui me déshabillaient du regard et qui ne demandaient qu'à me renverser sur le premier lit de passage et à me travailler l'entrecuisse jusqu'à ce que je chante Alleluia. Mais je ne les voyais pas. (À noter que je ne parle pas d'amour, sentiment dont la noblesse éternelle m'effraie, mais de cette autre chose que le commun des mortels appelle le sexe, par manque de vocabulaire.)

Le 14 février, j'écrivis dans mon carnet: «La fête des amoureux étant une farce, comme toutes les autres fêtes, je te fais un gâteau en forme de cœur, mon amour, entièrement cuisiné avec des excréments humains.»

En moi, bien installé dans ma peau, Jacques «m'informait». Je devenais lui. J'étais aussi un cercle à l'intérieur duquel je tournais, prisonnière de moi-même. Les jours et les nuits finissent par se ressembler. La grisaille des horizons bouchés, la steppe éternelle du cœur et des sens confondus...

À la fin de février, j'avais réussi à ne pas lui téléphoner. Extrait de mon carnet, le 2 mars: «Une fête! Une grande fête, quelque chose de catastrophique, car toutes les grandes catastrophes sont des fêtes... Il me faut ce genre de fête...»

La province entra en campagne référendaire au moment où j'entrais en transe. L'idée de la fête-catastrophe me vint à la suite d'un rêve au cours duquel j'avais vu les chutes Niagara. (Kata, en bas, en dessous, en arrière.) Toute cette eau qui tombe sans arrêt devient pour le spectateur une espèce de célébration de la chute. La chute innocente, qui ne fait pas de mal, la chute qui nous exorcise. Il est curieux de constater que la nature, en certains endroits du globe, fabrique ses propres «éloges de la folie»...

Le 21 mars, je téléphonai à Jacques, mais il ne s'agissait pas d'une faiblesse de ma part. J'attaquais! Une vraie fleur, le cher homme, et moi, suave:

— Désolée de ne pas t'avoir donné signe de vie plus tôt... J'ai été terriblement occupée depuis le temps des Fêtes.

— Moi aussi, figure-toi. J'ai pas eu une minute de libre. Mais maintenant ça va un peu mieux. Je suis rentré au milieu de janvier (sûrement un mensonge), et jusqu'à la semaine dernière ç'a été de la folie. Et toi tu vas bien?

— Moi? (ma voix chantait) Très bien! Très, très très bien...

— Formidable!

Les détails ne l'intéressaient pas. Pour lui, j'étais comme une voiture, un outil qui marche ou qui ne marche pas. Je marchais, alors c'était «formidable»!

— Tu sais que je serais ravi qu'on puisse se voir, dit-il.

— Moi aussi... Aujourd'hui, c'est le premier jour du printemps. On pourrait le célébrer ensemble...

— Ah! Oui... C'est vrai, le printemps, fit-il, évasif. Sous certains rapports il avait l'air de vivre dans une autre galaxie. Et moi, être de limon, je le ramenais à la réalité de notre planète. Rendez-vous fut pris pour le lendemain, et je raccrochai. Ma main resta sur le combiné un long moment pendant que je regardais droit devant moi, comme assommée. Lentement, le double aiguillon amour-haine entrait dans ma chair et dans mon âme.

Après deux ou trois mois de frustration, le revoir fut pour moi un choc. Rentré, mon désir était un chien affamé, attaché à sa niche par une chaîne solide, à qui on montre un morceau de viande mais en le tenant hors d'atteinte. Cette bête perd la raison. Je retrouvai Jacques tel qu'il était la dernière fois que je l'avais vu: parfait de corps et d'allure. Sa froideur était peut-être calculée, mais elle avait pour effet de m'allumer davantage. Après un dîner délicieux, au cours duquel je remarquai qu'il buvait beaucoup plus que d'habitude, nous nous retrouvâmes chez lui et je lâchai le chien. Une belle fête. Pendant que je donnais libre cours à mes fantaisies pour satisfaire les siennes, j'oubliais tout le reste. L'accalmie venue, il mit son plaisir dans un petit coffret qu'il fourra dans le tiroir percé de ses souvenirs, et il me fit comprendre qu'il voulait être seul. Je partis sans me plaindre, au contraire. Je lui baisai les mains en lui disant que j'avais passé un moment merveilleux, que j'étais ravie, littéralement ravie, au septième ciel. Ce qui, physiquement, n'était pas loin de la vérité. Au moment d'ouvrir la porte, forçant un peu la note, je déclarai:

— Tu es l'homme de ma vie!

Il garda le silence, mais une ombre passa dans ses yeux. Ce genre de «bêtises» l'agaçait, évidemment. Libre et intact, il ne pouvait appartenir à quiconque.

Le 25 mars, je le vis à son bureau un peu avant l'heure du déjeuner, en guise d'apéritif. Un coup tiré sec, le buste appuyé sur le dossier d'une chaise, merci et au revoir.

Le 2 avril, je regardai la télévision: un discoursfleuve prononcé à l'Assemblée nationale par un jeune ministre péquiste, parlant en faveur du «oui» au référendum. Aussi débile que celui que j'avais entendu la semaine précédente en faveur du «non». La province se préparait à un grand événement, moi aussi. La charpente de la vieille grange était remise en cause. Massues de la démolition, unissez-vous!

Le 4 avril, j'entrai dans un club de mycologues amateurs. Je connaissais déjà quelques-unes de ces personnes par ma mère, qui avait toujours été fascinée par les champignons. (La sporée était pour elle un phénomène merveilleux.) Le soir du même jour, eut lieu une séance de jambes en l'air merveilleuse avec Jacques. Merveilleuse et terrible. Plus je le désirais physiquement, plus je le haïssais, et plus je baisais férocement. Mon ardeur le laissait pantois, tout en le trompant sur mes sentiments. Évidemment, il exploitait à fond ce feu qui me brûlait au ventre, faisant de moi un outil au service de tous ses caprices. Pour m'approcher de lui, il me faisait ramper littéralement. Toutes les «humiliations» possibles, mon corps les connut. Le 5 avril, il se soûla pour la quatrième fois depuis que nous avions «renoué». Je ne voyais pas très bien les causes de ce changement en lui, mais cela m'apparut comme une lézarde importante dans la coque du navire. Ils ont tous un talon d'Achille quelque part entre les cheveux et les orteils. Quelque chose à exploiter...

Le 10 avril, il me donna rendez-vous au complexe Desjardins, endroit très achalandé, mais il ne se montra pas. Pourtant, j'avais la certitude qu'il était là, quelque part, et qu'il m'épiait. Quand je le revis deux jours plus tard il s'excusa, disant qu'il avait été dans l'impossibilité absolue de se trouver au lieu du rendez-vous, mais j'avais la certitude qu'il mentait.

Le 15 avril, ayant fait le tour de toutes les «insultes» corporelles (il n'y a que sa merde que je n'ai pas mangée, et encore!), il passa à quelque chose de plus subtil. Après nos ébats, il me dit en souriant:

— Tu es comme ta mère.

Dans ma tête, tous les clignotants rouges s'allumèrent, et je pris une longue respiration avant de demander:

— C'est-à-dire?

— Une salope, comme ta mère.

Ce soir-là, entre autres fantaisies, il m'avait planté sa biroute dans une oreille en me demandant de chanter: «Viens dans mon joli pavillon», et il avait éjaculé. Je ne sais pas par quel miracle je parvins à rester calme. Je crois même qu'il y eut l'amorce d'un sourire sur mes lèvres, et je dis d'une voix chantante:

— Tu trouves?

— Oui... Ah! Les femmes... (non, il n'ajouta pas: «toutes pareilles»...) Tu te vautres dans la luxure avec l'abandon d'un petit cochon qui se roule dans la boue...

Dans sa bouche, cette phrase avait l'air emprunté, mais l'heure n'était pas à l'analyse stylistique.

— Venant de toi, c'est un compliment?

— Prends-le comme tu voudras, ça m'est égal.

J'ai oublié le reste de notre conversation parce que tout en échangeant des sourires et des propos aigres-doux avec lui, j'étais obsédée par une idée qui prenait toute la place dans mon esprit: celui-là qui me torturait, c'était moi-même. Ou, si l'on veut, le mauvais qui était en lui, c'était moi!

Jouant mon jeu jusqu'au bout, ce soir-là comme les autres, je le quittai en lui prodiguant toutes les marques de tendresse qu'une amoureuse comblée peut laisser couler de son cœur et de sa chair.

Le 18 avril, j'entrai dans une boutique de sexe où je trouvai un pénis en matière plastique. Étrange instrument fabriqué à partir d'une main dont les doigts étaient fermés, excepté le médius. Je n'en voyais pas tellement l'utilité pour les acheteurs éventuels, mais il me convenait parfaitement, et c'est le plus sérieusement du monde que le commis, un jeune homme de belles manières portant moustache et lunettes, me l'enveloppa dans du papier de soie. Revenue à la maison, je coupai la main inutile. Il me resta l'outil, cylindrique, vide à l'intérieur, perforé à l'extérieur du gland. Je trouvai un bouchon de liège qui s'ajustait parfaitement au diamètre du cylindre, puis je plantai un bois d'oranger dans le bouchon. J'avais une seringue artisanale, mais très efficace.

Le 10 mai, fête des Mères, je passai la journée dans la chambre de maman, relisant tous les «signets» qu'elle m'avait laissés dans ses livres. Pour moi, le message était clair.

Le 12 mai, Jacques m'annonça que c'était la fin. Il me laissait tomber comme il l'avait fait avec maman. Mais il voulait faire les choses en homme civilisé et il m'accordait une dernière soirée d'amour: celle du 20 mai.

Le 15 mai, alors que la campagne référendaire battait son plein et que mon père s'agitait de plus en plus en faveur du «non», je partis en excursion avec mon groupe de mycologues amateurs dans les alentours du mont Saint-Grégoire. Une belle journée avec des gens de bonne compagnie qui aiment «les bonnes choses de la vie». Des gens sains. Quel bonheur! Marcher en forêt, respirer l'odeur des sapins, sentir l'humidité capiteuse qui monte du sol enrichi de toutes les feuilles qui pourrissent depuis des siècles. J'avais l'impression de marcher sur une chair de femme endormie dans la satisfaction de tous ses sens. Et les dieux étaient avec moi, la plus jeune du groupe! Malgré la saison peu avancée, je trouvai une amanite phalloïde, champignon des plus vénéneux, mortel à coup sûr. C'était exactement ce que je cherchais. On me jalousa, on voulut me le voler, on m'offrit même de l'argent en échange de ce furoncle empoisonné qui était sorti de la peau terrestre en une nuit. Têtue, inébranlable, je le déposai dans mon petit panier et le rapportai à la maison. J'en fis une décoction, ce qui me donna un liquide brunâtre plutôt nauséeux que je mis au frigo. Encore quelques jours, encore quelques heures...

C'étaient les vacances et j'avais l'impression que le temps s'était arrêté. En attendant le jour de la «fête», je m'occupais de mon corps: massages, épilation, promenades, repas équilibrés, etc. Puis je regardais la télévision, dépotoir idéologique où on se débattait de façon lamentable, comme si l'enjeu avait été un nuage fuyant et changeant de forme à chaque instant.

Le 18 mai, surprise! Jacques me téléphona, chose qu'il n'avait jamais faite. C'était pour s'assurer que je ne lui ferais pas faux bond le soir du 20, et pour m'annoncer que nous dînerions à la maison.

— Ça te va?

— Parfaitement... Formidable!

Il y eut un moment de silence, certainement provoqué par son étonnement, car il était anormal que ma voix fût si joyeuse en pareille circonstance. Il raccrocha après m'avoir salué assez froidement.

Le 20 mai, à dix-huit heures, je bouchai l'orifice minuscule de mon pénis artificiel avec une boule de cire, puis je déversai ma décoction d'amanite phalloïde dans le corps de cet organe qui ne pouvait mieux lui convenir, étant donné son appellation. Enfin, je le fermai avec mon bouchon muni d'un bois d'oranger. Je déposai l'outil dans un magnifique sac à main italien que j'avais hérité de maman. Avant de partir, je fis une surprise à mon père en allant l'embrasser, chose que je ne faisais jamais. Il était en train de regarder les résultats du référendum à la télévision avec des amis. L'ambiance était fébrile et si les rires éclataient, c'était souvent par nervosité, mais la plupart d'entre eux étaient sûrs de remporter la victoire.

— Tu restes pas avec nous?

Simple politesse de la part de papa qui, pendant quelques secondes, sortit de son univers pour me regarder avec un brin d'inquiétude dans l'œil. Qui étais-je, au juste? Une jeune femme, sa fille... Trop compliqué pour lui. Dès que j'eus le dos tourné il était reparti sur son chariot cahotant, poussif, cauchemardesque. Il était perdu, mon père, tenant les rênes de cette «jument de nuit» purulente.

J'entrai chez Jacques en coup de vent et l'embrassai avec fougue dès qu'il eut fermé la porte, ce qui le fit sourire assez tristement. Il achevait de vider une première bouteille de champagne. Mon exubérance le déconcerta. Dès que j'eus avalé une gorgée, il me tâta les fesses à bout de bras, puis m'ordonna de passer à l'action. Ce que je fis sans hésiter, avec un enthousiasme feint qui le trompa jusqu'à l'os. Il voulait faire l'amour avant d'avoir trop bu, pendant qu'il en était encore capable.

— Prends-moi, mon cher maître.

Il le fit avec une espèce de rage. Puis il s'arrêta tout à coup, ne comprenant pas pourquoi j'étais si joyeuse, alors que j'aurais dû pleurer puisque c'était une soirée d'adieu.

— Ça te fait rien que je te quitte?

— Ça me fait de la peine, Jacques, mais j'en ai pris mon parti. J'y peux rien. C'est toi qui décides, comme d'habitude. Alors autant profiter de cette soirée, la faire aussi belle et aussi bonne que possible, puisque c'est la dernière. J'veux pas te contrarier avec mes larmes inutiles...

Il explosa...

— Tout ce qui t'intéresse, c'est le cul, hein! Salope! J'en étais sûr!

Dans sa voix, il y avait toute l'outrance provoquée par le fait qu'il proférait un mensonge, ou plus exactement une fausseté. Était-il assez humain pour se sentir coupable?

Et vlan! Sur la gueule, sur les fesses, dans le dos, partout. J'encaissais en me faisant aussi molle que possible, décidée à aller jusqu'au bout de mon dessein. La douleur me fit pleurer, ce qui semblait l'exciter de nouveau et il s'enfonça en moi à coups répétés, jusqu'au moment où il put atteindre l'orgasme.

Accalmie, champagne, salle de bains et:

— Excuse-moi, ma chérie...

Sa froideur empruntée le faisait ressembler à un personnage à moitié vrai, interprété par un acteur médiocre dans un film de série B.

— Ça va, ça va, mon amour. Je t'appartiens, tu le sais.

Jusqu'à un certain point, c'était vrai.

— As-tu faim?

— Terriblement.

Il fit cuire deux énormes steaks, déboucha une bouteille de chambolle-musigny et dévora sa viande avec un appétit de fauve, buvant les trois quarts de la bouteille. Je bus peu, avalant avec parcimonie, pendant que je le voyais basculer du côté de l'impuissance. Notre conversation était incohérente, déchiquetée comme une épinette frappée par la foudre. Il y était question de ma mère, du sexe, de l'amour impossible, de l'argent, du monde, de la liberté... Je disais oui à tout ce qu'il avançait, bêtise ou demi-vérité, ne voulant pas provoquer une discussion inutile. Pour arriver à mes fins, tout devait baigner dans l'huile. Mais cette tactique n'était pas sans faille non plus, car il eut tout à coup un moment de lucidité et me regarda et dit:

— Tu dis oui à n'importe quoi, oui, oui, oui, comme une idiote. As-tu perdu la tête?

— Oui, mon amour, parce que je t'aime...

— Cesse de me faire chier avec ton amour! Je t'ai déjà dit que ça n'existe pas, l'amour...

Bang! Une autre torgnole que je n'eus pas le temps d'éviter tout à fait. Mais une de plus ou de moins, ça m'était égal. Il me demanda de faire du café, ce que je fis en prenant soin de le diluer au maximum. Il en avala une gorgée et tomba dans le cognac à plein goulot. La fin approchait. Il s'affala sur le divan, sybarite parvenu au bout de sa course, et il ouvrit les yeux à demi. Dans son regard sombre et brouillé, une lueur étrange passa, comme s'il avait vu tout à coup un gouffre arriver sous ses pieds. Et après une longue hésitation il me demanda, en guise d'adieu, comme dernier cadeau, la «sucette triangulaire». Dans notre jargon érotique, c'était son caprice préféré, le fin du fin, le pied, pour tout dire. Cela consistait en une longue et délicate fellation, doublée d'une caresse aux couilles avec la paume de la main, triplée d'une profonde intromission du médius dans l'anus. J'avoue que si j'étais un homme, je ne lèverais pas le nez là-dessus. Il avait fermé les yeux et je le sentais sur le point de s'endormir.

— Oui, mon amour, tout de suite. Le temps d'aller faire pipi.

J'allai chercher ma seringue-pénis dans mon sac à main, la plongeai dans le beurrier, puis revins m'agenouiller près de mon Seigneur et Maître, mon petit poisson, mon petit Léviathan, mon cher Antéchrist, celui qui est destiné à être mangé par les hommes. Et je me mis à l'œuvre, travaillant ferme de la main, de la langue et des lèvres pour ranimer son membre frappé de flaccidité. L'arbre se dressa, car j'étais devenue experte à ce jeu, et il soupira d'aise. Patiente, appliquée, je m'attardais comme si j'y avais pris du plaisir, mais en réalité c'était l'émotion qui me retenait. Quand je le pénétrai avec mon doigt, il émit un long gémissement de bête qui s'abandonne. Je me relevai pour le regarder.

— C'est bon?

— Mer...veilleux...

Il ouvrit les yeux et de nouveau je vis la même lueur tragique dans son regard, comme s'il avait pressenti que son plaisir était mortel. Il ajouta:

— Tu... vas... me faire... mourir...

— Oui mon amour.

Et ma bouche retourna au poisson tendu vers la mer primitive. Bientôt, je sentis qu'il ne pouvait plus faire la différence entre le nord et le sud. Je retirai mon doigt, arrachai la boule de cire qui bouchait l'orifice de mon outil et le lui enfonçai lentement dans l'anus. Pendant qu'il criait en lançant son jet de semence, incapable de savoir exactement ce qui se passait, je vidai le contenu de ma seringue dans son «intimité».

Apaisé, lourd de vin, d'alcool et de viande, il s'endormit. Moi aussi j'étais apaisée, et je pus le regarder dormir pendant deux bonnes heures, attendant l'effet du poison sur la muqueuse anale. Enfin il commença à grimacer dans son sommeil, à gémir, à se tordre, et tout à coup il se retourna sur le ventre pour vomir. Aveuglé par la douleur il se leva, titubant, s'approcha du téléphone et le décrocha, mais il fut incapable de composer un numéro. Il tomba sur le parquet, inconscient.

Lorsque le premier rayon du soleil frappa sa fenêtre, il eut une dernière contraction du visage. Il venait de rendre l'âme. Somme toute, une belle mort. Je lui lavai le sexe, me servis de la seringue pour lui doucher l'anus, mais je laissai là les vomissures, de même que le téléphone décroché.

Le chauffeur de taxi qui me ramenait à la maison me demanda:

— Avez-vous vu le référendum à la télévision?

— Non.

— C'est le non qui a gagné!

— Moi aussi j'ai voté non, dis-je d'une voix neutre.

C'est un beau matin et je marche pieds nus sur la pelouse devant la maison endormie. Mon père dort, heureux de sa victoire. Victoire inutile... Soudain, je me tiens sur une seule jambe, m'essayant à une arabesque de danseuse, geste par lequel cette dernière tente de s'envoler. Moi, c'est pour me planter dans la terre, à la recherche du cœur de son ventre. Je reviens à l'anfractuosité, à mon point de départ. Et tout à coup une idée folle me traverse l'esprit: il n'y a pas de différence entre Dieu et un orteil.

Maintenant je suis libre et apte au bonheur. Je regarde le soleil se lever, me laissant inonder de sa splendeur, et, passé le premier moment d'horreur à la suite de ma renaissance, je me réjouis à l'idée que personne ne pourra jamais arrêter le temps.

Table